フルメタル・パニック!

踊るベリー・メリー・クリスマス

「われわれは悪逆非道のテロ組織だ。この船はたった今より占拠された！」への字口の覆面男の言葉に陣高生がうんざり叫ぶ——「またかよ!?」

まったくなんてクリスマス！
「あたしの青春は――
17歳の聖夜はどうなるの!?」

空中のランデブー。
堕ちていくテッサの耳たぶに
彼の唇がそっと触れる……。

フルメタル・パニック!6
踊るベリー・メリー・クリスマス

賀東招二

ファンタジア文庫

903

口絵・本文イラスト　四季童子

目次

プロローグ

「こんないい誘《さそ》いを断《ことわ》る手はないですよ、坪井《つぼい》先生」

父母会の幹部《かんぶ》数名と共に、教育委員会からやってきたその役員は、坪井たか子校長に力説したのだった。

「もちろん、急な話だというのは分かっています。ですが来年になると、お宅《たく》の二年生も受験の準備《じゅんび》をしなければなりません。いま、この時期しかないんです。それに、せっかくの修学《しゅうがく》旅行が台無しになってしまって、生徒さんたちも気落ちしたと思うんですよね」

「はあ……」

気のない声で、坪井校長は応える。五〇過《す》ぎの中年女性《じょせい》で、地味なスーツ姿《すがた》。今年度に入るなり、自分の学校を襲《おそ》ったトラブルの波状攻撃《はじょうこうげき》のせいで、なんとなく一気に老《ふ》け込《こ》んだようにも見える。

「修学旅行は、青春時代の大切な思い出ですからなあ。それが——ハイジャックとは。いやはや。生徒さんたちの心の傷《きず》は、計り知れないものでしょう。改めて、ご同情《どうじょう》申し上げますよ」

「ありがとうございます……」

とりあえず、坪井校長は礼を述《の》べておいた。しかし彼女の知る限《かぎ》りでは、あの一件《いっけん》で心に傷を負うほど可愛《かわい》げのある生徒なんぞ、一人もいなかった。

みんな気にしていない。それどころか、先輩《せんぱい》後輩、他校の生徒たちに自慢《じまん》までしている。まるで、当初の予定であった沖縄《おきなわ》の戦地めぐりの代わりに、変なテーマパークで遊んできたくらいの――そんなノリだ。生徒の心の傷なんぞを気遣《きづか》う前に、ああいう連中を教え子に抱《かか》えた自分の立場に同情して欲《ほ》しいものだと、坪井校長は心底思った。

教育委員会の男は続ける。

「そこで、ですね？　あの事件に心を痛《いた》めておられた三島記念教育財団《ざいだん》の兼山《かねやま》先生が、特別な計らいをしてくださったわけです。陣代《じんだい》高校の生徒さんたちに、ささやかな旅の思い出をプレゼントさせていただきたい……というわけでして」

そう言って、応接《おうせつ》テーブルの上に一枚《いちまい》のパンフレットを差し出す。

まず、美しく、巨大《きょだい》な船の写真が目についた。抜《ぬ》けるような青空の下《もと》、碧色《へきしょく》の海を航行する客船だ。たくさんの窓《まど》と、幾重《いくえ》にも積み重なった複雑《ふくざつ》な甲板《かんぱん》。流線型の舳先《へさき》が、白い波を蹴立《けた》てている。

「〈パシフィック・クリサリス〉号。世界を周遊しているこの船が、今月二四日、横浜港から、一泊《いっぱく》二日の短いクルーズに出発する予定でして」

「……この豪華《ごうか》客船にあたくしの生徒たちを？」

「はい。ご招待《しょうたい》くださるそうです。いやいや、『豪華客船』というほど、しゃちほこばったものではないんですよ。最近のクルーズ船は、世界的に大衆化《たいしゅうか》の傾向《けいこう》でしてね。服装《ふくそう》もカジュアルなものでOKです。まあ——言ってみれば、洋上のテーマパークですよ。おひとりあたりのご予算も、国内旅行とそう変わらないそうですし」

「ははあ……」

「東京ディズニーランドにでも遊びに行くのと、そう変わらない感覚と考えていただいて結構《けっこう》です。それに出港地の横浜は電車ですぐ。今度は空の交通は一切《いっさい》なしですから、絶対《ぜったい》に安全です。いかがですか、坪井先生。三島財団さんのせっかくのご厚意《こうい》です。取り急ぎ、前向きにご検討《けんとう》されては」

「…………」

なるほど、確《たし》かに悪い話ではない。その三島記念財団の名前は、坪井校長も知っていたし、悪い噂《うわさ》もない。数多くの慈善《じぜん》事業を行っている、それはそれは立派《りっぱ》な財団だ。国際《こくさい》親善にも力を入れており、貧《まず》しい国への医療援助《いりようえんじよ》や文化交流を行っていることでも知られている。北朝鮮にもだ。あのハイジャック劇《げき》の舞台《ぶたい》となった国のことを考えれば、こういう申し出がくることも、そう不自然な話ではない。

この役員の話では、その招待旅行の件《けん》は、新聞の地方欄《らん》にささやかな記事として紹介《しようかい》されるかもしれない、とのことだった。自分の学校が大々的な宣伝《せんでん》材料に使われるのはごめん被《こうむ》りたかったが、まあ、その程度《ていど》ならば許容範囲《きようようはんい》ではなかろうか。修学旅行が取りやめになって、その代わりの行事を用意していなかったことで、生徒たちの不満がくすぶっていたのは事実でもあるわけだし――

「ではお言葉に甘えて、前向きに検討させていただきますわ」

「よかった！　きっとそう言っていただけると思っていましたよ」

「ですけど、こればかりは、あたくしの一存《いちぞん》では決められません。教職員《きようしよくいん》とも相談しないことには。年間の行事スケジュールにも響《ひび》くことですし……」

「もちろんです。充分《じゆうぶん》にご相談ください。ですが、教育委ではこの申し入れを歓迎《かんげい》している、ということはご承知《しようち》いただきたい。あとは陣代高校さんのお気持ち次第《しだい》です」

横で黙《だま》ってにこにこしていた父母会の面々も、次々にうなずく。

「われわれも同意見ですよ、坪井先生」

「ぜひ楽しんできてくださいな」

教育委員会と父母会の人々の強い勧《すす》め。坪井はそれに抵抗《ていこう》する術《すべ》を知らなかった。

数日後の職員会議には、希望する生徒のすべてを、この招待旅行へと連れて行くことが可決《かけつ》されてしまった。


その翌週《よくしゅう》。

期末テストを前にした、二年四組のホームルームの時間——

「はーい！　みんないい？　ちゃんと目を通しておいてね！」

生徒たちにプリントを配布《はいふ》してから、担任《たんにん》の神楽坂恵里《かぐらざかえり》が言った。

「唐突《とうとつ》なんですが、ああいうことになった修学《しゅうがく》旅行の代わりに、こういうイベントをやることになりました。終業式と重なってしまうんだけど、二四日からの一泊旅行。さる財団と船会社さんのご厚意で、この船のクリスマス・クルーズに、うちの二年生が招待されたそうです。すごいでしょ！　ものすごい大きい、豪華客船よ!?　豪華な料理が食べ放題！　アミューズメントも充実してて、プールやスポーツ施設《しせつ》やショッピングセンターやゲームセンターなどもあるそうです。コンサートやミュージカル、映画《えいが》の上演《じょうえん》、プレゼントの抽選会《ちゅうせんかい》とか、そういうイベントも目白押《めじろお》し。もちろんみんな、タダです！」

生徒一同が感嘆《かんたん》の声をあげる。

「参加は自由意志《いし》ってことになるから、いま配った申し込み用紙にもれなく記入《こ》をして、保護者印《ほごしゃいん》をもらってきてね。じゃあ、注意事項《じこう》を説明しますよ?」

恵里が細かい説明をはじめる。保険証《ほけんしょう》のコピーと保護者の同意書、船内で使うIDカード用の顔写真を、来週のいつまでに用意しろ。改造制服《かいぞうせいふく》での乗船は認《みと》めない。持病やアレルギーのある者は事前に担当医と相談をすること――あれやこれや。

その説明をろくに聞きもせず、千鳥《ちどり》かなめがぼんやりとそのプリントを眺《なが》めていると、すぐそばの席に座《すわ》る常盤恭子《ときわきょうこ》がひそひそ声で話しかけてきた。

「ねえねえカナちゃん、行く?」

「んん?……そーね。まあ、タダってことなら。行くかな」

そう言いながらも、かなめの目を釘付《くぎづ》けにしていたのは、プリントに印刷されたクルーズ旅行の日程だった。

一二月二四日。その日はかなめの一七歳《さい》の誕生日《たんじょうび》なのだ。

クリスマス・イブが誕生日。

人から見ればロマンチックな感じがするが、彼女はその日付のせいで損《そん》をしている記憶《きおく》ばかりだった。なにしろ親からもらうクリスマス・プレゼントと誕生日プレゼントが、うやむやのうちに一緒《いっしょ》にされてしまうのだ。ところが五月が誕生日の妹は、それぞれのプレゼントを別にもらっていて――子供《こども》の頃《ころ》は、それが発端《ほったん》であれこれと喧嘩《けんか》になったりした。そういう喧嘩の結末はいつも決まっている。『かなめはお姉さんだろう。我慢《がまん》しなさい』てな具合だ。

その妹や父親は、今年のクリスマス、出張先《しゅっちょうさき》のNYで過《す》ごす予定らしい。うまくいっているとはとてもいえない関係の父親と、会わないで済《す》むのは気楽なものだったが。

かなめの物思いをよそに、教壇《きょうだん》の恵里が締《し》めくくった。

「説明は以上。じゃあ、なにか質問《しつもん》は？」

「あります」

すかさず、窓際《まどぎわ》の席にいた男子生徒――相良宗介《さがらそうすけ》が手を挙げた。

むっつり顔にへの字口。思わぬイベントに浮《う》かれている生徒たちの中で、彼一人だけが眉間《みけん》にしわを寄《よ》せ、難《むずか》しい顔をしていた。

「相良くん。なんです？」

「この承諾書《しょうだくしょ》には不備《ふび》があります」

配布されたプリントをひらひらとさせ、宗介は言った。

「旅行中、なんらかの事故《じこ》があった場合の措置《そち》については触《ふ》れられていますが……事故ではなくテロ活動が起きた際《さい》の、学校側の対応《たいおう》について一切《いっさい》説明がありません」

「なにを言ってるんですか、あなたは……」

「我《わ》が校は本年四月、実際に手痛《てい》た》い教訓を学んだはずですが」

「不吉《ふきつ》なこと言わないでちょうだい。二度も三度も、あんなことがあってたまりますか！いちいち気にしてたら、どこの学校も修学旅行や遠足なんて、できなくなります！」

「そうやって、たかをくくるのが危険《きけん》なのです」

宗介は重々しく言った。

「前回は幸運を拾いましたが、次こそは本物の悲劇《ひげき》が降《ふ》りかかるかもしれません。八五年に起きたイタリア客船アキレ・ラウロ号のシージャック事件を思い出してください」

「お、思い出せと言われても……」

「あの事件では、人質《ひとじち》の一人が胸《むね》と顔に二発の銃弾《じゅうだん》を受け、海に投げ捨《す》てられました。ほとんど無抵抗《むていこう》の、車椅子《くるまいす》に乗った老人だったのにもかかわらず、です」

「………」

「さらにテロリストは人質三名に安全装置《そうち》を外した手榴弾《しゅりゅうだん》を持たせ、その周りに残りの人質を集めさせたそうです。彼らの恐怖《きょうふ》たるや、言語を絶《ぜっ》するものだったでしょう。手榴弾を持った一人のほんの不注意で、何の罪《つみ》もない周囲の人間がむごたらしく爆死《ばくし》してしまうのです。脳漿《のうしょう》や内臓《ないぞう》をまき散らし、苦しみぬいた末に……。恐怖と混乱《こんらん》。それがテロリストのやり口なのです。忘《わす》れてはいけません」

いつのまにやら、重苦しい空気がたれ込《こ》める。豪華《ごうか》なイベントの知らせに大喜びしていた教室は、いまや水を打ったように『どよーん……』と静まり返っていた。

「ですが、ご安心下さい。安全保障《ほしょう》問題担当《たんとう》の生徒会長補佐官《ほさかん》として、今度はぬかりなく皆《みな》さんを守ります。つきましては、サブマシンガンとC4爆薬、指向性地雷《しこうせいじらい》の持ち込み許《きょ》可《か》を頂《いただ》きたい。しかるべき兵器と戦術《せんじゅつ》を駆使《くし》すれば、シージャック犯《はん》をことごとく殲滅《せんめつ》し、血だまりの中へと沈めてごらんに――」

げしっ!!

かなめが突進《とっしん》してきて、宗介を蹴《け》り飛ばした。いくつかの机《つくえ》を巻《ま》き込んで、彼は床《ゆか》に這《は》いつくばる。

「なにをする、千鳥」

「やかましい！　みんなが楽しく盛《も》り上がってるってときに――座《ざ》をわきまえなさい、座をっ！」

「しかし、惨劇《さんげき》への警鐘《けいしょう》は――」

「サンゲキとかケーショーとか、言うな!!」

「だがアキレ・ラウロ号が――」

「だまれっての!!　くぬっ、くぬっ！」

「痛い。痛いぞ、千鳥」

「イタいのはあんたよっ！」

見かねた級友に羽交《はが》い締《じ》めにされるまで、かなめは宗介を蹴たぐりまわした。

1：予定は未定

十二月二十一日　〇一三五時（現地時間）
南沙諸島《なんさしょとう》

（こんな僻地《へきち》の孤島《ことう》を、よくもここまで整備《せいび》したものだ）

自分の部隊の基地《きち》のことを棚《たな》に上げて、相良宗介《さがらそうすけ》は感心してしまった。

機体の暗視《あんし》センサーを通して見る、暗い緑色の海。その中にそびえる問題の島は、両翼《りょうよく》わずか二キロメートル。ごつごつとした、高さ数十メートルの岩山のてっぺんに、申し訳《わけ》程度《ていど》の樹木《じゅもく》と枯《か》れ草が密生《みっせい》している。

ここは無数の島が浮《う》かぶ、南沙諸島の片隅《かたすみ》だった。

高所に設《もう》けられた、いくつかのレーダー・アンテナ。暗視ゴーグルを着けた歩哨《ほしょう》の姿《すがた》も見える。周囲の海域《かいいき》にはいくつもの磁気《じき》感知式の機雷が浮遊《ふゆう》しており、特殊潜航艇《とくしゅせんこうてい》の接近《せっきん》をひどく困難《こんなん》なものにしていた。

海賊《かいぞく》のアジトにしては、かなり厳重《げんじゅう》な警戒態勢《けいかいたいせい》といえるだろう。普通《ふつう》の部隊では近付くことさえできないはずだ。

あくまで並《なみ》の部隊では、の話だが。

宗介の乗るアーム・スレイブ――ARX―7〈アーバレスト〉は、たったいま、『海賊の島』の北岸に到達《とうたつ》したところだった。

作戦前の説明では、島の南岸には、小規模《しょうきぼ》な港とドックが建設《けんせつ》されているはずだった。ここ数か月、近海を通過《つうか》する商船を幾度《いくど》も襲撃《しゅうげき》してきた海賊たちの高速艇が、そこに停泊《ていはく》しているのだ。ほかにも略奪品《りゃくだつひん》や補給物資《ぶっし》、武器弾薬《ぶきだんやく》を納《おさ》めた倉庫類もあるという。

宗介が取りついたのは、険《けわ》しい崖《がけ》のふもとだった。波濤《はとう》がはげしく打ち付ける岩場である。宗介はこのまま北岸の崖をよじ登り、南岸側のアジトを背後《はいご》から急襲する手はずだ。

もし生身の兵士がここに上陸しようとしたら、狂暴《きょうぼう》な波の力で、禍々《まがまが》しい形の岩に何度も叩《たた》きつけられ、絶命《ぜつめい》してしまうことだろう。こんな地形への秘密裏《ひみつり》の上陸は、ASという人型兵器だけにできる芸当だった。

月を隠《かく》す夜空の雲が、ぼんやりと発光しているほかに、明かりはない。

闇《やみ》の中、暗い灰色《はいいろ》に塗装《とそう》された〈アーバレスト〉のシルエットが、かすかな電磁筋《でんじきん》の駆《く》動音《どう》をうならせ、岩場を這《は》い登っていく。

波濤のしぶきが届《とど》かないくらいの高さまで達したところで、宗介は機体の電磁迷彩《ECS》を不可視《ふかし》モードで作動させた。装甲《そうこう》の各部が展開《てんかい》し、レンズ状《じょう》の部品が露出《ろしゅつ》する。ホログラムのスクリーンが機体を包み、その姿を大気の中へとかき消した。

そのおり、味方の僚機《りょうき》から通信が入る。

『ウルズ6より7へ。まだ着かねえのかー。待ちくたびれちまったよ』

クルツ・ウェーバー軍曹《ぐんそう》からの催促《さいそく》だった。彼は島の南側——より穏《おだ》やかな波の中で、狙撃《そげき》ポジションに付いている。

「こちらウルズ7。まだだ。待機しろ」

『ったく、トレえな。ワイヤーガンあるだろ？　そんな崖、さっさと登っちまえよ』

「落石が起きたら敵《てき》の歩哨に気付かれる」

『電気銃《テイザー》で黙《だま》らせりゃいいんだよ。だいたいおめーは——』

「交信終了」

一方的に通信を切って、小さくうなる。

「まったく……」

こちらは敵の警戒をすり抜《ぬ》けるため、さんざん苦労してここまで来たのだ。並の操縦兵《オペレータ》だったら、とっくに機雷《きらい》に触雷《しょくらい》してくたばっているか——歩哨に発見されて作戦をご破算《はさん》にしているところだ。

《アラート・メッセージ。予定の攻撃開始時刻より一五分の遅延《ちえん》。すみやかにウェイ・ポイントF《フォックストロット》への移動《いどう》を》

クルツだけでなく、〈アーバレスト〉搭載《とうさい》の人工知能《ちのう》〈アル〉まで急《せ》かしてきた。

「黙れ」

《ラジャー。……ですが、その前にひとつ忠告《ちゅうこく》を。統計《とうけい》上、こうした状況では、作戦遂行《すいこう》への焦燥《しょうそう》感から、ミスを犯《おか》す危険《きけん》が倍増《ばいぞう》するそうです。心理状態《じょうたい》を和《なご》ませるために、歌を唄《うた》うことをお勧《すす》めします。五〇曲ほど最新のヒット・ナンバーを用意してありますので、リクエストがあれば――》

これがふざけた調子ならまだ救いがあるが、アルの声はあくまで低く、淡々《たんたん》としており、宗介の苛立《いらだ》ちを募《つの》らせる。

「楽曲の用意など命令していないぞ。許可《きょか》なく記憶容量《きおくようりょう》を浪費《ろうひ》するな」

《問題ありません。わずか1・2ギガバイトです》

「すべて消去しろ。さもないと作戦遂行のために破壊《はかい》するぞ」

《そのメッセージはジョークと解釈《かいしゃく》します。ジョークも効果的な対策《たいさく》です。五〇編ほど、人間を笑わせるジョークを用意してありますので、リクエストがあれば――》

「ジョークではない、警告《けいこく》だ」

《失礼しました》

それきり、アルは口をつぐむ。コックピットの中で宗介がうんざりと頭を振《ふ》ると、その動作を拾って〈アーバレスト〉の頭部もまた同じように動いた。

だいたい、こんな馬鹿げた助言をしてくるAIがあるだろうか？

機体制御《せいぎょ》の支援《しえん》システムが、こともあろうに『歌を唄え』とは。

香港《ホンコン》以来、ここ二か月で、このAIの言動は、日を追って奇妙《きみょう》なものになりつつある。無駄口《むだぐち》は増《ふ》えたものの、明らかな誤動作《ごどうさ》などは一度も発見されていないので、なおのことややこしい。整備員の話では、アルの要請《ようせい》で、機体にFMラジオやBSテレビの回線を接《せっ》続《ぞく》して、その番組の受信をさせているそうだったが——もう止めさせた方がいいかもしれない。

〈アーバレスト〉はマニピュレータと脚部《きゃくぶ》のスパイクを併用《へいよう》して、慎重《しんちょう》に崖を登っていく。機体のECSは問題なく作動中。頭上の崖っぷちを歩いてきた歩哨《ほしょう》をやり過《す》ごし、何度か転落しそうになりながら——

五分後、宗介はようやく所定のポイントに到達《とうたつ》し、その旨《むね》をチーム・リーダーに告げた。

「ウルズ7よりウルズ2へ。ウェイ・ポイントG《ゴルフ》に到達した」

ややあって返信。

『ウルズ2了解《りょうかい》。じゃあパーティを始めるわよ。いい？　ADMをプリセット。最終チェック、各員、口頭で報告《ほうこく》せよ』

遅《おく》れた宗介をとりたてて責《せ》める風もなく、攻撃《こうげき》チームのリーダー——メリッサ・マオ少尉、が言った。

『ウルズ6、問題なーし』

「ウルズ7。準備よし」

『ゲーボ3、準備よし』

『ゲーボ4、準備よし』

クルツと宗介に続いて、島から一キロ離《はな》れた海上で待機中の輸送《ゆそう》ヘリ二機が応答《おうとう》する。最近導入《どうにゅう》した新型の減音《げんおん》システムのおかげで、そのローター音やエンジン音は、〈アーバレスト〉の聴音《ちょうおん》センサでもかろうじて拾うことができる程度《ていど》だ。

そのヘリ二機には、ASでの攻撃後に敵《てき》の拠点《きょてん》を完全制圧《せいあつ》するための陸戦隊員たちが、それぞれ二〇名ずつ乗り込んでいる。

『……OK。うおっほん』

全員の報告が済《す》むと、マオは咳払《せきばら》いをしてから、声を張《は》り上げた。

『では攻撃開始！　GO、GO、GO！』

「アル。ECS解除《かいじょ》、ミリタリー・パワーで戦闘《せんとう》機動」

《ラジャー。ECS、オフ。GPL、ミリタリー。マスター・モード2》

ECSが解除され、すべてのパワーが戦闘機動に回される。紫《むらさき》がかった闇空《やみぞら》の下、青い燐光《りんこう》をほとばしらせて、白い機体が岩山の頂《いただき》にその姿《すがた》をあらわした。

すぐそばの見張りやぐらで、うとうとしていた海賊の一人が、こちらに気付いて口をぽかんと開いていた。あわてたその見張り役は機関銃《じゅう》と警報《けいほう》スイッチ、そのどちらに手を伸《の》ばそうかと逡巡《しゅんじゅん》した末、どちらにも触《さわ》らないうちに悲鳴をあげて昏倒《こんとう》した。〈アーバレスト〉の手のひらに仕込《しこ》まれた電気銃《テイザー》から、まばゆい電光が走って、男をたちまち気絶《きぜつ》させたのだ。

「はじめるぞ」

倒《たお》れた男には目もくれず、宗介は言った。

《ラジャー》

コックピット内の宗介の腕《うで》に連動して、〈アーバレスト〉の腕が動く。イタリアはオットー・メララ社製《せい》、〈ボクサー〉散弾砲《さんだんほう》が、眼下《がんか》の海賊基地《かいぞくきち》に向けられた。とらえたターゲットは、選《よ》り取《ど》り見取《みど》りだ。

司令所、弾薬庫、無人の旧式《きゅうしき》AS、対空車輛《しゃりょう》……。

まず弾薬庫の屋根に照準を合わせると、宗介はトリガーを引いた。

重い衝撃《しょうげき》。〈ボクサー〉が放った対装甲榴散弾《ダブルオー・ヒート》が、弾薬庫の屋根を吹《ふ》き飛ばし、その中の弾薬類に火をつける。

すさまじい爆音《ばくおん》。大きな火柱が夜空を焦《こ》がし、戦闘開始の合図を告げた。

《E3を破壊《はかい》。でっかい火の玉《グレート・ボール・オブ・ファイア》です》

「無駄口を叩《たた》くな」

アルの言葉は、まるでクルツの軽口だ。宗介は舌打《したう》ちしながら、次のターゲットに照準を合わせた。

最初の十数秒間で、勝負はほとんど決まっていた。

宗介たちの奇襲で司令室や弾薬庫、停泊中《ていはくちゅう》の高速艇《こうそくてい》が無抵抗《むていこう》に破壊され、海賊たちはひどい混乱《こんらん》に陥《おちい》った。こんな孤島《ことう》で、なんのために装備《そうび》していたのか——基地の奥《おく》に並《なら》んでいた旧式のソ連製AS・Rk—89〈シャムロック〉は、操縦兵《オペレータ》が乗り込む間もなく、海からマオ機の容赦《ようしゃ》ない射撃《しゃげき》で破壊された。

マオのAS——M9〈ガーンズバック〉が腰《こし》まで海水に浸《つ》かりながら、海賊の港へとゆっくり前進していく。そのマオを、後方の狙撃《そげき》地点にいるクルツと、岩山の山頂《さんちょう》にいる宗介が援護《えんご》するという形だ。

『はっは。こりゃあ、ゲーセンの射的と一緒《いっしょ》だぜ！』

無線の向こうでクルツが笑う。

『ウルズ6、気を緩《ゆる》めるな。まだ歩兵を制圧してないわ。だいたいね、あたしらって、いつもこうやって調子に乗ってるときに限《かぎ》って――』

轟音《ごうおん》。言いかけたマオ機のすぐ右に、大きな水柱が立ちのぼった。至近距離《しきんきょり》の爆発によるものだ。

『…………っ!!　いまのは⁉　基地の方からじゃなかったわ！』

マオのＭ９が水しぶきをかぶりつつ、身を翻《ひるがえ》し、頭部のレーダーを左右に振《ふ》る。

「ウルズ２へ！　三時方向、距離四。敵高速艇、八隻《せき》」

岩山の頂に位置するため、眼下のマオよりも視界《しかい》の広い宗介が警告した。アルも無言のまま、高速の先進型データ・モデム《ADM》で〈アーバレスト〉が捉《とら》えたセンサー情報《じょうほう》を味方機すべてに転送する。

島の西側を回り込むようにして、八隻の高速艇が接近していた。宗介のいる場所からも死角になっていたため、探知《たんち》するのが遅《おく》れたのだ。おそらくは、略奪行為《りゃくだつこうい》からの帰り道だろう。最悪のタイミングだった。

速度は四〇ノット。時速なら約74キロだ。

いずれも小型だったが、20ミリ級の機関砲と、歩兵用のロケット弾を装備《そうび》しているようだった。それら八隻が波しぶきを立て、あらゆる武器《ぶき》でマオを攻撃《こうげき》してくる。

新手の敵《てき》の集中砲火を雨あられと浴びながら、彼女が悪態《あくたい》をついた。

『きゃっ！……って、あー、ちくしょ、どーしてよ⁉ 情報じゃ、連中の船は基地に停泊してる分だけのはずだったでしょ⁉ なんで新手が来るわけ⁉』

『例によって例のごとく。情報ミスって奴《やつ》さ。勘弁《かんべん》して欲《ほ》しいぜ……』

クルツがぼやく。

『ぼやく前になんとかしてよっ‼』

『やってるって。……二隻目を撃破！』

クルツ機の撃《う》った七六ミリ砲弾が命中し、二隻目の海賊船が爆発する。

『まだ二隻⁉』

『無茶いうなよ。距離も遠いし——標的が速いんだ。くそっ、ヘルファイアかヴァーサイル持ってくりゃ良かった』

さすがに焦《あせ》った声でクルツが言った。

〈ヘルファイア〉と〈ヴァーサイル〉というのは、ASが使う誘導《ゆうどう》ミサイルの名前だ。援護射撃のためクルツに割《わ》り当てられたポジションは、安全に固定目標を狙撃するのにちょうどいい距離だったが、四〇ノットで高速移動《いどう》する標的を狙《ねら》うのには向いていない。すでに二隻も沈《しず》めているクルツの腕《うで》の方が、驚異《きょうい》的といっていいくらいだ。

まだ、六隻残っている。

その六隻は、マオのM9を取り囲むように海上を疾走《しっそう》し、容赦なく砲弾《ほうだん》やロケット弾を浴びせかけた。マオ機の頭部機関銃《きかんじゅう》が吠《ほ》え、どうにかもう一隻を穴《あな》だらけにしたが——それでも、五隻が残っている。

『えーい、ちょこまかと……！っ……わっぷ、マジでヤバいわ！』

重たい海水をかきわけるようにして、健気《けなげ》に回避《かいひ》機動をとるM9の周りで、荒々《あらあら》しい水柱が次々にそびえ立つ。M9の防弾性《ぼうだんせい》と運動性をもってしても、これ以上、敵の猛攻《もうこう》をしのぐことは不可能《ふかのう》だろう。

《軍曹殿《ぐんそうどの》。ウルズ2が危険《きけん》です。敵高速艇《こうそくてい》への射撃を》

援護射撃さえせず、岩山から様子をうかがっていた宗介に、アルが告げた。

「この距離では効果《こうか》不足だ。残弾も少ない」

《敵高速艇への射撃を。他の選択肢《せんたくし》はありません》

「選択肢か。それならあるぞ」

言うなり、宗介は〈アーバレスト〉の機体を数歩下がらせ、タイミングを見計らって、一気に助走させた。

《軍曹殿。この角度は――》

「黙《だま》って手伝え」

直後、岩山の崖《がけ》っぷちを蹴《け》り、〈アーバレスト〉が海めがけて跳躍《ちょうやく》した。

銀色の月を背景《はいけい》に、スマートなシルエットが宙《ちゅう》を舞《ま》う。

機体が放物線を描《えが》いて降下《こうか》をはじめると、宗介は腕部《わんぶ》のワイヤーガンを射出《しゃしゅつ》した。そのアンカーが、眼下《がんか》を航走していた高速艇の一隻に鋭《するど》く食い込《こ》む。

すぐさまワイヤーを巻《ま》き取る。空中を泳いでいた機体がみるみる引き寄《よ》せられ、〈アーバレスト〉は高速艇の上に『着地』した。

甲高《かんだか》い金属《きんぞく》の悲鳴と水しぶき。

船体が危《あや》うく転覆《てんぷく》しそうなほどに大きく沈みこみ、甲板《かんぱん》がひしゃげる。

人間のサイズなら、数階の高さから手漕《てこ》ぎボートの上に飛び乗ったような格好《かっこう》だ。

『おいおいおい……!!』

驚《おどろ》くクルツの声。着地した船に乗り組んでいた男たちも、文字通り腰《こし》を抜《ぬ》かして〈アーバレスト〉を見上げていた。宗介は甲板に単分子カッターを突《つ》き立てて、巧妙《こうみょう》に機体のバランスをとると、頭部の12・7ミリ機銃を発砲《はっぽう》する。機関部や兵装《へいそう》を蜂の巣にされ、たちまちその高速艇は無力化した。

「この要領《ようりょう》だ。次に飛び移《うつ》るぞ」

黒煙《こくえん》を吹き上げるその船を足蹴《あしげ》にして、〈アーバレスト〉は跳躍する。その前方を航走していた、次の高速艇めがけて、ふたたび左腕のワイヤーガンを発射。高出力のモーターが、ワイヤーを高速で巻きあげる。

着地！

はげしく揺《ゆ》れる船体めがけて、機関銃を掃射《そうしゃ》。船のエンジンと砲塔《ほうとう》が破壊《はかい》される。

〈アーバレスト〉のセンサーが、すばやく周囲を走査《そうさ》する。いちばん近くを航走している海賊《かいぞく》の船が、こちらめがけてロケット弾を撃ってきた。

赤い光がまっすぐに迫《せま》る。

「……っ！」

その砲弾が着弾する寸前《すんぜん》、宗介は三たび跳《と》んだ。一瞬《いっしゅん》前まで乗っていた高速艇が、被弾し、爆発《ばくはつ》する。その爆炎《ばくえん》を背にして、機体が空中で身をひねった。

砲撃を浴びせてきた敵の船めがけて、〈アーバレスト〉が上空から殺到《さっとう》し、三度目の着地に成功する。海賊たちはわれ先《さき》に逃《に》げまどい、黒い海へと飛び込んでいった。

《軍曹殿。こうした戦術《せんじゅつ》は想定されていません。ナンセンスです》

「そうか？」

機体を操《あやつ》りながら、宗介が言った。

「では、ナンセンスの意味を言ってみろ」

《無理、無茶、非常識《ひじょうしき》》

「やはりおまえはただの機械だ」

空っぽになった砲座と機関部めがけて、〈アーバレスト〉は〈ボクサー〉の砲弾を叩《たた》きこんだ。


その後の戦闘《せんとう》は、一方的に進んだ。

高速艇は残らず撃破《げきは》され、基地《きち》の方にいた海賊たちも総崩《そうくず》れとなった。マオのM9が島に上陸し、残った兵器を片端《かたはし》から潰《つぶ》して回る。外部スピーカーをオンにして、広東語《カントン》、北京語《ペキン》、ベトナム語の三か国語で降伏勧告《こうふくかんこく》。しつこく抵抗《ていこう》する相手には、容赦《ようしや》なく電気銃《テイザー》をお見舞《みま》いする。

味方の輸送ヘリ部隊も到着《とうちゃく》した。分厚《ぶあつ》い防弾衣と防弾プラスチックの盾《たて》で完全武装《ぶそう》した一個《いっこ》小隊が、宗介たちの援護《えんご》の下、わらわらとヘリから降《お》りていき、ASでは手の届《とど》かない屋内へと踏《ふ》み込んでいく。やがて上陸部隊の各チームから、それぞれの担当《たんとう》エリアを制《せい》圧《あっ》した報告《ほうこく》が送られてきた。

数分後には、降参した海賊たちが、数珠繋《じゅずつな》ぎになってドックへと集められる。

これでほぼ、任務完了《にんむかんりょう》だ。

『やれやれ、意外に手こずったな』

海中の狙撃《そげき》ポイントから移動《いどう》してきたクルツ機が、煙《けむり》をかきわけ、ようやく島に上陸してきた。彼やマオの乗るM9〈ガーンズバック〉は、〈アーバレスト〉とよく似《に》たシルエットで、手足はすらりと長く、腰はぐっとしまった外見だ。灰色《はいいろ》の装甲《そうこう》が海水に濡《ぬ》れ、あちこちから水滴《すいてき》をしたたらせている。

「〝ヴェノム〟がいなかっただけ、まだましだと思うべきだ」

機体の散弾砲《さんだんほう》を腰部《ようぶ》のハード・ポイントに戻《もど》しつつ、宗介は言った。

〈アーバレスト〉のそばには、武器を捨《す》てて座《すわ》り込んだ海賊たちと、彼らを見張《みは》る味方の陸戦隊員がいる。

海賊たちはどうにも不服そうな――まるでズルでゲームに負けたような顔だった。難攻《なんこう》不落だと思っていた自分たちの根城《ねじろ》が、ASという兵器によって、こうもあっさり陥落《かんらく》したことが納得《なっとく》できない様子だ。

『こちらウルズ9。陸戦ユニットはすべての区画を制圧。こちらの損害《そんがい》は軽傷《けいしょう》二名のみ。行動に支障《ししょう》はない。海賊側は死亡《しぼう》八、重傷四、軽傷一〇』

歩兵部隊の一チームの指揮《しき》をとっていたヤン・ジュンギュ伍長《ごちょう》が無線で報告した。

抵抗して射殺《しゃさつ》された海賊も出たようだ。しかし数々の商船を襲《おそ》い、その乗組員を山ほど殺している連中だ。降伏勧告に電気銃、催涙弾《さいるいだん》の使用――ここまで親切にしてやったのだから、死ぬのは向こうの勝手である。

『しかしこんな海賊相手に、俺《ミスリル》らが出張《でば》ってくる必要なんてあったのかね？』

一群《ぐん》の捕虜《ほりょ》をM9の頭部センサーで見下ろし、クルツがぼやいた。

「ここは南沙諸島だ。南北中国、ベトナム、台湾……各国の勢力範囲《せいりょくはんい》がモザイク状《じょう》に入り乱《みだ》れている。それだけに、正規軍《せいきぐん》による大がかりな軍事行動は実施《じっし》が困難《こんなん》だ。ブリーフィングで説明されただろう」

宗介が言うと、クルツのM9が左手をうるさげに振《ふ》った。

『わーってるよ。んなことくらい』

「それに、この作戦は単なる海賊討伐《とうばつ》ではない。この島の名前が重要なのだ」

バダム島。海賊団の拠点《きょてん》になっていた、この孤島《ことう》の名前だった。この島にはたくさんの名がある。この南沙諸島の領有権《りょうゆうけん》を主張《しゅちょう》している国と、かつてこの島を支配《しはい》した西洋人の言語の数だけ。北京語の島名『八塔墓《バダム》』は、宗介が香港でガウルンから聞いた言葉だ。

なんの縁《えん》もゆかりもない、平凡《へいぼん》な地名なら〈ミスリル〉も注目はしなかっただろう。しかし、その島が南沙諸島近海を騒《さわ》がせている海賊の拠点ということになると話は別だ。入念な調査《ちょうさ》と偵察《ていさつ》が行われた末、この島が〈アマルガム〉と関係している可能性《かのうせい》は低いと見られていたが——反面、その確証《かくしょう》も得られていなかった。

『ウルズ8より各員へ』

そのおり、海賊基地の倉庫区画を調べていたスペック伍長《ごちょう》が、無線で告げた。

『ここにあるのは武器弾薬とヘロインばかりだ。バナジウムのコンテナもあるが——これは略奪品《りゃくだつひん》だな。先々週襲われたペルー船籍《せんせき》の商船の積み荷だろう』

『バナジウム？』

『レアメタルだよ。おまえさんの乗ってる、そのM9にも使われてるぞ。ソ連の内戦やら南アのゴタゴタやらで……ここ四、五年、価格《かかく》が急騰《きゅうとう》してるのさ。まあヘロインには遠く及《およ》ばねえが、それだけ足も付きにくい』

『へえ。よく知ってるじゃん』

クルツが小さくうなる。

『最近、株《かぶ》やっててね。たまには経済誌《けいざいし》とか読めよ。戦争ばっかしてるとバカになるぜ？』

『うるせーよ。このギャンブル狂《きょう》め』

そこでクルツとスペックのやりとりに、宗介が口を挟《はさ》んだ。

「ほかにめぼしい物品はないのか。精密《せいみつ》機器や、ASの部品は」

『ない。ここは正真正銘《しょうしんしょうめい》、ただの海賊《かいぞく》のアジトだよ。例の〈アマルガム〉やらとは、関係がなさそうだ』

『まだわからないわよ。基地《きち》の司令官を尋問《じんもん》してみないことにはね』

マオが言った。彼女のM9は岩山の山頂《さんちょう》に移動《いどう》し、周辺の警戒《けいかい》にあたっている。

『こちらウルズ9。あー……。その司令官なんだけどね』

ヤン伍長が言う。

『どうも、捕虜の中にはいないみたいなんだ。この基地に不在《ふざい》……ってわけじゃなさそうなんだけど』

「こちらウルズ7。下《した》っ端《ぱ》を装《よそお》って捕虜の中に潜《ひそ》んでいるかもしれないぞ。もしくは、まだこの島のどこかに――」

そこまで言いかけたところで、宗介は気付いた。

〈アーバレスト〉のセンサーが映《うつ》し出す、岩山の斜面《しゃめん》。この港を見下ろす岩肌《いわはだ》の陰《かげ》に、人《ひと》影《かげ》が動くのを見たのだ。火災《かさい》の煙と夜闇《よやみ》のせいで、ひどく不鮮明《ふせんめい》だったが、その男は肩《かた》に対戦車ミサイルをかついでいるように見えた。

いや——まちがいない。対戦車ミサイルが、頭上からこちらを狙《ねら》っている。

そう確信《かくしん》した瞬間《しゅんかん》には、男がミサイルを発射《はっしゃ》していた。

『ソースケ、一時——』

《警報《けいほう》！　ATM！》

クルツとアルが同時に警告した。

距離《きょり》は近かったが、〈アーバレスト〉の運動性ならば、すばやく飛び退《の》き回避《かいひ》することは簡単《かんたん》だ。しかし、この機体の背後《はいご》——つまりミサイルの射線の先には、数十人の捕虜《ほりょ》と味方の歩兵がいた。

避《よ》けたら、彼らの真ん中にミサイルが飛び込《こ》む。

それは、コンマ数秒の判断《はんだん》だった。宗介は回避機動をせず、突進《とっしん》するミサイルに正面から向き合った。

閃光《せんこう》と轟音《ごうおん》。

〈アーバレスト〉の上半身に対戦車ミサイルが命中した。

『くそっ！』

間髪《かんはつ》いれず、クルツのＭ９が頭部の12・7ミリ機関銃《じゅう》をフルオートで発砲《はっぽう》した。タバスコの瓶《びん》ほどあるサイズの弾が、一瞬で数十発も吐《は》き出され、ミサイルを撃《う》った男の体が、岩ごと吹《ふ》き飛ばされて四散した。

『ソースケ⁉』

クルツが振《ふ》り返る。

晴れていく煙《けむり》の中、〈アーバレスト〉が五体満足で姿《すがた》を見せた。両腕《りょううで》をクロスさせた姿勢《しせい》のままだったが、その装甲《そうこう》には傷《きず》一つ付いていない。常識《じょうしき》的に考えれば、ミサイルの直撃《ちょくげき》で機体が半壊《はんかい》しているはずなのに。

「……問題ない」

宗介は言った。

ミサイルの爆発《ばくはつ》は、そのことごとくが〈アーバレスト〉の機体正面に生まれた見えない壁《かべ》に阻《はば》まれ、散り散りになっていた。

『こちらウルズ2、なにがあったの⁉　状況《じょうきょう》を報告《ほうこく》せよ！』

緊迫《きんぱく》した声でマオが告げる。

「こちらウルズ7。残存《ざんぞん》する敵兵《てきへい》のミサイル攻撃《こうげき》を受けたが、ウルズ6が掃討《そうとう》した。味方に損害《そんがい》なし」

無線越《ご》しに、ほっと小さなため息。

『ウルズ2了解《りょうかい》。……気を付けてよ』

交信を終えて、宗介は機体を立ち上がらせる。その彼と〈アーバレスト〉を、クルツのM9が凝視《ぎょうし》していた。

『ソースケ。おまえ、いま……』

「ああ。そちらはどうだ」

『感知した……のかな、これは？』

使い慣《な》れない機材にまごつきながら、クルツが答える。

「アル。駆動《くどう》したな」

《肯定《こうてい》。機体の損傷《そんしょう》は検出されず。主コンデンサの電圧《でんあつ》も安定》

「よし。前後一二〇秒のデータを、すべて非圧縮《ひあっしゅく》でファイルZ《ズール》―1に保存《ほぞん》しておけ」

《ラジャー》

要領《ようりょう》が分かってきたような気がする。

宗介と〈アーバレスト〉は、『ラムダ・ドライバ』を使いこなせるようになりつつあるのだ。

『しかし、たまげたね』

クルツが感嘆《かんたん》した。

『こうやって間近で見てみるとよ。対戦車ミサイルの直撃だぜ？　それをああも易々《やすやす》と。おっそろしい装備《そうび》だな』

「はじめてECSの不可視《ふかし》モードを見たときは、俺《おれ》もそう思った」

宗介は言った。

「深く考えないことだ。そのうち、こういうことが当たり前になるかもしれん」

『まあ……そうかもしれねえけどさ』

クルツは無線機ごしに、どこか思慮深《しりょぶか》げな声で言う。

『そうやって、俺たちゃ何か、重要なことを忘《わす》れてるような気がするんだけどな。どんなとんでもない装備でも『当たり前』って考えるようになってよ。俺らが乗ってるこの機体……このASって代物《しろもの》でさえ、なんとなく違和感《いわかん》があるのに』

「…………？」

『いや、タワゴトだよ。それより――』

声色《こわいろ》を改めて、クルツが言った。

『こちらウルズ6。この基地《きち》の司令官がまだ見つかってねえ、って言ったよな。さっさと見つけて尋問《じんもん》してくれよ。俺、もー帰ってさっさと寝《ね》てえんだけど』

『こちらウルズ9。……えーと、捕虜《ほりょ》が言うにはだね、その司令官っていうのが――』

ヤン伍長《ごちょう》が捕虜の群《む》れの前に立ち、無線で告げた。捕虜たちは顔を見合わせて、先ほどミサイルが飛んできた方角をしきりに指さしている。

『なんだよ。さっさと言えって』

『その司令官――クルツがたったいま機関銃で吹き飛ばした、ミサイルの射手《しゃしゅ》なんだとさ』

『え?…………。あー……。そう』

気まずい感じのクルツの声。そこにマオの声が被《かぶ》さる。

『なんですって? 吹《ふ》き飛ばした? 殺したの!? どーして電気銃《テイザー》を使わなかったのよ!?』

『しゃあねーだろ!? とっさのことだったんだよ!』

『やかましい! 司令官は生きたまま捕《と》らえろって話だったのに、どーしてくれんのよ!? あたしの少尉任官《しょういにんかん》・デビュー戦だってのに!』

『う、うるせー! 無抵抗《むていこう》の船員を山ほど殺したクソ野郎《やろう》だぞ!? 五〇口径の掃射でも釣《つ》りが出らあ!』

『そーいう問題じゃないでしょ!? 死体に尋問しろってての!?』

『ソースケが撃《う》たれたんだぞ⁉』

『へえー⁉　じゃあソースケ、調子はどお？』

「問題ない」

『あ、このヤロ……！』

『ほら見ろ！　あんたのせいよ⁉　報告書《ほうこくしょ》にもきっちり書いてやるからね！　あー、ちくしょう、帰ったら絶対《ぜったい》、ベンがイヤミ言ってくるわ。これじゃあ、面倒《めんどう》な手続きこなして士官になった意味がないじゃないの！　もう決まり。今度の酒はあんたのおごりよ！　だいたいね、あんたときたら救いようがない短絡《たんらく》思考の単細胞で――』

『うるせえ！　ピーピー騒《さわ》いでんじゃねえぞ⁉　てめえこそ先週の演習《えんしゅう》じゃ、人質《ひとじち》ターゲット入りの乗用車を40ミリ弾《だん》で粉々にしただろーが！　あれは――』

『へっへー、おあいにくさま！　あれは演習！　これは実戦よ！』

ぐだぐだと言い合う二人のやりとりを、宗介はうんざりとさえぎった。

「二人とも。責任《せきにん》の所在《しょざい》はさておいて――撤収《てっしゅう》の準備《じゅんび》をして欲《ほ》しいのだが。いまから帰れば、まだ古文の追試に間に合うんだ。藤咲《ふじさき》先生は厳《きび》しくてな。このままだと単位が――」

『やかましい！　パートタイマーは黙《だま》ってろ！』

無線機越しに、異口《いく》同音で二人が怒鳴《どな》った。

「…………」
《同意です、軍曹殿《ぐんそうどの》。この場合は沈黙《ちんもく》を保《たも》つのが賢明《けんめい》かと》
「アル、貴様《きさま》は――」
《失礼。黙ります》
いまのうちに、さっさとこのAIは破壊《はかい》しておくべきではないかと、宗介は真剣《しんけん》に思った。

一二月二一日〇三五一時（現地時間）
西太平洋　深度二五〇メートル
〈トゥアハー・デ・ダナン〉第一状況《じょうきょう》説明室

「つまり。えーと……」

海賊《かいぞく》基地での作戦後、報告会《デブリーフィング》の終盤《しゅうばん》。〈アーバレスト〉がミサイル攻撃《こうげき》を受けたときのくだりを、メリッサ・マオが歯切れ悪く説明していった。

「その瞬間《しゅんかん》、いいことと悪いことが……まあ、二つ同時に起きたわけです」

「では、まず、いいことを聞こうか」

むっつりと話を聞いていた陸戦ユニット・特別対応班《SRT》のリーダー、ベルファンガン・クルーゾー中尉がたずねた。長身の野戦服姿《すがた》で、きりりとした眉《まゆ》、精悍《せいかん》な顔つき。三〇前後の黒人男性《だんせい》である。

マオが言った。

「〈アーバレスト〉のラムダ・ドライバが作動して、対戦車ミサイルの爆発《ばくはつ》をストップしました。データもばっちり」

「それはなによりだ。偶発《ぐうはつ》とはいえ、よくやった、サガラ。……ただし、次からは撃《う》たれる前に対処《たいしょ》しろ。不必要なリスクだ」

野戦服姿の宗介は、椅子《いす》に腰掛《こしか》けたまま無言でうなずいた。

「で？　次に、悪いことは？」

「ミサイルを撃った海賊の司令官を、クルツが吹き飛ばしました。頭部機関銃《じゅう》の12・7ミリ弾を――えーと」

マオが手元のクリップボードに目を落とす。

「――計五四発使用し、跡形《あとかた》もなく」

「ほう……」

想像《そうぞう》はしていただろうし、驚《おどろ》いたわけでもないようだったが――それでもクルーゾーは目を閉《と》じ、こめかみをひくひくとさせた。

「すばらしい。ではどうやって、その跡形もなく吹《ふ》き飛んだ司令官を尋問《じんもん》するんだ？　教えてくれ、ウェーバー」

「ははは。そりゃ無理だ。恐山《おそれざん》のイタコにでも頼《たの》まなきゃ。しかも中国語が使えるイタコが要《い》るな」

宗介のとなりの席のクルツ・ウェーバーが、脳天気《のうてんき》にからからと笑った。

「私はいやみのつもりで言ったんだがな、軍曹《ぐんそう》……」

「知ってるよ、中尉どの」

クルーゾーとクルツが険悪《けんあく》な視線《しせん》をぶつけ合わせ、そのかたわらで、マオが小さなため息をつく。

この二人はとにかく仲が悪い。なにしろ最初の出会いが最悪だった。この二人が一緒《いっしょ》の実戦は、これまで数度ばかりあったが、クルツが〝誤射《ごしゃ》〟と称《しょう》してクルーゾーの背中《せなか》を撃っていないのが不思議なくらいだ。

「あー、すみません」

そこで、遠慮《えんりょ》がちにヤン・ジュンギュが挙手した。

「ですが、あのときは、ああするしかなかったと思います。クルツのM9の位置からだと、射程《しゃてい》がギリギリな上に煙《けむり》も濃《こ》かったので、電気銃《テイザー》では効果《こうか》がなかったでしょう。敵《てき》が二発目を用意していない保証《ほしょう》はどこにもなかったので、すみやかに対象を無力化したのは、やむをえない措置《そち》だったかと」

こういうときのフォロー役は、決まってヤンだ。

「……他の者の意見は？」

クルーゾーが室内の一同を見回して言った。宗介やマオを含《ふく》め全員が、消極的ながらも、うなずくそぶりを見せた。クルーゾーは、最終的に部下たちの判断《はんだん》を尊重《そんちょう》した。

「わかった。ならば、不可抗力《ふかこうりょく》だったのだろう。少佐《しょうさ》には私から報告《ほうこく》しておく。あの海賊のアジトは、例の〈アマルガム〉と関係ないことは確実《かくじつ》だろう。これでまた候補《こうほ》が消えた。連中の活動拠点《きょてん》や正体は、いまだに五里《ごり》霧中《むちゅう》だ」

「ヴェノムと〈ベヘモス〉の残骸《ざんがい》の分析《ぶんせき》結果は？」

マオが言った。

これまでの戦闘《せんとう》で、〈ミスリル〉は〝〈アマルガム〉製《せい》〟とも言える敵ASの残骸を数多く回収《かいしゅう》してきた。〈ベヘモス〉については、もう半年近くになる。研究部や情報部《じょうほうぶ》が本気で分析をすれば、部品の生産元や関連する企業《きぎょう》のことがすこしは判明《はんめい》しているはずである。

「残骸の重要な部品は、ほとんどが〝出所不明〟だったそうだ。どこでも手に入るような電子部品などは、欧米《おうべい》や日本製のものもあったようだが」

「まさか。あれだけ特殊な機体の部品が製造できる工場なんて、限られてるはずだわ」

「西側の工場について言えば、だ。設計《せっけい》のクセや共通点を分析させているそうだが――ヴェノムについて言えば、例のソ連製・次世代型ASが原型なのではないかという見方が有力だ」

「あの、〈シャドウ〉とかいう?」

Zy―98〈シャドウ〉。ソ連のゼーヤ設計局が開発中の、Rk―92〈サベージ〉に代わる次期主力ASのコード名だ。

西側の軍関係者の間で、この新型ASの存在《そんざい》が明らかになったのは、ほんの一か月ほど前のことだった。その全貌《ぜんぼう》は〈ミスリル〉でも把握《はあく》していないが、M9同様、小型・高出力の核融合電池《パラジウム・リアクター》による完全電気駆動《くどう》を実現《じつげん》し、それどころかM9を凌駕《りょうが》するスペックすら持つと言われている。

その〈シャドウ〉を改造《かいぞう》したのが、あのヴェノムだというのだ。

「まだ推測《すいそく》の域《いき》を出ていないがな。機体の構造《こうぞう》から言えば、ゼーヤの新型とヴェノムは、われわれのM9と〈アーバレスト〉の関係によく似《に》ている、という程度《ていど》だ。ともかく、サガラが聞いた『バダム』というキーワードには、注意を払《はら》っていく。もっとも……ガウルンが嫌《いや》がらせで口にしたガセネタかもしれないがな」

「中尉《ちゅうい》。あの言葉が、なんらかのヒントだというのはまちがいない」

宗介が言った。クルーゾーの感想はもっともだったが、彼はなぜか、あの香港でのガウルンの言葉が、ただのでたらめにはどうしても思えなかった。

「わかっている。あるいは罠《わな》か……。いずれにしても、警戒《けいかい》は怠《おこた》らない方針《ほうしん》だ。……とはいえ、われわれの当面の仕事は、情報分析ではなく害虫駆除《くじょ》だ。わずかでも『ヴェノム・タイプ』のＡＳと遭遇《そうぐう》する可能性《かのうせい》のあるミッションには、これからも万全《ばんぜん》を持ってあたる。カリーニン少佐も同じ考えだ。覚えておけ」

一同はめいめいに『了解《りょうかい》』だの『へいへい』だのと言った。

「では各自、報告書を明朝七時までに提出《ていしゅつ》しろ。拘束《こうそく》した海賊《かいぞく》の幹部《かんぶ》三名の監視《かんし》は――ウエーバー、おまえが引き継《つ》げ」

バダム島で捕《と》らえた捕虜《ほりょ》たちは、目《め》隠《かく》しで艦内《かんない》に拘禁《こうきん》中だ。彼らはメリダ島基地《きち》に到着《とうちゃく》次《し》第《だい》、作戦本部のスタッフによって尋問《じんもん》される予定だった。

「ええ⁉ なんだって俺が――」

「命令だ。おまえが責任《せきにん》を持って、ＰＲＴ要員から監視役を選抜《せんばつ》、指揮《しき》しろ。いいな。すべておまえの責任だ。ペリオ諸島《しょとう》のようなことにはならんようにな」

「……了解」

クルーゾーの前任、マッカランの最期《さいご》を思い出したのか、クルツもいくらか殊勝《しゅしょう》な声で応えた。

「では解散。きょうはご苦労だった」

隊員たちが立ち上がり、四方山《よもやま》話をしながら状況《じょうきょう》説明室を出ていく。

「……ねえ、ベン」

マオは室内に残っていたクルーゾーに言った。

「なんだ」

「なんでクルツにやらせるの？　監視なら、あたしが引き継いでも良かったけど」

「奴《やつ》にもすこしは、下士官らしい仕事を経験《けいけん》させておくべきだ。責任感を学ばせる」

「ああ、そういうこと」

マオは合点《がてん》のいった様子でうなずいた。

「それだけじゃない。カリーニン少佐やテスタロッサ大佐とも話してな。君が少尉になって……ＳＲＴのだれかを曹長《そうちょう》に昇進《しょうしん》させるべきだという話になったんだ。そうなるとサガラかサンダラプタかウェーバーということになる。だがサガラは若《わか》すぎるし、パートタイマーだ。サンダラプタは指揮官向きではない。それに――」

「それに？」

「あのチドリ・カナメという娘《むすめ》の証言《しょうげん》では、ペリオ諸島のとき、マッカランは最後にグェンに向かって、〝ウェーバーたちを呼《よ》べ〟と言っていたそうだな。あのとき少佐《しょうさ》は留守《るす》で、君は負傷中《ふしょうちゅう》だった。そこで挙がった名がウェーバーだ。先輩《せんぱい》も本当は、奴を買っていたんだろう」

「………」

「虫の好かん男だが、素質《そしつ》はある。なにより仲間思いだ。しばらく奴をしごいて、様子を見ようと思う」

「ふーん……」

にんまりとしたマオに気付いて、クルーゾーが眉《まゆ》をひそめた。

「なんだよ」

マオと二人きりになると、クルーゾーはついつい下士官時代の口調に戻《もど》る。

「いや。見るとこ見てるなー、って思って」

「からかうな。少佐が不在《ふざい》がちなんだ。俺《おれ》以外にいないだろう」

「そーね。頼《たよ》りにしてるわよ、ベン」

「まったく……」

不機嫌顔《ふきげんがお》でファイルケースを小脇《こわき》に抱《かか》えると、クルーゾーは部屋を出ていった。

SRT専用《せんよう》の待機室に戻ると、宗介はノート型の端末を立ち上げて、報告書《ほうこくしょ》の作成にかかった。

クルツはぶつぶつと不平をこぼしながらも、捕虜《ほりょ》の監視の引き継ぎに出かけていった。おかげで静かだ。さっさと書類仕事を仕上げておけば、艦を浮上《ふじょう》させた上で、東京行きのヘリを出してもらえるかもしれない。ただの下士官である宗介が、わざわざそういう特別扱《あつか》いをされることを快《こころよ》く思っていないクルーも多かったが、知ったことではない。こちらも単位がヤバいのだ。『輸送《ゆそう》等の便宜《べんぎ》は、可能な限《かぎ》りはからう』という一文は、再契約《さいけいやく》のおりにしっかりと契約書に記載《きさい》してもらっていた（燃料代《ねんりょうだい》は自腹《じばら》だったが）。

報告書の作成が八割方《わりがた》終わったところで、小腹が空《す》いた。調理室に行けば、なにか料理が残っているかもしれない。

「どこ行くの？」

宗介が立ち上がると、同じくノート型の端末《たんまつ》をいじっていたマオが声をかけた。

「飯だ」

「ふーん……。あ、そ。行ってらっしゃい」

「行ってくる」

宗介が待機室を出る間際《まぎわ》、マオがいそいそと艦内《かんない》電話に手を伸《の》ばすのが見えたが、特に気にはしなかった。

手近な階段《かいだん》を上り、のんびり通路を歩く。

第二甲板《かんぱん》まで上がると、だれもいない角で、艦長のテッサにばったりと出会った。

「あ……サガラさん」

テッサ――テレサ・テスタロッサは言った。

三つ編《あ》みのアッシュブロンドに、ほっそりとした小柄《こがら》な体。宗介と同い年の少女だ。カーキ色の制服《せいふく》の肩には、大佐の階級章が光っている。なぜか、息を弾《はず》ませていた。

「大佐殿《どの》」

以前ならぴんと背筋《せすじ》を伸ばして、律儀《りちぎ》な敬礼《けいれい》を送っているところだったが――そういう態度《たいど》を彼女が嫌《きら》っていることは、宗介もすでに学んでいた。軽い会釈《えしゃく》だけで済《す》ませる。

「ご休憩《きゅうけい》ですか」

「ええ。もう艦が巡航《じゅんこう》してるから。ちょっと、おなかが空いちゃって。あとはマデューカスさんに任《まか》せました」

テッサはそれから、上目遣《づか》いに言った。

「一緒《いっしょ》になにか、食べません？」

「食堂で、ですか？」

「ええ。よかったら、付き合ってください」

「はい。自分もそのつもりでしたので」

二人は並《なら》んで歩き出す。ほどなく到着《とうちゃく》した食堂は真っ暗だった。夜半過《す》ぎのため、だれもいない。料理も残っていないようだった。

「そっちで座《すわ》っててください。わたしが何か作りますから」

一方的に告げて、テッサが厨房《ちゅうぼう》に入っていく。宗介はあわてて、

「大佐殿、困《こま》ります。そういう仕事は自分が――」

と、言いかけたところで口をつぐむ。テッサが責《せ》めるような目つきで、こちらをにらんでいたのだ。

「わたしの料理は食べられないですか？」

「いえ、そういうことでは」

「カナメさんの作ったものは、いっつも食べてるくせに」

「…………」

返答に窮《きゅう》していると、彼女はくすくすと笑った。

「いいから。たまにはわたしの手料理も味わってみてください」

「了解《りょうかい》しました。では、ご馳走《ちそう》になります」

以前の彼なら、ぎくしゃくと緊張《きんちょう》して『やはり自分が作ります』だの『なにか手伝います』だのと言っていたところだろうが――

（まあ、それもいいだろう）

宗介は思い直し、食堂の席に腰《こし》かけた。

「バダム島では大変だったそうですね」

厨房の奥《おく》からテッサが言った。冷蔵庫《れいぞうこ》を閉《と》じたり開いたり、調理用具を出したりしまったりする音が聞こえてくる。

「いえ。楽なミッションでした」

「でも、ラムダ・ドライバのことは聞きましたよ？」

「恐縮《きょうしゅく》です。不注意がなければ、使うこともなかったのですが」

「結果オーライです。〈アーバレスト〉にも慣《な》れてきたみたいですね」

「はい。ですが、アルの無駄口《むだぐち》には参っています。余計《よけい》なことを次から次へと――あんな制御《せいぎょ》システムは聞いたことがありません」

「制御システムじゃありませんよ」

「は？」

「前にも言ったでしょう？　〈アーバレスト〉はあなたの分身だって。もし――あなたが違《ちが》う環境《かんきょう》で育ってたら、アルみたいになっていたかもしれません」

「気味の悪いことを言わないでください」

渋面《じゅうめん》で言うと、まな板を叩《たた》く包丁の音が、ぴたりと止まった。

「あら。ごめんなさい」

すこし意外そうな声だった。

つい、軽い気持ちで無礼な口をきいてしまったことに気付いて、宗介は恐縮した。

「失礼しました。自分こそ――」

「いいの。だっていまのサガラさん、メリッサやウェーバーさんと話してるときみたいだったから」

「そうでしたか？」

「ええ。ちょっと嬉《うれ》しかったです。……ふふ」

「自分は……どうも、妙《みょう》な感じです」

「わたしもです。変な感じ」

テッサは声を弾《はず》ませる。

　しばらくテッサは調理を続けた。ボールでなにかをかき回す音、鍋《なべ》でお湯を沸《わ》かす音、フライパンでなにかを炒《いた》める音……。

　彼女とまともに話すようになって、もう半年になる。かつては雲の上の存在《そんざい》だったテッサに、いまの宗介は言いしれない親しみを感じている。

　彼女の好意が心地よかった。

　魅力《みりょく》的な少女だと思う。彼女が自分に、こうして話しかけてくれることを嬉しく思う。うつむき加減《かげん》で調理をする彼女の姿《すがた》に、かなめがそうしているときと同じ印象を感じる。

「できました」

　大皿に盛《も》ったパスタを持って、テッサが厨房から出てきた。

「カルボナーラのスパゲティです。よく仕事の後に一人で作ったりするんですけど」

　テッサがフォークとスプーンで、パスタを小皿に盛る。ほんのりと立ちのぼる湯気。こってりとしたチーズとクリームソース。かぐわしい胡椒《こしょう》とガーリックの香《かお》り。

「わりと簡単《かんたん》に出来るんです。少なくとも、カリーニンさんのボルシチよりは自信があります。安心してください」

「それは何よりです」

　身も蓋《ふた》もないことを言ってから、宗介はパスタを口に運んだ。たちまち、彼の両目が大きく見開かれる。なるほど、これは——

「うまい」

そう言った瞬間《しゅんかん》、なぜかテッサはきゅっと身をすくめつつ、『ぴっ！』とVサインを作った。

「ああ……特訓の甲斐《かい》がありました。これでカナメさんのずるい手口も……」

だれに言うともなくつぶやく彼女を、宗介は怪訝《けげん》顔で眺《なが》める。

「は？」

「いえ、こっちのことです。さあ、どんどん召《め》し上がってくださいね！」

「はあ……」

空腹《くうふく》も手伝っていた。不審《ふしん》に思いながらも、宗介はパスタをどんどん食べる。フォークを上下させる彼を、うっとりと眺めつつテッサが言った。

「サガラさん、おかわりは？」

「いただきます」

腹《はら》六分目の習慣《しゅうかん》がついている宗介だったが、ついつい小皿をさしだしてしまう。これが作戦前なら、満腹は厳禁《げんきん》なので断《ことわ》ったところだろう。満腹は思考力を鈍《にぶ》らせるし、万一腹部に被弾《ひだん》したとき——死亡《しぼう》する確率《かくりつ》がぐんと上がる。だがいまは艦内《かんない》だ。当面はその心配もないだろう。捕虜《ほりょ》を監視中《かんしちゅう》のクルツがドジでも踏《ふ》まない限《かぎ》りは。

「おいしいですか？」

改めてテッサが訊《き》く。

「はい。これは——うまい」

「良かった！」

テッサがにっこりとする。輝《かがや》くような笑顔《えがお》、とでも言うのだろうか。宗介はささやかな安らぎを感じ、同時に、すこし後ろめたい気分になった。

「ねえ……来週、クリスマスですよね？」

おずおずと、彼女が言った。

「詳《くわ》しくは知りませんが、そのようです」

「二四日って、何の日だか知ってます？」

「イブという行事らしいことは聞いています」

さすがの宗介でも、クリスマスがキリスト教徒の行事だということは知っていた。だがアフガンでイスラム聖戦士《ムジャヒディン》たちと共に戦ってきた彼にとっては、あまり興味のない話だ。むしろ、今年はその三日前から始まる『断食月《ラマダン》』の方が、気になっているくらいだった。

宗介にとってクリスマスというのは、アフガン時代の敵《てき》だったソ連兵たちの警戒《けいかい》が、弱

くなってくる境目《さかいめ》の時期……という程度《ていど》の認識《にんしき》だった。

(そのクリスマスの話を、なぜいま……?)

宗介は無意識《むいしき》に身を固くする。テッサは確《たし》かカトリック教徒のはずだ。彼女が得体のしれない宗教論争《しゅうきょうろんそう》をふっかけてくるとも思えなかったが、落ち着かない気分になった。

「そう……。やっぱり知らないんですね……」

「は?」

「いえ。それでね、サガラさん……」

テッサはためらいがちに言った。

「はい」

「実はその二四日に……。部隊のみんなとパーティをする予定でしょう? その後、わたしの部屋でも、メリッサたちとささやかな二次会をやるつもりなんです。もしよければ、サガラさんもいかがです?」

邪気《じゃき》のまったくない瞳《ひとみ》が、宗介の顔を覗《のぞ》き込《こ》んでいた。

「二四日に、ですか?」

「ええ」

「………」

宗介は迷《まよ》った。その日には、学校の方で臨時《りんじ》の修学《しゅうがく》旅行がある。

〝今度こそは万全《ばんぜん》の態勢《たいせい》で護衛《ごえい》をする〟だのと、宣言《せんげん》したばかりなのだ。

だが、多忙《たぼう》なテッサと親睦《しんぼく》を深める機会はそれほどない。宗介はここ数か月で、彼女の好意を漠然《ばくぜん》と察していた。その相手からこうして誘《さそ》われたのに、それを無下に断《ことわ》るのはひどくためらわれた。

「……やっぱり、学校の方が忙《いそが》しいんですか？」

「いえ、そういうわけでは。ただ少々……」

答えに窮《きゅう》していると——食堂の外の通路を、あわただしく走ってくる足音がした。

「ちょっと、ちょっと！」

興奮《こうふん》気味に駆《か》けつけ、食堂に飛び込んできたのはマオだった。さっきまで、端末《たんまつ》を使ってなにやら調べものをしていたはずだったが——

「どうした、マオ」

「ソースケ！　あんた、ペルシア語知ってたわよね⁉」

「すこしは。アフガン方言だがな。それがどうした？」

わけもわからず宗介が言うと、マオはうなり声をあげた。

「だったら気付きなさいよ⁉……ったく！」

「？」

「例の『バダム』だってば。ずっと調べてたの。あのガウルンの、分かってる限りの経歴《けいれき》から、知ってそうな言語も当たっててね。……で、ペルシア語で『バダム』――『BADAME』ってアルファベットで書くと、英語でなんて言うか知ってる？」

いきなりまくし立てられて、少々混乱《こんらん》しながらも――宗介は自分の知っている単語を挙げてみた。

「たしか……アーモンドだ」

「ちがう、それは『BADAM』。『E』を付けたら？」

「いや、わからん」

ばつの悪い思いをしながら、宗介は認めた。彼がアフガン時代、日頃《ひごろ》使っていたのはタジク語とファルシー語――ペルシア語のアフガン方言だった。それにパキスタン系《けい》のパシュトゥーン語も、日常《にちじよう》会話程度《ていど》なら使える。アフガニスタンは、複雑《ふくざつ》な民族構成《こうせい》の国なのだ。

宗介がたくさんの言語を使えるのは、別に彼の言語的才能《さいのう》が抜《ぬ》きんでているからではない。単純《たんじゆん》に、記憶力《きおくりよく》の優《すぐ》れている年齢《ねんれい》の内に、その地方で暮《く》らしていて、自然と覚えただけの話だ。

もっとも、いまや彼のファルシーはずいぶんと錆《さ》び付いていて怪《あや》しいし、そもそも読み書きはまったくできない。文字まで使いこなせるのは、英語と日本語——そしてかろうじてロシア語くらいだ。

「それで。『BADAME』になると、どうなるんだ？」

怪訝《けげん》顔で宗介が言う。一〇か国語近くを自在《じざい》に操《あやつ》るテッサも、ペルシア語は知らないと見え、きょとんとしていた。心なしか、この食堂での時間を邪魔《じゃま》されたことに気分を害しているようにも見えたが。

「『さなぎ』よ。『さなぎ』！」

「？」

一二月二一日一五三七時（日本 標準時《ひょうじゅんじ》）
東京　陣代《じんだい》高校

「ねえねえ、相良くん」

放課後、クラスメートの常盤恭子《ときわきょうこ》が寄《よ》ってきて、宗介に言った。

「今度の二四日がカナちゃんの誕生日《たんじょうび》だって、知ってた？」

「……………」

「もしもし？　おーい」

「そう、いえば、そう……だったな」

宗介はぎくしゃくと答えた。

誕生日を祝うなどといった習慣《しゅうかん》が身に付いていないせいで、実のところ宗介は、かなめの誕生日をきっちりと忘《わす》れていたのだった。この学校に潜《もぐ》り込む前、かなめの履歴《りれき》にはすべて目を通していたのだが……。

しかも、その日は〈ミスリル〉の方の用事を入れてしまったのだ。

自分の見落としに頭を痛《いた》める宗介をそっちのけにして、恭子は話を続ける。

「例のクルーズ旅行、相良くんも行くんだよね？　それで、当日なんだけどさ――ちょっと、カナちゃんをびっくりさせようかな、って計画があるの。みんなで『誕生日おめでとー！』ってやろうと思って」

教室の向こう、窓際《まどぎわ》から身を乗り出し、黒板消しを打ち合わせるかなめの姿《すがた》を、彼女がちらりと見る。

「たぶんね、カナちゃん、今年はそういうイベントないと思ってるから。そこにつけ込《こ》むわけ。みんなで花束とか買おうって話になってるから、カンパお願いできる？」

「カンパとは？」

「知らないの？　えーと……カンパっていうのは、みんなでお金を出し合うことだよ。一口三〇〇円。お願い！」

「そうか。なら出そう。だが――」

「だが？」

財布《さいふ》を握《にぎ》り、宗介は口ごもった。

「すまないのだが、そのクルーズ旅行は欠席するつもりなのだ。別の用件が出来てな」

「来ないの？　だって、こないだあんなに張《は》り切ってたじゃない！『今度は完全武装《ぶそう》で参加します』だなんて言って」

「む。……いや。それは」

宗介はしどろもどろになる。

「それに、カナちゃんの誕生日なんだよ？」

「すまない。だが、先約を入れてしまったのだ」

「えー。カナちゃん、がっかりするだろうなー」

「やむをえん」

「どんな用なの？」

だが〈ミスリル〉の存在《そんざい》は、陣代高校の生徒には秘密だった。もちろん、恭子にもだ。

「言えない。申し訳《わけ》ないが……」

そこで、かなめがふらりと近付いてきた。そばの黒板に黒板消しを置いて、チョークを適当《てきとう》に整頓《せいとん》しながら、彼女がたずねる。

「どーしたの？」

「え？　いや……ちょっと。あはは」

「？　なによ」

「そ……それより、聞いてよカナちゃん！　サガラくん、クルーズ旅行、来ないんだって！　つまんないよねー」

話を逸《そ》らし、恭子が握《にぎ》り拳《こぶし》で言った。するとかなめは、チョークを並《なら》べる手を一瞬《いっしゅん》だけ『ぴたり』と止めてから、

「あ、そーなの……」

と、そっけなく言った。

「いろいろとあってな。すまん」

「ふーん……。なんであたしに謝《あやま》るの？」

「？　いや、俺《おれ》は――」

「いいんじゃない？　その方が静かな旅行になるだろうし。任務《にんむ》だかなんだか知らないけど、楽しいクリスマスを過《す》ごしなさいよ。あたしは全然気にしてないから」

「いや。その日は──」

「その日は、なに？」

横目でじっと見られて、宗介は口ごもる。すぐそばに恭子がいるので、〈ミスリル〉の名を口に出すことははばかられた。

「へえ。説明できないほど大切な用事なんだ。まあ……あたしは関係ないけど。じゃあね。おみやげは期待しないでちょうだい」

どこか冷たい声で言ってから、かなめはさっさとその場を立ち去った。そのやりとりを横で見ていた恭子が、深いため息をつく。

「ほらー！　もう。ぜったい不機嫌《ふきげん》になってるよー」

「それは……そのようだが」

こめかみに脂汗《あぶらあせ》を浮《う》かべ、宗介は言った。

「だがわからん。なぜあそこまで不機嫌になるのだ？」

「決まってるでしょ。カナちゃん、誕生日《たんじょうび》なんだよ？　相良くんが来なかったら、やっぱりガッカリするよ。でもカナちゃんは見栄《みえ》っ張《ぱ》りで強情《ごうじょう》だから、素直《すなお》に『寂《さび》しい』って言えないの。それくらい、察してあげなよ」

恭子の言葉は筋道《すじみち》だっていたが、それでも宗介にとってはひどく理解《りかい》の難《むずか》しい内容《ないよう》だった。

「よくわからん。誕生日というのは、それほど重要なものなのか？」

「いいから！　肝《きも》に銘じときなよ」

「……了解《りょうかい》」

とりあえず宗介はそう言っておいた。

「だが、それでも申し訳《わけ》ない。その日は、どうしても空けられないのだ」

恭子のおさげ髪《がみ》が、『しなっ』とたれ下がる。

「そう……。どっかのパーティなの？」

「パーティ。そうだな。ある意味、パーティだ。パーティの予定が、別のパーティになった」

「？」

「いや、気にするな」

その放課後、かなめは泉川《せんがわ》駅前の商店街に一人で向かった。

愛くるしいぬいぐるみやグッズ類がずらりと並ぶファンシーショップに入り、ボン太くんグッズを物色していると、彼女のそばにサラリーマン風の男が寄《よ》ってきた。

「お嬢《じょう》さん。おじさんと遊びませんか？」

どことなくぎこちない声で、男が言った。

「おととい来いってのよ、バーロー」

「そう言わずに。おいしいもの、おごってあげるから」

これまた不本意そうな口ぶりである。その言葉を聞いて、かなめはふんと鼻を鳴らした。

「よろしい。ちゃんと合言葉、覚えたみたいね」

「もうすこし、マシなセリフと場所を指定できんのか……？」

声をひそめて、男が言う。

「別にいいじゃない。これなら間違《まちが》いないだろうし」

「それ以前に、不自然だろう。こんな接触《せっしょく》を知ったら、情報部《じょうほうぶ》の上役はなんと言うことやら……」

「黙《だま》ってればいいだけでしょ」

かなめはちらりと横目で相手を見た。

この男は〈ミスリル〉の情報部に所属《しょぞく》するエージェントだった。コード名は『幽霊《レイス》』。

その任務《にんむ》はかなめの監視《かんし》と護衛《ごえい》だ（護衛については怪《あや》しいものだったが）。

変装《へんそう》の達人らしく、出てくるたびに違う姿《すがた》をしている。上品な老婦人《ろうふじん》のときもあれば、フリーター風の若《わか》い男のときもある。ほかにも中年のサラリーマン、四〇くらいの主婦《しゅふ》、工事現場《げんば》の作業員、保険《ほけん》のセールスマンなどなど、バリエーションは多種多様だ。このエージェントが本当に男なのかどうかさえ、かなめは知らない。

レイスのこの変装術にばかりは、かなめも深く感心していた。なにしろ、声色《こわいろ》まで自由に変えてくるのだ。

「しかしまあ……いつも器用に変装するわね。スパイなんてネクラな仕事やめて、芸人にでもなった方が儲《もう》かるんじゃない？」

「大きなお世話だ」

なぜかむきになって、レイスは肩《かた》をいからせた。

「あー、傷《きず》ついたなら、ごめんね」

もしかしたら、昔は本当に芸人を目指していたのかもしれない。だが世間の荒波《あらなみ》は厳《きび》しく、夢《ゆめ》に破《やぶ》れ、流れ流れて、怪しい組織《そしき》のスパイなんかにまで身を持ち崩《くず》したのだろう。

かなめは勝手にそう想像《そうぞう》し、そこはかとなく同情のこもった視線を送った。

「無神経《むしんけい》なこと、言っちゃったなら謝るから。そういうつもりじゃなかったの……」

「………。なにか、ひどく失礼な想像をしていないか？」

「してないよ。人間、生きてりゃいろいろあるし。元気出してね」

「妙《みょう》に引っかかる物言いだな……」

「それにさ、こういう仕事も芸の肥《こ》やしになるかもしれないじゃない」

「だから、私は芸など興味《きょうみ》ない……！」

最近のかなめとレイスの関係はこんな調子だ。どうも彼女には、傭兵《ようへい》やスパイなどといった種類の人間のペースを、かき乱《みだ》す才能《さいのう》があるようだった。

知りたいことがあるときや、ヒマをもてあましているとき、しばしばかなめはレイスを呼《よ》び出す。もっとも、宗介と彼はいまだに直接《ちょくせつ》対面したことはない。レイスの頑固《がんこ》な主《しゅ》張《ちょう》で、宗介がそばにいるときは、呼び出さない取り決めになっているのだ。情報部所属のレイスと作戦部所属の宗介、この二人の仲がひどく悪いことは、それぞれの口ぶりから、かなめもおぼろげに察していた。

「それで、調べてくれた？」

かなめは用件《ようけん》を切り出した。

「……一応《いちおう》は。作戦部の予定なので、確証《かくしょう》はないが。〈トゥアハー・デ・ダナン〉戦隊についで言えば、クリスマス前後にはこれといった作戦行動の予定はない。宴会《えんかい》の準備《じゅんび》はしているようだがな」

「ふーん……そう」

ふっと、かなめの顔が曇《くも》る。

宗介がクルーズ旅行に来ないのは、〈ミスリル〉の方で作戦があるからなのではないかと思っていたのだ。

だが、そんな予定はないらしい。

部隊のパーティとやらに出るつもりで、こちらの臨時《りんじ》旅行はキャンセルにしたのだろう。

なにせ向こうには、命を預《あず》ける仲間たちと、あの娘がいる。

そんなことくらい、直接宗介に詰問《きつもん》すれば良かったのだが——ああやって関係がギクシャクしたとき、問いつめられないのがかなめなのだった。

「どんなパーティなのかなぁ……」

「知るか。そんなことより、臨時の修学《しゆうがく》旅行の件を心配したらどうだ」

「調べたんでしょ？」

「調べた。情報部《こちら》の分析《ぶんせき》では、あの船には何の問題もないようだ。背後《はいご》関係もきれいなものだ。順安《スンアン》のときのような手を、敵《てき》が使って来ない保証《ほしよう》はないが——」

「シージャックってこと？」

「そうだ。だが、その可能性《かのうせい》はきわめて低いだろう。敵組織もさすがに、TDD戦隊のすさまじい機動力・打撃力《だげきりょく》・隠密性《おんみつ》は思い知らされているだろうしな。もはやおまえを拉致《らち》するために、そうした作戦はとらないはずだ。だが、それだけに……」

レイスは口ごもった。

「それだけに、なに？」

「いや。こうした日常《にちじょう》で、襲撃《しゅうげき》される危険《きけん》の方が多いにありうる、ということだ」

「…………」

「だが敵は来ない。泳がされている、とみるべきだろう。その気になれば、いつでも私やウルズ7を排除《はいじょ》し、おまえを拉致できる自信があるのかもしれん」

「……ずいぶん冷静なのね」

「事実を述《の》べているまでだ」

「あんたたちも、あたしを泳がせてるだけなんじゃないの？」

「…………」

この問題に触《ふ》れると、レイスはいつもだんまりを決め込《こ》む。

不安な気持ちを押《お》さえつけようとして、かなめはついつい刺々《とげとげ》しい声になった。

「あたしに言わせりゃ、あんたたち情報部ってのも、その『敵』やらと同じくらいにうさんくさいけどね。ソースケやテッサはともかく、作戦部のエラいさんってのも、何を考えてるかわかったもんじゃないわ」

「おまえの疑念《ぎねん》は理解《りかい》できるがな――千鳥かなめ。すこしは私の誠意《せいい》もくみ取って欲《ほ》しいものだ。こうして個人《こじん》的な接触《せっしょく》をしていること自体、上層部《じょうそうぶ》に知れたら大問題なのだぞ」

「それはありがと。じゃあ今度、うちに来なさいよ。お礼においしいもん作ってあげるから。鍋物《なべもの》とかは好き？」

「チゲ鍋は大好物……ではなく、本当に私の話を理解してるのか、おまえは⁉」

「はいはい。気楽に呼び出すな、ってんでしょ。わかりましたって」

「まったく……」

レイスはため息をつくと、かなめに背《せ》を向け、その場を去ろうとした。だがその前に、一度立ち止まってこう言った。

「とにかく旅行は用心しろよ。念のため、私も客として潜《もぐ》り込むつもりだが」

「あ、そ。ご苦労さん」

どんな格好《かっこう》で潜り込むのやら。

かなめは店を出ていくレイスの後ろ姿《すがた》を見送った。

宗介のいないクルーズ旅行を想像する。

やっぱり、〈ミスリル〉の方《あっち》が大事なんだろうな、と思う。彼女は暗い気分になって、なにも買わずにファンシーショップを出ていった。

外の空気は冷たく、息が白かった。

すっかり日の短い季節になり、空は真っ暗だったが、商店街はにぎやかだった。クリスマス・ソングが流れ、人々の話し声、笑い声があふれている。

「……あ」

かなめが出てきた店のはす向かい、古びた靴屋《くつや》の軒先《のきさき》に、宗介が立っていた。

雑踏《ざっとう》の向こうから、彼がゆっくりと近付いてくる。レイスに会っていたのを見られただろうか——そう思うより前に、もしかしたら『クルーズ旅行の方に行くことにした』と言ってくるかもしれない、と期待してしまった。

「な……なにしてんのよ。そんなとこで」

それでも、そっけない声で言ってしまう。

「君が出てくるのを待っていた。不審《ふしん》な男が店を出入りしていたが——なにもなかったようだな」

宗介が言った。

「あ、あるわけないでしょ。銃《じゅう》をしまいなさい、銃を」

「む……」

鞄《かばん》の陰《かげ》に隠《かく》し持っていた自動拳銃《けんじゅう》を、宗介は上着の下のホルスターに戻《もど》した。

宗介はどうやら、レイスに気付かなかったようだ。あるいは、疑《うたが》いくらいは持ったかもしれないが。

もちろん宗介が間抜《まぬ》けなわけではない。レイスの偽装技術《ぎそうぎじゅつ》が、ずば抜けているのだろう。ここ最近、かなめにはやりこめられっぱなしだが、あの男も相当に優秀《ゆうしゅう》なエージェントのようだ。この人混《ひとご》みに紛《まぎ》れてしまえば、レイスは本当に『見えない』存在《そんざい》になってしまう。殺気の類《たぐい》には異常《いじょう》に敏感《びんかん》な宗介でも、向こうにその気がないのでは、そのアンテナも鈍《にぶ》るようだった。

かなめが歩き出すと、宗介が後ろから付いてきた。

「千鳥」

「なによ」

「俺《おれ》に隠していることはないか？」

「え……」

「香港のとき以来、君はたまに――いや、気のせいならいいのだが」

宗介にも確信《かくしん》はないようだったが、かなめがなにかを黙《だま》っていることを、どことなく感じているのだろう。さっきのようなレイスとの付き合いや、二か月前、宗介の留守《るす》中に起きた——あのレナードという少年とのこと。

レイスのことは、折りをみて話そうとは思っている。さっき冗談《じょうだん》めかして言った鍋の話は、半ば本気だった。レイスと宗介の二人を同席させて、料理を振《ふ》る舞《ま》おうという心づもりだ。レイスもそれほど悪い奴《やつ》でもなさそうなのだし、宗介とも和解《わかい》させた方がいいに決まっている。

ただ、レナードの話はできなかった。

あのホテル街の屋上で、暗殺者に襲《おそ》われ、そしてまた別の『何者か』が、その暗殺者を始末してしまったこと。そして、そのとき目撃《もくげき》したロボットの話はした。だが、かなめがその『何者か』とどんな会話をしたのか、そして何をされたのか——それだけは、どうしても言う気になれなかった。

これまで宗介も、とりたてて追求はしてこなかったことだ。だが、はじめてきょう、彼は疑問《ぎもん》を口にしてきた。やはり、さっきのレイスとのニアミスで、なにか胸騒《むなさわ》ぎでも感じたのだろうか。

「あたしが、なにか隠してるっての？」

「いや……隠している、というほどではないのだろうが。なにか無理をしていないか？」

「してないわよ。あんたこそ、あたしになにか隠してるんじゃない？」

自分の声に険《けん》がこもるのを、かなめはどうしても止められなかった。

「俺が、か？」

「クリスマスよ。学校の臨時《りんじ》旅行休んで、どうするつもり？」

「部隊の作戦がある」

嘘《うそ》ばっかり、とかなめは思った。

どうせ〈ミスリル〉のパーティしかないくせに。みんなで騒《さわ》いで、あの子といいムードにでもなろうっていうわけ？　そういう嘘はつかないタイプだと思ってたのに。八か月の日本暮《ぐ》らしで、そんないやらしいごまかし方まで覚えたのだろうか。

「そう。作戦ね。作戦、作戦、作戦……と。いっそのこと、その『ミス・作戦』と結婚《けっこん》でもしたらどお？」

「よくわからん。言いたいことがあるのなら、もうすこし具体的に説明してくれないか？」

「本気で言ってるわけ⁉」

かなめは宗介を、きっ、とにらんだ。

「いつもいつも……トーヘンボクのふりしてゴマかせると思ったら大間違《おおまちが》いよ!?　ちゃんとネタは割《わ》れてるんだから！」

「？　よくわからん。……それより、その件《けん》で君の耳に入れておきたいことが――」

「あー、やかましい！　聞きたくない」

「千鳥――」

「付きまとわないで。うっとおしいから！」

「いつもそうだ！　なぜ君は――」

「話したくないって言ってるのよ！」

つっけんどんに言うと、かなめは雑踏《ざっとう》をすり抜《ぬ》けるようにして、大股《おおまた》で宗介から離《はな》れていった。


その晩《ばん》、かなめが例によって、一人でくよくよと自分の言動を悔《く》やんだのは言うまでもない。だが、彼とのやりとりを何十回も頭の中でリピートしてみても、やっぱり腹《はら》が立つのは抑《おさ》えきれなかった。

なによ、あんなやつ――と思う。

そこから先は、例によっての思考停止だ。普段《ふだん》は簡単《かんたん》に思いつくはずの、彼の長所や美点はかき消え、ネガティブな考えばかりが頭に浮《う》かぶ。

だいたいあいつは、思いやりのかけらもなくて、あたしのことバカだと思ってる節があるし、いつもあんな風にボケてるのも確信《かくしん》的な感じがする。そういえば、よくよく考えてみれば、あそこまで非常識《ひじょうしき》なのはちょっとおかしいんじゃないだろうか？　ホントは最初から、ああいうキャラを分かってて演《えん》じてるんじゃないかしら。だとしたらスッゲー、ヤな奴！　っていうか超《ちょう》サイテー。ほんの一瞬《いっしゅん》でも、クラっときちゃった自分が情《なさ》けない。ものの勢《いきお》いでコクらなくてホントよかった。そもそも男ってのは、例外なくペテン野郎《やろう》で、自分の体面を保《たも》つためなら、いくらでもウソを並《なら》べ立てる、ズル賢《がしこ》いやつらなんだ。これっぽっちも信用できない、悪の超エネルギー生命体なのだ。

やっぱり絶《ぜ》っ対《たい》、あたしは男なんかと付き合わない。特に、あいつ！

ソースケなんて、大っ嫌《きら》い！


それから数日、かなめは宗介とほとんど口をきかなかった。宗介の方から渋々《しぶしぶ》と声をかけてきたことは何度もあったが、かなめはとりつく島も与《あた》えなかった。

PHSにメールまで送られてきたが、彼女はそれを、見もしないで破棄《はき》した。学校で『メールを見たか？』と言われたときは、『はいはい、見たわよ。だから話しかけないでく

れる？』だのと言って追い払《はら》った。

こういう喧嘩《けんか》は毎度のことなのだが――

今回は、そのせいで小さな混乱《こんらん》が起きることになった。

2：かしましき、この聖夜

一二月二四日　一四〇一時（日本標準時）
横浜　横浜港

ＪＲの桜木町駅からバスで五分。〈パシフィック・クリサリス〉号の繫留《けいりゅう》されている新港埠頭は、黄昏《たそがれ》時でカップルのごったがえす海浜《かいひん》公園のすぐそばにあった。

〈パシフィック・クリサリス〉は全長二七二メートル、総トン数約一〇万トンの巨大《きょだい》なクルーズ船だ。世界でもトップクラスの大きさを誇《ほこ》る。カリブ海あたりで就航《しゅうこう》している便には、これよりも大きい船が何隻《せき》かあったが、それでもこれに匹敵《ひってき》するサイズの客船は滅多《めった》にない。

真っ白な船体。流線型の煙突《ファンネル》と、幾重《いくえ》もの客室甲板《かんぱん》。

かなめがこれまでまともに乗ったことのある巨大な船といったら、〈ミスリル〉の強襲《きょうしゅう》揚陸潜水艦《ようりくせんすいかん》〈トゥアハー・デ・ダナン〉くらいのものだったが、この〈パシフィック・クリサリス〉はそれよりも大きく見える。まるで一つの都市が、まるごと洋上に浮《う》かんでいるようなものだった。

戦闘艦《せんとうかん》しか知らなかったかなめの目には、この〈パシフィック・クリサリス〉号は、えらく豪華《ごうか》な船に見えた。その内装《ないそう》も、潜水艦とは比較《ひかく》にならない広さだ。通路や客室を歩いている限《かぎ》りは、地上のホテルを歩いているのとそう変わらない景色だった。

「贅沢《ぜいたく》な船だなー」

かなめが客室のベッドの上に手荷物を置きつつ、ぽつりとつぶやくと、同室になった恭《きょう》子《こ》が声を弾《はず》ませた。

「うん、うん、そうだよねー！　船に乗るとき、ロビー通ったじゃない。すごい広くてきれいで、びっくりしちゃった。船長さんや楽団《がくだん》の出迎《でむか》えとかも感激《かんげき》したし！」

いまはまだ、学校の面々が乗船したばかりのところだ。

タラップを上ってきたかなめたちを出迎えたクルーは、その多くが外国人だった。彼らの親切で慇懃《いんぎん》な態度《たいど》に、恭子や先生たちは感動した様子だったが、かなめは何か、それに言いしれぬ不自然さを感じていた。

クルーの何人かが、列の中のかなめを認《みと》めて、『ああ、この娘《むすめ》か』という顔をしたような気がするのだ。前から彼女を知っていたような——それどころか、これからの彼女の運命さえ知っているような――そんな顔だ。

かすかな表情《ひょうじょう》のこわばり。仲間とのそれとない目配せ。そして何事もなかったかのような、朗《ほが》らかな笑顔《えがお》。

自分でも馬鹿《ばか》げていると思う。

なにしろ修学《しゅうがく》旅行の事件《じけん》は有名だったし、その生徒たちの中で、かなめは『最後に救出された少女』だった。船長たちが、この学校のことを知っているのはおかしくないのだ。

「ねえ、カナちゃん」

「ん？」

「出航の前に、上の甲板《かんぱん》行こうよ。みなとみらいの大観覧車《だいかんらんしゃ》、展望《てんぼう》デッキから見えるらしいし」

「うん。でも、それよりあたし、腹減《はらへ》ったなー。おやつある？」

「あ、ごめん。さっきの待ち時間に、シオリちゃんたちと食べちゃった。マユちゃん、ポッキー持ってたみたいだから、もらってきたら？」

「そっか。あいつ最近、太り気味だから没収《ぼっしゅう》してこよ」

「うわ、ひどーい」

笑いながら、かなめは一人で部屋を出る。

明るい通路には、何人かの女子生徒たちがうろうろしており、かしましい声でああでもない、こうでもないと騒《さわ》いでいた。

（あー、まったく、案の定……）

この船には、一般客《いっぱん》も数多く乗り込《こ》んでいる。迷惑《めいわく》をかけないように、と散々ホームルームで念を押《お》されたのに。さっそくこの体《てい》たらくだ。学級委員の義務感《ぎむかん》が働いて、その生徒たちをいさめようとすると――

『ふざけるな《ノー・キディン》！』

と、男の怒鳴《どな》り声がした。

英語だ。女子生徒の笑い声をかき消すような、野太く居丈高《いたけだか》な声。

困《こま》った様子の乗務員《じょうむいん》に、遠慮会釈《えんりょえしゃく》なく食ってかかっているのは、大柄《おおがら》なスーツ姿《すがた》の白人男だった。かなめはなんとなく、コメディ映画《えいが》に出ているときのシュワルツェネッガーに似《に》ているなー、と思った。

『どうしてこの俺が、ケツの青い女学生どもと同じBクラスの部屋なんだ⁉』

『申し訳《わけ》ございません、お客様。ですが、Aクラスの客室はすでに満室になっておりまして――』

『だったら別のスイートでも用意したらどうだ、この大陸間弾道《だんどう》バカめ！　合衆国《がっしゅうこく》海軍の中佐《ちゅうさ》たる俺様《おれさま》にこの仕打ち。おまえら、なんか俺に恨《うら》みでもあるのか⁉　さてはおまえ、空軍の手先だろう⁉』

『お、お客様――』

『やめてくださいよ、艦長《かんちょう》！　恥《は》ずかしいなあ、もう。そんなことだから、日本旅行の直前に、奥《おく》さんに逃《に》げられちゃうんですよ⁉』

いきりたつシュワちゃんに、連れとおぼしき東洋系《けい》のハンサムな青年が取りすがる。こちらも同じくスーツ姿だ。

『なんだと、タケナカ⁉　無能《むのう》な副長の貴様《きさま》を、イライザの代わりに誘《さそ》ってやった恩《おん》を忘《わす》れたのか⁉』

『よくそんなことが言えますね⁉　ついきのう、ワイキキ・ビーチで休暇《きゅうか》を満喫《まんきつ》していた僕《ぼく》を、強引《ごういん》に連れだしたのは誰《だれ》だと思ってるんですか！』

『ふん、なにを言うか。おまえが鼻を伸《の》ばしていたグラマーな日本人女は、きっと性病《せいびょう》持ちだ。感謝《かんしゃ》するがいい！』

『なんてこと言うんですか、あんたは⁉……くそっ、せっかくの出会いを、なんだってあんたは台無しに――』

『やかましい！　いい気味だ！』

〝艦長〟と呼《よ》ばれた男は、吐《は》き捨《す》てるように言った。

『上官が離婚《りこん》問題でヒイヒイ言ってるってのに、のほほんとバカンスを謳歌《おうか》するとは何事だ⁉　おまえも苦しめ！　不幸になれ！』

『それが本音ですね⁉　本音なんだな、ちくしょうっ！』

男たちが、乗務員《じょうむいん》の前でじたばたと廊下《ろうか》でつかみ合いを始める。応援《おうえん》の乗務員が駆《か》けつけると、二人はなだめすかされ、同時に押《お》さえつけられるようにして、客室の中へと連れ込《こ》まれていった。

扉《とびら》が閉《し》まり、通路がしん、となる。

英語のわからない生徒たちは、きょとんとするばかりだった。一方で帰国子女たるかなめは、その会話の一部始終を聞き取ってはいたが――

「いろんな人が乗ってるのね……」

とだけつぶやき、級友の部屋へと急いだ。

太平洋　三浦半島沖《おき》　一二月二四日　一八五五時
〈パシフィック・クリサリス〉

ほどなくクルーズ船は出航し、浦賀《うらが》水道を通り抜《ぬ》け、東京湾を出た。

すでに日は沈《しず》んでいた。白く巨大《きょだい》な船体が、満天の星空の下を穏《おだ》やかに進んでいく。

冷たく澄《す》んだ空気が心地《ここち》いい。流れゆく波のきらめきと、そばを通り過《す》ぎていく商船や漁船の数々。それだけでも新鮮《しんせん》な風景と見え、生徒たちは見はらしのいいクォーター・デッキに集まり、無邪気《むじゃき》にはしゃいでいる。

「すごーい。きれいだなぁ……」

手すりによりかかり、デジカメのシャッターをせわしげに切りつつ、恭子が言った。

「もったいないよね。相良くんも、来れば良かったのに」

「なんであいつの話になるのよ？」

不機嫌《ふきげん》な声でかなめは言う。毎度の反応《はんのう》に恭子が苦笑《くしょう》した。

「あーあ。いっつもこれなんだから。でもさ……本当のところ、どうなの？」

「なにがよ」

「相良くんとのことだよ。いい加減《かげん》、教えてくれてもいいんじゃない？　だれにも言わないからさ」

今度はそれなりに真面目《まじめ》な口ぶりだった、そういう態度《たいど》をとられると、かなめは弱い。しかも相手が一番の仲良しである恭子となると、邪険《じゃけん》に扱《あつか》うわけにもいかない。

「ええ？　でも、うーん……」

「言っちゃいなよ。ほらほら」

とんぼメガネの奥で、恭子が大きな瞳《ひとみ》を輝《かがや》かせる。かなめは小さなため息をついてから、観念して本音を言った。

「そりゃあ、嫌《きら》いじゃないわよ。でも——本当になんにもないの」

「本当に？」

「うん。正直、ちょっと怪《あや》しい雰囲気《ふんいき》になったことは何度かあるけど。本当、それだけ。だいたい、いま見てればわかるでしょ？　きょう、あたし誕生日《たんじょうび》だけど……あいつは別の付き合いでどっか出かけてて」

宗介は予告通り、この旅行を欠席していた。前日、クラスの連中から〝どうしたんだよ。あんなに『警備《けいび》は任《まか》せろ』なんて言ってたのに〟とからかわれると、彼はしごく大まじめな顔で、〝諸般《しょはん》の事情《じじょう》で行けなくなった〟と答え、こう付け加えていた。

（もしシージャックなどが起きた場合、そのテログループには逆《さか》らうな。おとなしくしていれば、彼らは危害《きがい》を加えないだろう。いいな。彼らの言うとおりにするのだ）

……と。

妙に意味深なセリフだったが、かなめは教室の隅《すみ》っこで、その会話には無関心な顔をしていた。なにしろ、ケンカ中だったのだ。

「普通《ふつう》ならこっちに来るでしょ。あいつが本気だったら、休まないよ」

「そうか……。まあ、そうかもしれないね」

「あたしが変に頑固《がんこ》でかたくななのも、悪いとは思う。でもあいつ、やっぱりあたしのこと、マジで大切には思ってくれてないもん」

「どうかなあ……。それはカナちゃんの被害妄想《ひがいもうそう》だと思うよ」

「そんなことないって。だいたいあいつ、ほかに気になる子がいるみたいだし」

「え、そうなの？　だれ？　あたしの知ってる人？」

たちまち恭子は、興味津々《きょうみしんしん》になる。

「うん。ほら。二学期の最初に、短期留学《りゅうがく》してきた――」

「ああ、テッサちゃんね」

実は恭子ら陣代《じんだい》高校の面々は、テッサのことを知っているのだ。

八月末のペリオ諸島《しょとう》での事件《じけん》で、〈トゥアハー・デ・ダナン〉はいろいろとダメージを受けて、何週間にも及《およ》ぶ修理《しゅうり》工事をすることになった。その期間を利用して、テッサは長期休暇《きゅうか》をとったのだ。そして彼女が選んだ休暇中の滞在先《たいざいさき》が、東京の陣代高校だった。

テッサにしてみれば、普通の高校生活を楽しんでみたかったのだろう。マオと一緒《いっしょ》に宗介の部屋に押《お》しかけ、短期留学という名目で陣高の二年四組に転がり込《こ》み、たっぷり二週間、かなめたちの生活をかき回して帰っていった。もちろんテッサの本当の素性《すじょう》――〈ミスリル〉の大佐《たいさ》だということは、隠《かく》したままだったが。

「彼女、いまはオーストラリアにいるんだったよね。まだ、連絡《れんらく》取り合ってるんだ。じゃあ相良くんが言ってたパーティって……」

「うん。そっちにいったみたいよ」

レイスの証言《しょうげん》で裏《うら》はとれている。〝作戦だ〟なんて、口実なのだ。たぶん、いまごろはメリダ島で始まっているであろう盛大《せいだい》なパーティを想像《そうぞう》し、かなめはため息をついた。大《おお》勢《ぜい》の隊員たちが飲めや歌えの騒《さわ》ぎを繰《く》り広げ、宗介とテッサもなんとなくいいムードになって――

いつのまにか、かなめは暗い気分にすっかり逆戻《ぎゃくもど》りしてしまった。

「あー、もうこの話、おしまい!」

夜空を仰《あお》ぎ、かなめは叫《さけ》んだ。

「あ、ごめん」

「いや、いいんだけどさー。せっかくなんだから、あんなブァカのことなんか忘《わす》れて、楽しもうよ!……っていうか、時計ある? 夕食会まであとどれくらいかな。あたし、マジで腹減《はらへ》ったんだけど」

「おやつ貰《もら》わなかったの？」

「もう食べられた後だった……。とほほ」

そのおり、背後《はいご》から声をかけてくる者がいた。

「失礼。千鳥かなめさん？」

相手はこの船のクルーだった。四〇過《す》ぎくらいの白人だ。真っ白な制服《せいふく》と制帽《せいぼう》をきちんと着こなし、よく手入れされたあごひげをたくわえている。背筋《せすじ》はしゃんとしており、それでいて居丈高《いたけだか》な印象もなく――いかにも豪華《ごうか》客船の先任《せんにん》クルーらしい、優雅《ゆうが》さと質実《しつじつ》さを兼《か》ね備《そな》えたたたずまいだ。

「え？　はい」

「やはりそうでしたか。いや、遠くから見かけて、そうではないかと思ったものでしてね。……ああ、申し遅《おく》れました。私はスティーブン・ハリス。この船の船長です。どうぞよろしく」

淑女《しゅくじょ》の遇《ぐう》し方を心得た海の男、といったところか。

彼と並《なら》んで立てば、〈デ・ダナン〉の先任士官たちはひどく地味に見えることだろう。訛《なま》りのほとんどない、流暢《りゅうちょう》な日本語だった。

かなめと恭子が同時に言う。そういえば、旅行前に配られたパンフレットに載《の》っていた写真と同じ顔に見える。乗船のときの出迎《でむか》えでも、クルーの中にいたような……。

「え……と、こちらこそお世話になります。でも、なんであたしをご存《ぞん》じなんです？」

当然の疑問《ぎもん》から、かなめは尋《たず》ねた。

「先週、あなたがたの先生と打ち合わせをしたとき、一緒にいただいた写真の中から教えてもらいましてね。ほら――そのＩＤカードの写真ですよ」

かなめの制服の胸《むね》にとめてあるＩＤカードを指さす。生徒たちに配られたこのカードには、名前と顔写真が印刷されていた。

「あなたはあのハイジャック事件《じけん》のとき、最後まで安否《あんぴ》を気遣《きづか》われたヒロインだとか。すこし興味があったものですからね」

「ああ、なるほど……」

「それがこんなにお美しいレディだとは。嬉《うれ》しい限《かぎ》りです。……おっと、もちろんお友達もチャーミングだと思っていますよ」

『どうも。ははは……』

かなめと恭子は同時に愛想《あいそ》笑いを浮《う》かべた。

「ところで、いかがですか、この船は。なにか不便はありませんか?」

「いえ、とんでもない！　とっても快適《かいてき》です。広いし、綺麗《きれい》だし、全然揺《ゆ》れないし」

「それは良かった。……なにか問題や、ご要望がありましたら、いつでも手近な者にお知らせください。すぐに対応《たいおう》させていただきます。なにしろあなたは大切なお客様です。そう——非常に大切なお客だ」

「………」

慇懃《いんぎん》丁寧《ていねい》なその言葉に、かなめは言いしれぬ不自然さを感じた。

猫撫《ねこな》で声——そう、猫撫で声だ。

完全に獲物《えもの》を掌中《しょうちゅう》に収《おさ》め、『さて、どうやって料理してやろうか』と考えているような瞳《ひとみ》。そんな風に感じてしまうのは、なぜだろうか?

「カナちゃん?」

「へ?」

「なにボーっとしてるの?」

いや。いくらなんでも、考えすぎだろう。自分はすこし、ナーバスになっているのかもしれない。そう思い直し、かなめはぎこちない笑《え》みを返した。

「いや、ちょっと。えーと。船長さん、ありがとうございます」

「では、ごゆっくり。楽しい航海を」

ハリス船長はその場を去っていった。

「ほっ……」

かなめと恭子は、遠ざかっていく後ろ姿《すがた》を見送り、胸をなでおろした。

「いやー、緊張《きんちょう》するわ……」

「うん。でもカッコいいよねー。たくましくて。でもエレガントで。なんか、『キャプテン～～』って感じじゃない」

「まあね。あたしの知ってる艦長《キャプテン》とはえらい違《ちが》いだわ」

「え？」

「いやこっちのこと」

そのおり、遠くからけたたましい音がした。

見ると、展望《てんぼう》デッキから船内に入ろうとしていたハリス船長に、客室乗務員《じょうむいん》の女の子がぶつかって転び、モップやバケツをひっくり返した直後のようだった。

（すみません、すみません……）

乗務員の少女が懸命《けんめい》に謝《あやま》っている。

ひらひらのスカートに黒タイツ。白いエプロンとカチューシャ。ていねいに三つ編《あ》みした、アッシュブロンドの髪《かみ》。顔はこの位置からは見えなかった。

距離《きょり》も遠いので会話は聞き取れない。ハリス船長はきびきびとした仕草で、その小柄《こがら》な乗務員を注意している様子だった。女子乗務員は、ハリスにぺこぺこと頭を下げている。

それから清掃《せいそう》用具を拾い上げると、あわただしく船首方向へと駆《か》け出していき――またも派手《はで》に転倒《てんとう》する。

「…………？」

「なんだろ。ドジなメイドさん……」

ぼやく恭子の隣《となり》りで、かなめはほとんど確信《かくしん》に近い疑惑《ぎわく》を覚え、たらたらと冷《ひ》や汗《あせ》を流していた。

（まさか。いや……。しかしなんだってまた、この船にあの子が……？）

不審者《ふしんしゃ》の目撃《もくげき》はそれだけにとどまらなかった。

寒くなってきたので、かなめと恭子は船内に戻《もど》り、あちこちの施設《しせつ》を見て回る。

バーラウンジの前の廊下《ろうか》で、女子生徒のグループを口説いている若《わか》いバーテンを見かけた。金髪碧眼《きんぱつへきがん》の美男子で、長髪をひっつめにして、シンプルな眼鏡《めがね》をかけている。

その優男《やさおとこ》は、流暢《りゅうちょう》な日本語でこう言っていた。

（――ホント、ホント！　俺、東京は江戸川《えどがわ》の育ちなの。おいしいソバ屋知ってるから。

ね？　電話番号だけでも教えてよ。仕事明けたら連絡《れんらく》するからさー）

（え～。でも～。ウフフ……）

（こら、新入り！　お客を口説くな！）

（あ……へいへい）

ベテラン乗務員に叱《しか》られて、優男はいそいそと仕事に戻っていく。その後ろ姿を見送り、恭子がつぶやく。

「なんか、あの人、前に見たことがあるような気が……」

「ど、どうかな。気のせいじゃない？　外人さんって、似《に》た人多いし。さ、ほか行こ、ほかの場所」

そう告げるかなめの声は、ますますもってギクシャクとしていた。

ちょっと歩いて、カジノのホールをのぞいてみる。出航して間もないというのに、ギャンブル好きの一般客が、はやくもルーレットの台を囲んで盛《も》り上がっていた。

ディーラーは東洋系の美女だった。歳《とし》は二〇代のなかば。ショートの黒髪で、ほっそりとした顔立ち。こちらも眼鏡をかけている。

（さあ、張《は》った、張った！　張って悪いは親父《おやじ》の頭というけど――なあに、それだって一向に構《かま》やしません。はやく張らないと締《し》め切っちゃいますわよ？）

もはやルーレットというよりは時代劇《じだいげき》の博打《ばくち》の世界であったが、大半の客たちは、笑いながらチップを景気良く突《つ》き出す。

「あの人も……なんか、前に会ったことがあるような……」

「……………。い、行こ」

かなめには、もはやフォローする言葉もなかった。

この船で、いったい何が？

恭子と別れてからあの連中を捕《つか》まえて、あれこれ問いつめるべきかもしれない。いや、絶対《ぜったい》そうすべきだ。だがカジノから通路に出て、かなめが内心で決心したとき、その場に担任《たんにん》の神楽坂《かぐらざか》恵里《えり》がやって来て叫《さけ》んだ。

「こら、そこの二人！　放送が聞こえなかったの!?　夕食会の時間よ！　陣高生《じんこうせい》は大ホールに全員集合！」

気付けば、船内のあちこちにいたはずの生徒や一般《いっぱん》客の姿がなくなっている。

「あ、はい……」

仕方がない、詰問《きつもん》は後回しだ。

かなめは恭子と恵里の後に付いて、夕食会の行われる大ホールへと歩き出した。

かなめへの挨拶《あいさつ》を済《す》ませたあと、ハリス船長はしばらく船内を見て回り、どの部署《ぶしょ》にも異常《いじょう》がないことに満足していた。

当然のことだった。この船のあるじは自分なのだ。安全には、常《つね》に気をつかっている。自分の船で、問題や事故《じこ》を起こされるのは困《こま》る。

本当に、困る。

特に今夜は、大切なイベントが控《ひか》えているのだ。

「船長」

通路を歩くハリスに、機関長が追いついてきて言った。黒い髭《ひげ》をたくわえた、四〇過《す》ぎのコロンビア人だ。

「セニョール、さっきの日本人娘《むすめ》が？」

「そうだ」

「いつ『金庫』に連れ出すんです？」

「夜中でいいだろう。ガキどもが寝静《ねしず》まった頃《ころ》を見計らってな」

「おとなしく従《したが》いますかね」

「決まっとる。なにしろ、学校の友人すべてが人質《ひとじち》なんだからな」

ハリスの口の端《はし》が吊《つ》り上がる。

「まずあの眼鏡の友達を、海に放り込《こ》んで見せようと思う。それでイチコロだよ」

「十二月の海は冷たいですからな」

「転落事故《じこ》は、避《さ》けようのない悲劇だ。チドリ・カナメはこの聖夜《せいや》に、友人と一緒《いっしょ》に行方《ゆくえ》不明になる」

「あの〈ミスリル〉とやらは？」

「もう船は出航したのだ。奴《やつ》らには手が出せない。これでミスタ・Au《ゴールド》も喜ばれる。組織《そしき》も私を再評価《さいひょうか》することだろう」

そろそろ、夕食会に出席してスピーチをする時間だった。面倒《めんどう》な儀式《ぎしき》だとは思っていたが、これも仕事だ。

ハリスはネクタイを軽く締《し》め直してから、大ホールへと歩き出した。

陣高生が集まった大ホールは、学校の体育館並《な》みに広かった。

その広大なスペースに、これまた大きなテーブルがずらりと並《なら》んでおり——さらにそのテーブルの上に、銀色の食器と大量のごちそうが並んでいる。

立食パーティの形式だ。一般客はほかのホールで食事をしているらしく、この場にいるのは陣高の関係者と給仕《きゅうじ》だけだった。

ハーブの香《かお》りが漂《ただよ》う肉料理。新鮮《しんせん》な魚介類《ぎょかいるい》を惜《お》しみなく盛《も》り込《こ》んだパエッタ。赤銅色《しゃくどういろ》に光る七面鳥の丸焼きと、ローストビーフ。真っ二つに割られたロブスターは、滋味豊《じみゆた》かな肉汁《にくじゅう》をしたたらせている。

それらがすべて、食べ放題。

外食といったら、ハンバーガーや牛丼《ぎゅうどん》、ラーメンや立ち食いソバの類《たぐい》しか知らない生徒たちのほとんどが、感涙《かんるい》にむせんだのは言うまでもない。

『まだです!!』

よだれを垂《た》らして跳躍《ちょうやく》しようとした教え子たちを、校長が鋭《するど》く制止《せいし》する。彼女は会場のステージ上に据《す》え付けられたマイクにしがみつくようにして、にらみを利《き》かせていた。

『船長さんからのご挨拶がまだです！　いいですか、みなさん？　乗船前にも言いましたが——くれぐれも、陣高生として恥《は》ずかしくない振《ふ》る舞いを心がけるんですよ!?　この船には一般の乗客の方々もいるんです。そうした皆《みな》さんに、決してご迷惑《めいわく》をかけないように、節度ある行動をお願いします。そもそも！　あのハイジャック事件《じけん》の最中も、あなたたちはふてぶてしく機内で、カードゲームやマメカラにうち興《きょう》じ、スチュワーデスさんたちを散々困らせ、あとでいろいろ週刊誌《しゅうかんし》に書かれたでしょう!?　だいたい皆さんはＴＰＯや節度といったものを――』

それから三分あまり、坪井校長の説教は続いた。

『――以上です。わかりましたね⁉』

数百人の生徒たちが、妙に力強く『はいっ！』と答えた。『わかったから、はやく喰《く》わせろ』と言わんばかりの目の輝《かがや》きであった。

『けっこう。ではこの〈パシフィック・クリサリス〉号の船長さんのお言葉をいただきます。――みなさん、拍手《はくしゅ》でお迎《むか》えして！』

ひげ面《づら》の船長が、早足で壇上《だんじょう》に上がってくる。生徒たちはロック・スターかなにかでも迎えるように、盛大《せいだい》な拍手と口笛を送った。

『陣代《じんだい》高校のみなさま。大変お待たせいたしました。船長のスティーブン・ハリスと申します』

マイクの前でハリス氏が言った。その流暢《りゅうちょう》な日本語に、生徒たちは感嘆《かんたん》の声をあげる。

『〈パシフィック・クリサリス〉号にようこそ。皆さまをこうして招待《しょうたい》させていただくのは、私にとってもこの上ない光栄であります。修学《しゅうがく》旅行の件《けん》では、大変なことになったと伺《うかが》っておりますが――』

そこで一つ、巧妙《こうみょう》な咳払《せきばら》いを入れる。

『どうぞご安心ください。私の船には、テロリストの類《たぐい》は一人も乗っておりません』

どっと笑う生徒たち。

「そりゃそーだ！」

「いいぞー、船長！」

「何度もそんなことがあってたまるかよ、なあ!?」

それらの声が静まるのを待ってから、ハリスが続けた。

『ありがとうございます。ですが、これは真面目《まじめ》な話です。私どもが運行する客船は、お客様の笑顔《えがお》こそが第一の誇《ほこ》りです。揺《ゆ》るぎない安全性《あんぜんせい》と、快適《かいてき》な船旅。それらを確実《かくじつ》なものとするため、乗員一同は心を込めて……ん？』

そのとき――

蝶《ちょう》ネクタイに黒ベスト姿《すがた》の給仕が、壇上にずけずけと上がってきた。

なぜかその給仕は、頭にすっぽりと黒い覆面《ふくめん》――バラクラバ帽《ぼう》をかぶっており、しかも、その手にショットガンを握《にぎ》っていた。

「え……？」

数百人が見守る中、その男はショットガンを天井《てんじょう》に向け、一発、発砲《はっぽう》した。

「！」

ハリスが、校長が、生徒一同が凍《こお》り付く。

『全員、動くなっ!!』

その男は宣言《せんげん》した。喉《のど》になにかの道具を付けており、その声は低く、がさがさとしている。バラクラバ帽の穴から覗《のぞ》くへの字口が、きっと厳《きび》しく引き結ばれていた。

『陣代高校二年生の諸君《しょくん》。傾注《けいちゅう》せよ。われわれは悪逆非道《あくぎゃくひどう》のテロ組織《そしき》、〝こだわりのある革命家《かくめいか》の集《つど》い〟である。帝国主義的搾取《ていこくしゅぎてきさくしゅ》階級が乗り込《こ》むこのクルーズ船、〈パシフィック・クリサリス〉は、たったいまわれわれの手により占拠《せんきょ》された!』

その後の、長い、長い沈黙《ちんもく》。

そして――

『またかよ⁉』

生徒の大半が同時に叫《さけ》んだ。

うんざりとしたような非難《ひなん》の声に、覆面男は平然と答える。

『気の毒だが、その通りだ。これ以後、この船の指揮権《しきけん》は……』

男は天を仰《あお》いだ。

『あー……。指揮権は……』

助けを求めるように、ステージの下に目を向ける。

いつのまにかそこにいた、ライフルを手にしたバーテンが、ぼそぼそと男に何かをささやいた。やはり覆面を着けた男で、その端《はし》から金髪《きんぱつ》がはみ出している。

『む……そうだった。この船の指揮権は、われわれ……えー、〝ちがいのわかる赤軍派《は》〟のものとなる』

（さっきの名前と違《ちが》うような……）

（お、なにやら困《こま》ってるぞ）

（本人も自信がないみたいだぞ）

生徒たちがささやき合う前で、テロリストはうつむき、一度大きく深呼吸《しんこきゅう》した。

『………。とにかく、われわれは冷酷非情《れいこくひじょう》なテロ組織なので、女子供《こども》も容赦《ようしゃ》しない。抵《てい》抗《こう》は死、あるのみだ！　あいにくこの散弾銃《さんだんじゅう》に装填《そうてん》されているのはゴムスタン弾だけだが、刃向《はむ》かった者には泣いて〝やめてください〟と言うまで――』

（ちがう。実弾！）

と、覆面ブロンド男が声を殺して言った。

『そうだった。凶悪《きょうあく》なスラッグ弾だ。一撃《いちげき》で対象を死に至《いた》らしめる。嘘《うそ》ではないぞ』

ぎこちなく訂正《ていせい》すると、テロリストはホールの出入り口を指さした。

『もちろん、この会場からの逃亡《とうぼう》も許《ゆる》さん。見ろ！』

生徒たちが振《ふ》り返ると、通路や厨房《ちゅうぼう》に通じるいくつもの扉《とびら》の前に、やはり火器で武装《ぶそう》した覆面のテロリストたちが立ちはだかっていた。

大半は清掃員《せいそういん》と給仕《きゅうじ》の格好《かっこう》をした男だったが、残り一人は、なぜか小柄《こがら》な少女だった。サブマシンガンで武装した、アッシュブロンドのメイド服姿。スカーフで顔の下半分を隠《かく》し、レイバンのサングラスをかけている。

『彼らは全員、リビアのテロリスト養成キャンプで鍛《きた》えられた凄腕《すごうで》だ。素手《すで》で立ち向かったところで、勝ち目はないことを覚えておけ』

出入り口を封鎖《ふうさ》したテロリストたちが、威圧《いあつ》するように一歩前へと足を踏《ふ》み出す。覆面メイドが、遅《おく》れてそれに倣《なら》おうとして——

慣《な》れないヒールによろめき、その場で派手《はで》に転倒《てんとう》した。

『大佐殿《たいさどの》……!?』

壇上《だんじょう》のテロリストが思わず叫ぶ。覆面メイドはよろよろと身を起こし、健気《けなげ》に、弱々しく、『大丈夫《だいじょうぶ》です』とサブマシンガンを掲《かか》げた。

気まずい沈黙。

テロリストは咳払《せきばら》いをして、続ける。

『………。とにかく、そういうことだ。ではハリス船長、われわれと一緒《いっしょ》に来てもらおうか。残虐非道《ざんぎやく》なテロリストとして、あなたとはいろいろ交渉《こうしょう》がある。…………？　どうした』

ハリスのぽかんとした視線《しせん》を追う。壇上への階段《かいだん》を、千鳥かなめがずけずけと上ってくるところだった。

『止まれ、女。さもなくば射殺《しゃさつ》する』

テロリストが散弾銃をかなめに向ける。

彼女は止まらなかった。

『止まれと言っているのだ』

やはり、彼女は止まらなかった。

『蛮勇《ばんゆう》は身を滅《ほろ》ぼすぞ。従《したが》わなければ、おまえの友人や担任《たんにん》をむごたらしく――』

ごっ!!

かなめの右ストレートをまともに食らって、テロリストは床《ゆか》にたたきつけられた。マイクが吹《ふ》き飛び、ステージ下に落ち、耳障《みみざわ》りなハウリングをたてる。

「あのね、ソースケ。あんたね……」

幸か不幸か、マイクがその声を拾うことはなかった。

かなめはテロリストの襟首《えりくび》を、むんずと摑《つか》みあげる。

「来なさい」

「っ……待て千鳥。これには事情《じじょう》が――」

「いいから、来なさい」

「話を聞いてくれ」

「『来い』って言ってんのよっ⁉」

なかばテロリストを引きずるようにして、かなめはステージの下へと歩き出した。なぜかほかの仲間たちは、それを咎《とが》めようともしない。むしろ、なんとなく後ろめたい気分の様子にさえ見える。そんな調子だったので、ホールの出入り口に立ちふさがっていたテロリストの一人は、彼女に『きっ！』とにらまれると、すんなり、おとなしく道をあけた。

扉《とびら》がぱたんと閉まり、しばしの静寂《せいじゃく》が戻《もど》ってくる。

陣高《じんこう》の生徒たちは、ざわざわとささやきあった。

（か、カナちゃん……）

（テロリストにあそこまで敢然《かんぜん》と……）

（すごい勇気だ）

（見直したわ、千鳥さん！）

（いや、腹減《はらへ》って気が立ってただけでは？）

（でもああいうノリ、いつもどこかで見ているような気が……）

そんな会話が交《か》わされる中、別のテロリストがステージに上がってきた。

今度は背《せ》の高い女だ。カジノのディーラー姿《すがた》で、大きめのサングラスをかけている。チェックのベストに蝶《ちょう》ネクタイ、膝丈《ひざたけ》のタイトスカート。肩《かた》にはドイツ製《せい》の有名なサブマシンガンを提《さ》げていた。

『ははは。失礼しました。えー、そんなわけなので、みんな、この会場から出ないでねー。さっきの彼女は興奮《こうふん》気味だったようなので、仲間が医務室《いむしつ》へ連行したから』

どこからどう見ても、あれはテロリストの方がかなめに連行されていく感じだったが、女はきっぱりとそう宣言《せんげん》した。

『まあ、皆《みな》さんは人質《ひとじち》の経験《けいけん》が豊富《ほうふ》でしょうから、細かい注意事項はさておきます。前の時みたいにヒマを潰《つぶ》しててください。明日には帰れますから』

一部の生徒たちがひそひそと、『あの声、どこかで聞いたような気が……』だのとささやきあう。

『えー、ほかには……なにか要望とかある？　あたしが聞いとくけど』

「すいませーん。おなか空《す》いたんですけど」

やおら、生徒の一人が叫《さけ》んだ。

『あー、そうだった。ごめんごめん。食べていいわよ。それじゃ、また後で』

すぐさま生徒たちが、料理の山めがけて飛びかかっていく。真っ青な顔の船長を連れて、テロリストたちはステージを降《お》りていった。

一九三〇時　〈パシフィック・クリサリス〉　船橋《ブリッジ》

従業員《じゅうぎょういん》として潜入《せんにゅう》した者と、出航後の船にECSで透明化《とうめいか》したヘリから降下《こうか》した者――総勢《そうぜい》で三〇名あまりの〈ミスリル〉隊員たちは、三〜四名のチームに分かれて行動し、すみやかに船内を制圧《せいあつ》していった。

機関室や乗員用の船室、各種娯楽《ごらく》施設《せつ》、通信施設や空調施設、ありとあらゆる倉庫や食料庫……。ほとんどの乗客や乗員は銃口《じゅうこう》を向けられただけで、おとなしく誘導《ゆうどう》に従った。隊員たちは『人質』の人数をきっちりと数え、状況《じょうきょう》を逐一《ちくいち》、指揮官《しきかん》のクルーゾー中尉《ちゅうい》に報《ほう》告《こく》していく。

いまクルーゾーがいるのは、〈パシフィック・クリサリス〉号の船橋《ブリッジ》だ。ほか二人のPRT要員（初期対応班）と踏《ふ》み込《こ》んだのが、数分前。すでに当直にあたっていた航海士や操舵《そうだ》手《しゅ》たちは、ゴム弾《だん》入りの銃で脅《おど》されて、あっさり降伏《こうふく》している。何の咎《とが》もない人々を銃で脅すような真似《まね》はしたくなかったが、これも仕事だ。仕方がない。

『こちらウルズ8。エリアD4を制圧、三二名確保《かくほ》。死傷者《ししようしや》ゼロ』

『ウルズ5。エリアA8を制圧、一八名確保、死傷者ゼロ。抵抗《ていこう》なし』

『ウルズ8。C1を制圧、無人、死傷者ゼロ。引き続きC3に突入《とつにゆう》する』

死傷者ゼロ、死傷者ゼロ、死傷者ゼロ……。

報告を受けて、PRTの兵士が手持ちのノートパソコンに情報を入力していった。船内に乗り込む乗員、乗客の多くが、すでに彼らのコントロール下にある。

『こちらウルズ9。D13を制圧、三名確保。死傷者ゼロ。若干《じやつかん》の抵抗に遭遇《そうぐう》』

ウルズ9——ヤン伍長《ごちよう》の報告を聞いて、クルーゾーが無線に告げた。

「ウルズ1よりウルズ9へ。〝若干の抵抗〟とはなんだ。説明しろ」

『掃除《そうじ》のオバさんにモップで殴《なぐ》られました。現在《げんざい》、説教されています』

「…………」

耳をすますと、レシーバーの向こうから、中年女性《じよせい》のさとすような声が漏《も》れ聞こえてくる。やれ『恥《はじ》を知りなさい』だの『真面目《まじめ》に働け』だのだの。

クルーゾーは目を伏《ふ》せ、こめかみのあたりをぴくぴくとさせた。

「俺《おれ》たちはテロ屋だぞ。説教など聞くな」

『でも、もっともな話なんですよ。どんな理由があろうと、銃で人を脅すなんて最低の行為《こうい》だと。故郷《こきょう》の家族の顔と、少年時代のクリスマスのこと、そして温かい家庭料理を思い出してみろ……などと言われまして。僕《ぼく》のチームの全員が、ふと思わず目頭《めがしら》を熱くして、〝俺たち、どこで道を踏《ふ》み外したんだろう〟などと――』

ヤンの声は、心なしかうわずっていた。

「泣くな。こちらまで情《なさ》けなくなる」

『すみません、中尉。でも、なにが悲しくて、クリスマスにテロ屋の真似事《まねごと》なんかしなきゃならんのでしょうか……。きょうは世界中のみんなが幸せになっていい日なんですよ？お袋《ふくろ》のチーズ・ケーキが懐《なつ》かしいです』

「いいからとにかく、ほかのエリアを制圧しろ。速《すみ》やかにだ。いいな⁉」

『ウルズ9、了解《りょうかい》……』

「まったく……」

無線を切ってから、クルーゾーもついついぼやいてしまった。

「事情《じじょう》が事情とはいえ、こんな作戦など、聞いたことがないぞ……」

事情。

ガウルンの残した『バダム』のキーワードがなければ、この巨大《きょだい》クルーズ船が疑《うたが》われることはなかっただろう。実際《じっさい》、〈ミスリル〉の情報部も事前調査《ちょうさ》でそう結論《けつろん》していた。

だが、違《ちが》うのだ。

この船には大きな秘密《ひみつ》が隠《かく》されているはずだった。陣代《じんだい》高校が招待《しょうたい》されたのは、〈アマルガム〉か、またはその息がかかった者の仕組んだ罠《わな》なのだ。その裏《うら》をかくために、彼らの戦隊はこうした挙《きょ》に出たのだった。

ほぼ、単独《たんどく》の作戦だった。情報部はもちろん、作戦本部のスタッフの大半さえ、〈トゥアハー・デ・ダナン〉がこの客船を占拠《せんきょ》することは知らされていない。本部のそれぞれの部署《ぶしょ》には異《こと》なった情報が与《あた》えられており、これからの〈アマルガム〉の出方を見きわめることで、内通者をあぶり出すこともできるだろう。

この船に何が隠されているのか、詳《くわ》しいことはまだ分かっていない。

それをこれから調べるのだ。

生徒たちと千鳥かなめの安全を確保した上で、同時にこの船の『不審《ふしん》な区画』を徹底《てってい》調査する。敵《てき》が予想もしない手で逆襲《ぎゃくしゅう》してやる——そういう目的を考えれば、この作戦はなるほど、理にかなっていた。

もっともクルーゾーは、相良宗介とクルツ・ウェーバーが発案したこのプランに、いまだに乗り気でなかった。彼と〈デ・ダナン〉の副長マデューカス中佐《ちゅうさ》は、このシージャックに『非常識《ひじょうしき》だ』だの『デタラメだ』だのと、最後まで反対した一派《いっぱ》だ。それもけっきょく、テスタロッサ大佐とカリーニン少佐の『消極的賛成《さんせい》』で押《お》し切られてしまった。

俺も中尉《ちゅうい》だ。大尉に昇進《しょうしん》する話も来ている。さすがにそろそろ、政治《せいじ》というやつを学ばねばならんな……と彼は思った。

もっとも、こうしたテロリズムを鎮圧《ちんあつ》する訓練を、日夜繰《く》り返している自分たちだ。犯《はん》人側《にんがわ》を演《えん》じるのは、お手のものではあったが――

「でも中尉。たまには、テロ屋側《こっち》をやってみるのも楽しいもんですな。ストレスの解消《かいしょう》にはちょうどいい」

サブマシンガンを航海士に向けたまま、PRTの軍曹《ぐんそう》が弾《はず》んだ声で言った。

「いまの発言は聞かなかったことにしておいてやる。それから、人質《ひとじち》の前ではコールサインで呼《よ》べ」

クルーゾーが不機嫌《ふきげん》顔で言ったとき、大ホール周辺の制圧《せいあつ》に向かっていたマオから連絡《れんらく》が入った。

「ウルズ1だ」

『こちらウルズ2。第一ホールを制圧。生徒および職員《しょくいん》三二四名を確保《かくほ》。厨房《ちゅうぼう》のコックたちと従業員《じゅうぎょういん》、併《あわ》せて二八名も全員確保。死傷者《ししょうしゃ》ゼロ。とりあえず、食事会はそのまま続けさせといたわ。それから例の船長も拘束《こうそく》』

「了解。アンスズはどうしている」

〝アンスズ〟は〈トゥアハー・デ・ダナン〉戦隊の司令官、すなわちテレサ・テスタロッサ大佐のコールサインだ。作戦行動中、彼女が艦《かん》の外で行動する場合などにだけ使われる。

『彼女なら、ウルズ7《ソースケ》とエンジェル《カナメ》を追って、ホールから出てったけど』

それを聞いて、クルーゾーは眉《まゆ》をひそめた。

「エンジェル《チドリ・カナメ》がホールを出ていったのか？　彼女は生徒たちの中で、おとなしくしている手筈《てはず》だったぞ」

『大丈夫《だいじょうぶ》よ。すぐ呼び戻《もど》すから。ほかのチームは？』

「八割方《わりがた》は完了だ。死傷者ゼロ。機関室もさっき制圧した。通信施設《しせつ》も掌握《しょうあく》。……乗員の中には、武装《ぶそう》している者もいたようだ。若干《じゃっかん》の抵抗《ていこう》にも遭遇《そうぐう》した」

普通《ふつう》のクルーズ船に、武装した警備員《けいびいん》が乗り込《こ》んでいることは考えられなかった。つまり彼らは、敵の息がかかった兵隊で、しかも何らかの『重要な施設を守っていた』ということだ。

『そう。で、船長は予定通りに？』

「ああ。お連れしろ。丁重《ていちょう》にな」

食事が許《ゆる》され、わっとにぎやかになった夕食会のホールを離《はな》れ、だれもいない喫煙《きつえん》スペースまでやってくると――

かなめは改めて、宗介の尻《しり》を蹴《け》り飛ばした。

「なにをする」

「やかましいっ!!」

力いっぱい怒鳴《どな》りつける。

「旅行を休むのは結構《けっこう》！　基地《きち》でパーティをするのも勝手！　ついでに言えば、あんたたちが日頃《ひごろ》、どれだけ汚《きたな》い仕事をしてるかも聞かないわ。だけどね……よりにもよって、うちのガッコを襲《おそ》う、フツー!?」

「いや、別に学校のみんなを襲ったわけではなく――」

「現《げん》に襲ってるじゃないの！　覆面《ふくめん》を取りなさい、このっ……」

「っ……無理に引《ひ》っ張《ぱ》るな。痛《いた》い」

じたばたと抵抗《ていこう》する宗介から、かなめはバラクラバ帽《ぼう》をひっぺがした。

「いったいどういうつもり!?　説明してよ！」

「待て千鳥、俺の送ったメールを読まなかったのか？」

「うっ……。それは、その」

かなめは口ごもった。ここのところ、宗介とはえらく険悪《けんあく》なムードだったので、彼から送られてきたメールは、見もしないで消去していたのだ。

「事前に説明しようとしたんだぞ。君が耳を貸《か》してくれないから、わざわざ——」

「め……メールなんか知らないわよ！」

こういうとき、すぐに自分の非《ひ》を認《みと》めて謝《あやま》れないのが彼女の欠点だった。

「そ、それにどんな事情《じじょう》があろうと、こんなシージャックが許《ゆる》されるわけないでしょ⁉ あんたたち、対テロ傭兵《ようへい》部隊なんじゃなかったの？　支離滅裂《しりめつれつ》じゃない」

そこで、背後《はいご》から新たな声。

「そんなことはありません。首尾一貫《しゅびいっかん》してますよ」

見ると、サブマシンガンで武装した、アッシュブロンドの覆面メイドが、こちらにとことこ歩いてくるところだった。

ある意味、普通のテロリストよりも怪《あや》しい風体《ふうてい》である。

「なんなのよ、あんたは……」

肩《かた》を落としてかなめが言うと、その覆面メイド——テッサは、不敵に笑った。

「ふふふ……。わたしは〝素材《そざい》にこだわる解放《かいほう》戦線〟、略《りゃく》してソザ解の最高指導者《しどうしゃ》です」

「それもさっきと違《ちが》うし」

「気にしないで。とにかくわたしは、百戦錬磨《れんま》のテロリストを束ねる、とっても悪いリーダーなんです。女子供《こども》も容赦《ようしゃ》なく殺しちゃいますよ？」

そう言って、サブマシンガンを『ばばばー』と撃《う》つ真似《まね》をする。

「……女子供はあんたでしょ。ほれっ」

かなめは相手のサングラスを、ひょいっとつまんで取り上げてしまった。

「ああっ。か、返してください」

素顔《すがお》があらわになったテッサは、大きな瞳《ひとみ》を潤《うる》ませ、あたふたと手を振《ふ》り回した。かなめが『ほら』とサングラスを返してやると、彼女はほっとする。

「よかった。これを着けてワルぶっていないと、良心の呵責《かしゃく》に押《お》しつぶされてしまいそうで……」

「だったらこんな真似、しなきゃいいでしょ⁉」

テッサは打ちひしがれたように、しゅんとする。

「ごもっともです……。でも、これが一番確実《かくじつ》で安全な手段《しゅだん》でしたので。まあ……乗客のみなさんの不安とか、行動の不自由とか、そういうのは本当に申し訳《わけ》ないと思ってます。わたし自身、こうやってサングラスを着けてギャング気分にひたって、ようやく精神《せいしん》の均《きん》衡《こう》を保《たも》っている状態《じょうたい》ですし……」

「………。ほれっ」

かなめがふたたびサングラスをひょいっと奪《うば》う。

「ああっ。か、返してください！　それがないと、わたし、わたし……」

泣きそうな顔ですがりつくテッサ。

「ホントに辛《つら》いみたいね……」

「ですから、そう言ってるんです！」

「千鳥、やめろ。返して差し上げるんだ」

宗介がたしなめると、かなめはその態度《たいど》にカチンとくる。

「むっ……。なによ、その言い方」

「返してください！」

「………やーよ。ふんだ」

「大佐殿《たいさどの》が困《こま》っているんだぞ？　それに俺は、前から説明努力をしていたはずだ」

「だとしても、伝え方ってもんがあるでしょ!?」

まだケンカ中なこともあってか、宗介もうんざりと首を振《ふ》る。

「いい加減《かげん》にしたらどうなんだ、千鳥。今回の君の聞き分けの悪さは、いささか常軌《じょうき》を逸《いっ》してるぞ？」

「悪かったわね！　どうせあたしは、聞き分けが悪くてウザい女よ！」

「そこまでは言ってないだろう。どうして君は、いつもいつも――」

「返して、返して――」

「あー、もう、あんたもうるさいってのよ！」

「いいから彼女にそれを返して、話を聞け！」

「命令口調はやめてくれる⁉　あんたっていっつもそう！」

「君が頑固《がんこ》だからこうなるんだ」

「お互《たが》い様でしょ⁉　あんたこそ、なにかあるとエッラそうに。何様だってのよ⁉　だいたい――」

「ケンカはともかく、返してください！」

意地を張《は》るかなめと、いらつく宗介。そしてあたふたと両手を振り回すテッサ。まったく、不毛なことこの上ない状態《じょうたい》だ。ああだこうだと三人で騒《さわ》いでいると、そこに新たな怒《ど》鳴《な》り声が響《ひび》いた。

「いい加減《かげん》にしなさいっ‼」

マオだった。すでに囚《とら》われの身となったハリス船長を、サブマシンガンの銃口《じゅうこう》で小突《こづ》きながら、こちらに向かってくる。

第三者にぴしゃりと叱《しか》られて、一同は口をつぐんだ。

「まったく……。なにをギャーギャーやってんのよ。それからソースケ！　なんでカナメが怒《おこ》ってるわけ⁉　あんた、彼女に説明してなかったの⁉」

「それは……肯定《こうてい》だ」

「ひどい失態ね。ガッコのみんなには適当《てきとう》にフォローしたけど、彼女の立場がマズくなるでしょ⁉　これはあんたの発案でもあるのよ？　やるべきことを、しっかりやってもらわないと困るわ。果たすべき責任《せきにん》を果たしなさい、軍曹《ぐんそう》！」

「すまない」

「悪いけど、このことは報告書《ほうこくしょ》に書くわよ」

「構《かま》わない。俺のミスだ」

かなめの非《ひ》には一言も触《ふ》れず、宗介が認《みと》める。それまでの騒ぎとはうって変わった、殊《しゅ》勝《しょう》な態度だ。

傍《はた》で見ていて、かなめはちくりと胸《むね》が痛《いた》んだ。逆説《ぎゃくせつ》的に言えば、こういうときに〝千鳥のせいだ〟と言うような男なら、いまのように意地を張ったり、困らせたりすることもないのに。

でも、こういう彼だから、逆に素直《すなお》になれないのだ。

「……まあ、いいわ。その話はさておいて、ついでに説明するから、カナメも付いてきて」

「？　どこに？」

「金庫室よ。そうよね？　船長」

マオがにやりとして、目の前の船長に言う。ハリス船長はうつむいたまま、蒼白《そうはく》の顔をぐっとこわばらせた。

「あの、船長さん……？」

シージャックの被害《ひがい》に遭《あ》った船長ともなれば、乗客のかなめに何か一声でもかけるところだろう。『どうかご心配なく』だとか。だが、彼はかなめをにらみ付けただけで、なにも応えなかった。

励《はげ》ましの言葉も慰《なぐさ》めの言葉も、一切《いっさい》、口にしなかった。

そのシージャックが起きる直前——

クリスマス休暇《きゅうか》で日本旅行に来ていた、米合衆国《がっしゅうこく》海軍・太平洋潜水艦隊《SUBPAC》所属《しょぞく》・攻撃原《こうげきげん》潜《せん》〈パサデナ〉艦長《かんちょう》のキリー・B・セイラー中佐《ちゅうさ》は電話コーナーにいた。一般《いっぱん》客はすでにディナー会場に移動《いどう》しているので、彼のほかはだれもいない。

セイラーはカルフォルニアの実家に帰ってしまったワイフと、口論《こうろん》をしていたのだった。

「——まったく！　ちょっと様子を聞いてやろうかと思って電話すりゃ、この始末だ！　ああ？　それは……馬鹿野郎《ばかやろう》、何度も言っとるだろう、任務《にんむ》だ！　任務だったんだ！　だというのに俺《おれ》は、苦労して日本旅行の前夜にどうにか帰って……ふざけるな！　あ？……だったらほかに、どうしろって言うんだ⁉　機関部のトラブルに徹夜《てつや》で取り組んでる部下とエンジニアに、『カミさんが怒《おこ》ってるから帰る』って言えってのか⁉　そんなことができるわけ——なんだと⁉　おまえこそ、あのスミスとかいう若僧《わかぞう》と……ああ⁉　そうさ！　俺だってよろしくやってるわい！　とびっきりの美女とな！……うるさい、タケナカはハワイだ！」

受話器めがけて、セイラー中佐はがなり立てる。

黒髪を短く刈《か》り込《こ》んだ頭。ブルーの目。目鼻の彫《ほ》りは深く、眉《まゆ》は高く、四角い顎《あご》で——ひとことで言えばごっつい容貌《ようぼう》である。

体格も同様だった。それこそ、ハリウッド映画《えいが》のマッチョ俳優《はいゆう》を彷彿《ほうふつ》とさせる体つきだ。彼自身、最近は運動不足をひしひしと感じているのだが、なぜか見苦しい贅肉《ぜいにく》が腰回《こしまわ》りに付くことがない。これはたぶん、家系《かけい》だろう。そういう体質《たいしつ》なのだ。初対面の人間は、彼が軍人だと知ると、たいてい『陸軍？』などと言ってくるが、それがセイラーにとってはひどく不本意だった。

衛星《えいせい》電話の向こうで、ヒステリックにまくしたてるワイフに向かって、彼は叫《さけ》ぶ。

「ああっ、うるさい、ギャーギャー怒鳴《どな》るな！　とにかく、海軍は俺のすべてだ！　それがいやなら……おう、上等だ！　そこいらのくだらん男でもくわえこんでるがいい！　だいたいおまえは――ハロー？　聞こえてるか⁉」

相手の声が聞こえなくなったので、セイラーは受話器をこつこつと叩《たた》いた。

「おい、イライザ！　おまえがその気なら……。………………？」

完全な静寂《せいじゃく》だ。ノイズさえない。

一方的に切られてしまった。

「くそっ、あの女！」

乱暴《らんぼう》に受話器を戻《もど》すと、セイラー中佐はさらに悪罵《あくば》を口にしようとして――ふと、ため息をついた。

やはり、結論は出ているのだろう。もはや結婚《けっこん》生活は破綻《はたん》しているのだ。起死回生の一手として、この旅行を計画したのだが、それでさえ、この始末である。

まあ、いい。高い金を払《はら》ってここまで来たのだ。せめて元は取らなければ。

セイラーは気を取り直して、豪華《ごうか》な料理の待っている自分のテーブルへと帰ろうとした。異変《いへん》が起きたのはそのときである。

ディナー用のホールから、けたたましい銃声《じゅうせい》がした。

たちまち乗客たちの悲鳴があがり、様々な騒音《そうおん》が聞こえてきた。テーブルから落ちる食器類、ひっくり返る台車、だれかの威嚇《いかく》するような怒鳴り声。

間違《まちが》いない。いまのは銃声だ。あれはサブマシンガンか、アサルト・ライフルか——

「⁉」

まさか、シージャックだと？

彼の正面、両開きの扉《とびら》の向こうで、荒々《あらあら》しい足音が近付いてくる。

テロリストが、こちらに向かって来ているのだ。

あわててセイラーは周囲を見回した。通路には、彼しかいない。すぐそばに、女性用《じょせいよう》のトイレがあった。とっさにその扉に飛び込《こ》む。直後に、テロリストたちの足音が通路に飛び出してきた。すぐそばだ。

このトイレにも、すぐにチェックに来るだろう。はやくどこかに隠《かく》れなければ……！

ずらりと並《なら》んだ個室《こしつ》の奥《おく》に、メンテナンス用の戸があった。船内の上下水道を整備《せいび》するためのものだ。潜水艦《せんすいかん》ならむき出しのパイプ類も、このクルーズ船では木目調の内壁《ないへき》に隠されて見えなくなっている。セイラーは戸を開けて、内壁の中に足を踏《ふ》み入れ、太いパイプ類の奥《おく》に身を隠した。

きわどいところだった。直後に、男たちが踏み込んでくる。彼らは迅速《じんそく》な手際《てぎわ》で、トイレの個室を一つずつチェックしていった。

「…………」

個室が無人だと確認《かくにん》すると、最後にセイラーの隠れたメンテナンス用の戸が開け放たれた。ちらちらと、その内壁の中を懐中電灯《かいちゅう》の光が照らす。心臓《しんぞう》の鼓動《こどう》と、鼻息の音がやけに大きい。それでもどうにか、彼が複雑《ふくざつ》にからみあったパイプの奥で、息を潜《ひそ》めていると、テロリストが無線でどこかに告げた。

「こちらカノ23。E10を制圧《せいあつ》。無人。死傷者《ししょうしゃ》なし。E12に移動《いどう》する」

メンテナンス扉が乱暴に閉《し》まる。来たときと同じように、足音が室内を去っていった。無駄口《むだぐち》ひとつなしだ。セイラーの知識《ちしき》からいっても、男たちの練度が相当なものであることはすぐにわかった。

静寂が戻ってくる。

ほっとしてから、セイラーはトイレの室内にそろそろと出ていった。肩《かた》で息して洗面台《せんめんだい》に手をつき、正面の鏡をにらみつける。

「考《シン》え《ク》ろ……くそったれ《ガッデム》、考《シン》え《ク》ろ……!!」

ひどいパニックに陥《おちい》ったり、恐怖《きょうふ》ですすり泣いたりしなかったのは、場所は違えど、それなりの修羅場《しゅらば》をくぐってきた経験《けいけん》があったからだ。その半生を潜水艦乗りとして過《す》ごしてきた彼は、これまで何度か本当に死にかけたことがあった。その多くは事故《じこ》によるものだったが、戦闘《せんとう》も経験していた。

あまり知られていないことだが、実際《じっさい》に敵《てき》めがけて魚雷《ぎょらい》を発射《はっしゃ》した経験のある、現役《げんえき》の潜水艦艦長というのはごくわずかだ。おそらく、全世界で一〇指ほどだろう。

そして〈パサデナ〉艦長セイラー中佐は、そうしたわずかな人間の一人だった。

そうだ。俺はベテランだ。なにをすべきか、すべて把握《はあく》している海の男なのだ。

さっきのテロ屋の無線連絡《れんらく》。『カノ23』といっていた。そのコールサインの意味はわからないが、おそらく、敵の数は相当なものだと見ていいだろう。

だが……!!

「この俺様が、死ぬわけがない」

洗面台の鏡に向かって、彼はぼそりとつぶやいた。

それに考えてもみろ。ハリウッド映画《えいが》を思い出せ。クリスマスの夜にハイジャックやら何やらをした奴《やつ》らは、必ず、たまたま居合《いあ》わせたヒーローに倒《たお》されるんだ。

そのとおり。ヒーローだ。

この場合のヒーローは、『観客の共感を誘《さそ》いやすい離婚《りこん》問題を抱《かか》えつつ、休暇《きゅうか》旅行で乗り合わせていた、歴戦の潜水艦艦長、キリー・B・セイラー中佐《ちゅうさ》』その人ってことなんじゃないのか⁉

（おお、そうだ。それ以外考えられん……‼）

みるみると、心身が奮《ふる》い立ってくるのを感じる。

間違いない。今夜は俺様の夜だ！　痛快《つうかい》な立ち回りと、血沸《ちわ》き肉躍《にくおど》る大冒険《だいぼうけん》！　美しいヒロインとのロマンス！　そして壮絶《そうぜつ》な宿敵との対決‼　妻《つま》のイライザとの問題など、些《さ》細《さい》なことだ！

きっと敵の大ボスは、冷酷非情《れいこくひじょう》なハンサム男で、元は俺と同じ海軍の出身だ。ヒロインはこの船の乗務員《じょうむいん》で、二〇代後半のエキゾチックな黒髪《くろかみ》女。

そして、一緒《いっしょ》に乗り合わせた副長のタケナカは……まあ、たぶん、あいつは途中《とちゅう》でテロリストに撃《う》ち殺される役だろう。

（タケナカ。かわいそうな奴……）

ふっと、沈痛《ちんつう》なため息をもらす。勝手に部下を死んだものと決めつけてから、セイラーは行動に移《うつ》った。

（だが安心しろ、タケナカ。仇《かたき》は必ずとってやるからな！　おまえが殺された怒《いか》りを爆発《ばくはつ》させ、俺はだいたい映画の六〇分目あたりから、胸《むね》のすくような反撃《はんげき》を開始するのだ……!!）

まずは、武器《ぶき》を探《さが》さねばならない。とりあえず、モップからスタートだ。ザコ敵を襲《おそ》って、次は拳銃《けんじゅう》。その次はマシンガン。セイラーはそのずっと先に、燦然《さんぜん》と輝《かがや》く議会名誉勲章《メダル・オブ・オナー》を見たような気がした。

覚悟《かくご》するがいいぞ、テロリストどもめ……!!

二〇二一時　〈パシフィック・クリサリス〉　金庫室前

「……で？　この金庫室が、どうかしたわけ？」

かなめが宗介たちにたずねた。

船の下層部《かそうぶ》。機関室にほど近い区画の、奥《おく》まった通路。その突《つ》き当たりに、問題の金庫室はあった。分厚《ぶあつ》い特殊合金製《とくしゅごうきんせい》の扉《とびら》が、かなめたちの前でぴたりと閉《と》ざされている。

こうしたクルーズ船は、高価《こうか》な宝石類《ほうせき》やその他《ほか》の貴重品《きちょうひん》・美術品《びじゅっひん》などを保管《ほかん》しておくために、大型の金庫室を備《そな》えていることが多かった。この規模《きぼ》の船ともなると、ちょっとした銀行並《な》みだ。

「まさか、ドロボーしにきた、ってわけじゃないでしょうね？」

「そのまさかよ」

マオがこともなげに言って、列の後ろに手招《てまね》きした。

「さて、船長さん。こっち来な」

宗介に背中《せなか》を小突かれて、ハリス船長が金庫の扉の前に出る。苦々しげな顔だった。

「開けてもらえる？」

「ことわる。テロリストが金庫室に何の用だ。こんな真似《まね》をして、ただで済《す》むと思っているのか。私の大切な乗客たちを傷《きず》つけてみろ、絶対《ぜったい》に許《ゆる》さんぞ⁉」

「ふふん。猿芝居《さるしばい》はやめなって」

マオが薄笑《うすわら》いを浮《う》かべて銃口を振《ふ》った。

「何の話だ」

「去年の一〇月、この船は新来栖造船《くるすぞうせん》のドックで改修《かいしゅう》工事を行ったわね。書類には残っていないけど、金庫室まわりの設備も相当いじったはずよ。燃料《ねんりょう》タンクのスペースを利用して、隔絶《かくぜつ》した区画を改造。厳重《げんじゅう》で堅牢《けんろう》な隔壁《かくへき》を増設《ぞうせつ》して。ただの客船に必要な工事とは思えないわね」

「なにを言っているのか、わからんな」

「作業効率《こうりつ》が悪くなるのもおかまいなしで、日毎《ひごと》に作業員を入れ替《か》えてたのは——工事内《ない》容《よう》を作業員に把握《はあく》させないためかしら？」

「知らない。去年の改修工事は、ただの防火《ぼうか》設備の近代化だ。それに工事の内容をどうこうする権限《けんげん》など、船会社に雇《やと》われている身の私にはない」

「ええ、表の顔のあなたには、ね。でも船長のあんたが、武装《ぶそう》した警備員《けいびいん》やらこの区画のことを知らなかったわけがないでしょ？」

「………………」

「それにオーナー会社の重役連が、『だれか』からそれなりの額《がく》を受け取っていたのも分かってる。例の財団《ざいだん》は書類上ではまったく関係してないけど、カネの流れなんて、どうにでもなるわ」

まるで推理《すいり》もののドラマのワンシーンだった。マオが探偵《たんてい》、ハリスが真犯人《しんはんにん》。かなめはさしずめ、なにも知らない聴衆《ちょうしゅう》Aだ。

「どういうこと……？」

かなめがたずねると、マオが肩《かた》をすくめてみせた。

「要するにこの金庫室の奥には、密輸品《みつゆひん》の類《たぐい》なんかよりもよっぽど重要なモノがあるわけよ。〈アマルガム〉にとって、おそらくはとても重要なもの……」

ハリスの肩が、びくりとこわばった。

「ほーら、すぐ顔に出る」

マオがにんまりと笑った。

「それにさっきの、あんたのカナメを見る目。ただの『大切な乗客』の一人……って感じには思えなかったけど？　まるで前から彼女のことを知っていたようだったわね」

「…………」

ハリスの顔が、いまでは真っ白になっていた。指先や顎《あご》が、わなわなと震《ふる》え、両目は大きく見開かれ、額《ひたい》や首筋《くびすじ》にじんわりと汗《あせ》が浮《う》かんでいる。

「もう分かっているだろう。俺たちが何者か」

それまで沈黙《ちんもく》を保《たも》っていた宗介が、おごそかに告げた。

「順安《スンアン》、有明、ペリオ諸島《しょとう》、香港《ホンコン》……。いつも後手に回っていたが、そろそろイニシアチブを取り戻《もど》させてもらう。わかったら協力することだ」

「……わからないな。まったく、わからない。ナンセンスだ」

深いため息をついてから、ハリスはつぶやく。そして次の瞬間《しゅんかん》、間近に突っ立っていたかなめがけて、すばやく飛びかかった。

手には小さなナイフ。制帽《せいぼう》の中にでも仕込《しこ》んであったのだろう。

「!!」

とっさに身をこわばらせたかなめの襟首《えりくび》めがけて、ぬっと手が伸《の》びる。

だが、それより早く宗介が動いていた。

彼は散弾銃《さんだんじゅう》の銃床《ストック》でハリスの腕《うで》を打ちはらうと、鋭《するど》くその軌跡《きせき》を切り返して、無防備《むぼうび》なみぞおちに、重たい一撃《いちげき》を叩《たた》きこんだ。

「がっ……」

ハリスは濁《にご》ったうめき声を漏《も》らし、うずくまるように膝《ひざ》を落とす。宗介がその顔面を蹴《け》り上げると、彼はぶざまにひっくり返って、大きくせき込んだ。

「これがこの男の正体だ」

手荒《てあら》なその扱《あつか》いに、いつもは宗介を蹴たぐり回しているかなめも、さすがに色を失った。

「っ……う」

這《は》いつくばったハリスの前で、マオが肩をすくめる。

「あらあら。みっともない馬脚《ばきゃく》の現し方ね。この子を人質《ひとじち》に取ろうとでも思ったの？　残念ねぇ。これで紳士《しんし》ごっこはおしまいよ」

「そういうことだ。おまえの行動こそがナンセンスだと知れ」

「う……」

目の前にしゃがみ込み、宗介が言った。

「俺《おれ》の学校を巻《ま》き込んで、なにを企《たくら》んでいたのかは想像《そうぞう》がつく。うちの生徒を人質にして、千鳥になにかを強要するつもりだったか？」

図星だったのだろう。ハリスは歯ぎしりして、宗介をにらみあげた。

「だが、覚えておけ」

襟首をつかんで、ぐいっと相手を引き起こす。奪《うば》ったナイフの切っ先を、首筋に押《お》しつける。

「……千鳥だけではない。学校の連中に、今後指一本でも触《ふ》れてみろ。俺が直々に、生皮を剝《は》ぎながら、ゆっくりと殺してやる。いいか？　最悪の苦痛《くつう》と絶望《ぜつぼう》を味わわせるぞ。〈ミスリル〉が本気で〝正義《せいぎ》の軍隊〟を気取っているとでも思っているなら、それは大変な間違《まちが》いだ。俺たちは貴様《きさま》らの流儀《りゅうぎ》もよく心得ている。それを忘《わす》れるな」

「っ……」

男の頰《ほお》が恐怖《きょうふ》で引きつる。宗介の静かな殺気を感じたのか、テッサが落ち着かない様子で身じろぎした。

（なんかサガラさん、こわいです）

(確《たし》かに妙《みょう》な迫力《はくりょく》はあるわね)

(きっと、お腹《なか》が空いて気が立ってるんです)

(こころなしか、機嫌《きげん》悪そうだし……)

すぐそばで、ひそひそとささやき合うかなめとテッサ。それを漏れ聞いていた宗介が、こめかみをぴくぴくとさせて言った。

「…………。千鳥。いま、捕虜を脅迫している最中なんだ。すこし静かにしてもらえないか？」

その物言いに、改めてかなめはカチンとする。ぶすっとした顔で、

「なんであたしだけに言うのよ？」

「？　そ、それは――」

「そうです！　差別しないで、ちゃんとわたしも叱《しか》ってください！」

テッサが割《わ》って入った。

「なんでそーなるのよ……」

「だってサガラさん、わたしに遠慮《えんりょ》してます」

「そういう問題じゃないでしょ!?」

「そういう問題なんです！　いっつもそう。わたしだけ仲間はずれですか？」

「テッサ、あんたね……」

「わかったから、二人とも静かに――」

またしてもギャーギャーと言い合いをはじめた三人のそばで、マオがおもむろに、ベストの下から大型のハンドガンを抜《ぬ》いた。

無言で、天井《てんじょう》めがけて発砲《はっぽう》。

耳をつんざく金属音《きんぞくおん》のあと、ぱらぱらと埃《ほこり》が舞《ま》い落ちる。

黙《だま》り込んだ三人の前で、マオはハンドガンをホルスターに戻《もど》し、おほんと咳払《せきばら》いをする。

「あのね。話が進まないでしょ」

『はい……』

かなめとテッサが同時に答える。

「じゃあ、そういうわけで船長《キャプテン》。おとなしくこの金庫を開けてちょうだい」

「え。でもわたし、開けられません」

「そっちの艦長《キャプテン》じゃなくて、こっちの船長《キャプテン》！」

いきり立つマオの前で、テッサは両手の指先をこすり合わせて、うつむいた。

「えーと。その……冗談《じょうだん》です」

「まったく……」

マオは頭をくしゃくしゃと掻《か》いた。

改めて宗介とマオは、ハリス船長を脅《おど》しにかかった。緊張感《きんちょうかん》が削《そ》がれるので、かなめとテッサは遠ざけておく。

「えーと。とにかく開けなさい」

ハリス船長は引き起こされ、コンソールの前に立たされる。

「む……無理だ。開けられない」

ディスプレイの表示《ひょうじ》を読んで、しどろもどろにハリスが言った。

「また。あんま手間ァ取らせんじゃないわよ？　え？」

「本当なんだ。この金庫の電磁《でんじ》ロックは、すでに緊急モードに切り替《か》わっている。もはや私のパスコードは受け付けない」

「へえ、そう。じゃ、こうすれば受け付けてもらえる？」

マオがサブマシンガンの銃口《じゅうこう》を、ハリスの右膝《みぎひざ》に向けた。

「すぐには殺さないわ。まずは気軽に最初の警告《けいこく》。いい、ソースケ？」

「順当な線だな」

「三つ数えるわよ」

血相を変えて、ハリスが身をすくめた。

「し、信じてくれ。私は決して——」

「一」

「嘘《うそ》じゃない。このモードになったら——」

「二」

「き、聞いてくれ！　なにをされても、開けられないものは——」

「三」

必死の形相で訴《うった》えるハリスの膝めがけて、マオは無造作《むぞうさ》に発砲した。

三点射。くぐもった銃声。

ハリスは裏返《うらがえ》った悲鳴をあげ、その場に尻餅《しりもち》をつく。

「ああ——っ！　あっ！　ああっ！　撃《う》ったな⁉　このクソアマめ！」

「次は左よ」

「よせ。やめてくれ！　開かないものは開かないんだ！　クソッ。本当なんだよ。本当なんです……ッ！」

右膝を抱《かか》えて、なかばすすり泣くハリスの有様に、マオと宗介は顔を見合わせた。どこか、落胆《らくたん》したような風情《ふぜい》で。

「どう思う？　ソースケ」

「演技《えんぎ》ではなさそうだな」

冷静に観察していた宗介が、感想を述《の》べた。

「やっぱりすんなりとは行かないもんねぇ……」

「想定された事態《じたい》だ。作業に取りかかろう」

「うん。スペックたちに機材を運ばせて」

「了解《りょうかい》した」

宗介が無線機のスイッチに手をのばし、他のチームと連絡《れんらく》をとる。

「ほら、大将《たいしょう》！　いつまで泣いてんのよ？　さっさと立ちな！」

苦しみ、のたうち回るハリスを、マオは乱暴《らんぼう》に爪先で蹴《け》る。銃声に驚《おどろ》いて、通路の向こうから飛んできたかなめとテッサが、それを見てたちまち抗議《こうぎ》した。

「ま、マオさん!?　いくら相手が悪党《あくとう》でも、やりすぎだよ！」

「メリッサ？　やむを得ないのはわかりますけど、せめて、傷《きず》の手当くらいは……」

マオが渋《しぶ》い顔をした。

「手当ぇ？　そんなの、軟膏《なんこう》でも塗《ぬ》っときゃ充分《じゅうぶん》よ」

「？」

「よく見なっての。ただのゴム弾《だん》よ」

ハリスの撃たれた膝からは、一滴《いってき》の血も流れていなかった。実弾だったら、いまごろは床《ゆか》が真っ赤に染《そ》まっているところだ。

「痛《いた》い痛い痛い!! 医者を……医者を呼《よ》んでくれぇ!!」

いまやそれに気付いていないのは、大げさに苦しみ続けるハリス本人だけだった。


ほどなく、〈パシフィック・クリサリス〉を制圧《せいあつ》した別のチームの隊員たちが、金庫前にどやどやとやってきた。隊員の中にはかなめを見知っている者もいて、『おっ、カナーメ!』だの『元気?』だのと言ってきたりしたが、黒ずくめの覆面姿《ふくめんすがた》のせいで、誰《だれ》が誰やらまるでわからなかった。

いまだに「痛い」だの「撃たれた」だのと喚《わめ》いているハリス船長は、ヤン伍長《ごちょう》ともうひとりの兵士が連行していく。別の区画の船倉で、改めて尋問《じんもん》が行われるそうだった。

カートに載《の》った大小の電子機材が運び込《こ》まれる。おそらくは、この金庫の扉《とびら》を開けるための道具だろう。

「これから金庫破《やぶ》りってわけ?」

「そういうこと。ロックを解除《かいじょ》するしかないわ。指向性爆薬《しこうせいばくやく》でも歯が立たない隔壁《かくへき》に覆《おお》われててね。原子力空母のリアクター並《な》みよ」

マオが専用《せんよう》の工具でコンソールパネルを外して、中の電子機器にあれこれと細工を施《ほどこ》す。

「それって、スゴいの？」

「肯定《こうてい》だ。空母の原子炉《げんしろ》は、対艦《たいかん》ミサイルの直撃《ちょくげき》を受けても傷つかないように出来ている。この金庫はそれに近い」

宗介が言った。

「金庫の中身をカナメに見せてあげようと思ってたんだけど……こりゃ、相当時間がかかりそうだわ。いったん、学校のみんなのところに戻《もど》っててくれる？」

マオが言う。

「いいけど。金庫の中身って、いったいなんなの？」

「それはまだ分かりません」

テッサが言った。

「でも、あなたが狙われていたのは確《たし》かです。おそらくは、ウィスパードがらみでしょう。例のTAROSか、そのほかの研究設備《せつび》か……。これからあの船長を尋問しますし、金庫も夜中には破れます。その上で、取れるデータは徹底《てってい》的に採取《さいしゅ》して、この船から撤収《てっしゅう》する予定です」

「ああ。だからテッサも来たんだ」

かなめはようやく納得《なっとく》した。海の中で潜水艦《せんすいかん》の指揮《しき》を執《と》るなら、テッサはなるほど、有能《ゆうのう》だったが――ドンパチの現場《げんば》に放り込まれたとたん、運動音痴《おんち》の役立たずになる。有明の事件のときのようなトラブルならともかく、周到《しゅうとう》な準備《じゅんび》を経《へ》た上で、こういう現場にやってくることは滅多《めった》にないのだ。

「そうです。中の機材を調べるなら、私の知識《ちしき》と力が必要ですから」

テッサは『えへん』と胸《むね》を張《は》る。

「あたしてっきり、メイドのコスプレして遊びに来たんだと思ってた」

テッサは『しゅん』と肩《かた》を落とす。

ちょっと言いすぎたかな、とかなめが思うと、マオがすかさず同意した。

「カナメの言うとおりよ、テッサ。きょうのあんたは、そう思われてもしょうがないわね」

「そっ……」

「頼《たの》むから現場の足を引っ張らないでよね、大佐殿」

むっとするテッサには構《かま》いもせず、マオはいくつかのケーブルをノートパソコンにつないでから、無線機に告げた。

「ウルズ2よりカノ6。C35の電力をちょっとカットしてみて」

ほどなく天井《てんじょう》の照明が一瞬《いっしゅん》またたき、ふたたび点灯した。マオはパソコンのホログラム画面を眺《なが》めて、舌打《したう》ちする。

「あー、ダメだわ。いい。戻して。やっぱり独立《どくりつ》してる。……ええ。一個一個《いっこ》、セキュリティを騙《だま》してくしかないわね。ダーナの支援《しえん》が要るわ。接続《せつぞく》は——うん、V回線やG回線じゃ遅《おそ》すぎる。やっぱ有線で頼むわ。ファイバー・ケーブルのドラムは持ってきてるでしょ。タートルを右舷《うげん》側に呼んで……」

マオの専門《せんもん》的な会話を、かなめたちは黙《だま》って聞いていた。

「そう。タートルと優先《ゆうせん》で接続するの。え？　中佐《ちゅうさ》がイヤがってる？　テッサの命令って言えばいいわよ」

勝手に自分の名前を使われて、テッサはさすがに腹《はら》を立てた。

「メリッサ！　勝手にわたしの権限《けんげん》を使わないでください！」

「あー、はいはい。じゃあ許可《きょか》もらえる？」

「そ、それは——」

「急いでんのよ。はやくして。さあ」

面倒《めんどう》くさそうに手を振《ふ》るマオ。テッサは一瞬だけためらってから、ぶすっとした顔で、

「……許可します」

と言った。

「はい、ありがと。……スペック、『聴診器《ちょうしんき》』の準備は？」

「OKだ」

超音波《ちょうおんぱ》で隔壁内の構造《こうぞう》を走査《そうさ》する機材をいじりながら、スペック伍長《ごちょう》が言う。

「じゃあ一回試《ため》すわよ。……ほら、カナメは人質《ひとじち》ンところに帰る。ソースケ、送りなさい。テッサはウロウロしない。どーせケーブルにつまずくに決まってるんだから。邪魔《じゃま》。向こう行ってて。ヒマならサンドイッチでも持ってきて」

不服を唱えようとするテッサを無視《むし》して、マオはぱんぱんと手を叩《たた》いた。

「みんないい!?　時間は限《かぎ》られてるんだからね？　てきぱき、やってくわよ！」

金庫破《やぶ》りチームの面々が、『うーっす』とばらばらにこたえた。

3：ふたりの艦長

一二月二四日　二〇五二時（日本標準時《ひょうじゅんじ》）
〈パシフィック・クリサリス〉金庫室前

金庫破りには時間がかかりそうだということだったので、マオの言う通り、かなめはひとまず学校のみんなのところに戻《もど》ることにした。

その彼女に、すかさず宗介《そうすけ》が付いてくる。

「いいわよ。一人で帰れるから」

「いや。送ろう」

そのときかなめは、マオに邪魔者扱《あつか》いされてしゅんとしていたテッサが、ちらりとこちらを見るのに気付いた。

なぜか、言い知れない後ろめたさを感じた。彼女に比《くら》べて、自分は特別扱いされている。ひいきされている。こういうのは、フェアじゃない。

そんな気がして、かなめは繰《く》り返した。

「いいってば」

「だめだ。送る」

宗介は譲《ゆず》らなかった。かなめは諦《あきら》めて、それ以上は抗弁《こうべん》せずに歩き出した。宗介も無言で付き従《したが》う。二人は金庫室を離《はな》れて、上のデッキへとつながるエレベーターへと向かった。

あたしって、いやな奴《やつ》だな……と思った。

つい一時間前まで、恭子《きようこ》の前で『あんなバカ知らない』だとか、『あたしのことなんか大切に思ってくれてない』だとか、好き勝手言ってたのに。

だんだん事情《じじよう》が分かってきて、自分の方がバカだったらしい、って分かって。なのに一言も謝《あやま》ったりしないで。さっきからああやって、ずっとこいつに突《つ》っかかってる。しかもテッサにまで、意地悪したり、ひどいこと言ったり。

怒《おこ》ってみせたり、いやらしいイヤミを言ったり。

テッサの方がずっと自分より辛《つら》い立場なのに、あんな風に嫉妬《しつと》して。

本当に自分でも分からないのだ。

どうしていつも、こうなってしまうんだろう？

（甘《あま》えてるのかな……）

そういうことなのかもしれない。

きょうが特別な日で、そのせいもあるのかもしれない。

それでもって、自分はやっぱり、彼がいないと困《こま》るのかもしれない。

でも、いつまでもこのままじゃ、いけないいんじゃないのだろうか。二か月前のあの雨の日に、それを思い知らされたんじゃなかったのか。

そして自分はもう、一六歳《さい》ではないのだ。

そう思って、彼女は言った。

「あのさ」

「なんだ」

「ん……。なんでもない」

「そうか」

長い沈黙《ちんもく》。

エレベーターの前で立ち止まり、上行きの呼《よ》び出しボタンを押《お》してから——もう一度、かなめは苦労して口を開いた。

「ねえ」

「なんだ？」

「こんな騒《さわ》ぎになっちゃってるけど……」

「ああ」

「たぶん、あたし、ソースケが来て、嬉《うれ》しかったような……そんな気もしてる」

どうにかそう言って、彼女は彼の袖《そで》を、軽くきゅっと握《にぎ》った。さすがに手までは握れなかった。

さらに長い——とても長い沈黙。

「へ……変かな。いきなり」

「いや。変では……ないと思う」

今度は宗介の方が、言葉に困っている様子だった。

「俺《おれ》も、助かる」

「そ、そう……？」

「ああ。…………？」

宗介がちらりと、エレベーター・ホールと通路との角に目を向けた。

「どしたの？」

「いや……。問題ない」

「？」

「いいんだ。たぶん」

ちん、と小気味のいい音がして、エレベーターの扉《とびら》が開く。中に入ってから、かなめは気を取り直し、強《し》いて元気な声でこう言った。

「えと、あのさ。ちょっと、展望《てんぼう》デッキの方とか行ってみない？　みんなのとこ、急いで戻《もど》る必要もないんでしょ？」

いちばん上の階のボタンに指をあわせて、彼女は彼の様子をうかがった。

「確《たし》かに、今夜はもう荒事《あらごと》はないだろうし、問題はないが……。外は寒いぞ？」

「いいよ。ちょっとだけだから」

「そうか。すこし待ってくれ」

宗介は無線機のスイッチを入れ、だれかと交信をはじめた。コード名と専門《せんもん》用語だらけで、なにを言っているのか、かなめにはほとんどわからなかった。

「──ウルズ7、了解《りょうかい》。感謝《かんしゃ》する。……いいぞ。行くか」

無線を切ってから、宗介が言う。

かなめはぱっと顔をほころばせた。

SRTのヤン伍長《ごちょう》と、PRT（初期対応班《たいおうはん》）のウー上等兵は、ハリス船長を引き連れて、乗務員用《じょうむいんよう》の居住区《きょじゅうく》を歩いていた。

えんえんと続く、殺風景な通路。

乗客用の区画ではないので、パイプ類や鉄骨《てっこつ》がむき出しだ。ここには上等な調度も、カーペットもない。

「……それでね、伍長。オレ、その女の子に言ってやったんですよ。『ねえ君、いくらクリスマスだからって、こんな街をこんな時間にうろついてちゃダメだ。どんな悪党《あくとう》が、君を食い物にしようとしてるか分からないんだぞ』って」

「うん」

「そしたら——まだ一一、二歳《さい》くらいですよ？　そんな子がね？　マオ曹長《そうちょう》みたいな感じで、ニヤーって笑って」

「もう少尉《しょうい》だけどね」

「で、ハンドバッグから、こんなごっついリボルバー取りだして。銃身《じゅうしん》5インチの38口径ですよ。『失《う》せな、兵隊。商売の邪魔《じゃま》だよ』って」

「ははあ……」

「ひでえ街でしたよ。この世に神はいないのか、って思いましたね。まともな病院はオレの基地《きち》にしかなかったし」

ヤンとウーは、交互《こうご》にクリスマスの思い出話をしているのだった。

「しかしウー。僕《ぼく》はもっと景気のいい話が聞きたかったよ。おかげで、ますます鬱《うつ》な気分になったじゃないか。……って、船長さん。もう少しきりきり歩いてくれます？」

後ろ手に手錠《てじょう》をかけられ、右足を引きずり、のろのろと歩くハリスに、ヤンは呑気《のんき》な声をかける。

「私は足を撃《う》たれたんだぞ？　担架《たんか》でも用意するのが筋《すじ》だろうが……!!」

いまだに興奮《こうふん》気味なハリスが抗議《こうぎ》する。

「注文の多いオッサンですねぇー。伍長。オレ、こいつの監視《かんし》なんてイヤっスよ」

「僕だってヤだよ。まったく、クルツの部署《ぶしょ》がうらやましいね」

「女子高生だらけのパーティ会場かぁ……」

二人がぼやいたその同じとき、覆面姿《ふくめんすがた》のクルツ・ウェーバーは、ディナー会場のステージ上で、一心不乱《ふらん》にギターをかき鳴らし、マイクに向かってがなっていた。

『ワーオッ!!　テーイッ、ミィーッ、アーッ、トレーッチ！　めーのまーえのぉっ！　ふとーぉったぁーっ！　こにぃーしぃきーが、いう、のぉ〜〜〜っ!!　イェーア！』

陣代《じんだい》高校の生徒たちが、やんややんやと囃《はや》したて、手を叩《たた》いたり身体《からだ》を揺《ゆ》すったりする。

「おお――っ！　見ろ、あのテクを！」

「キャ――！　覆面さん、ステキ――っ!!」

「……なんかあの人の声、前に会った外人さんに似《に》てるんだけど……」

ぼそりとつぶやく恭子の言葉を、聞いた者はだれもいなかった。

『ありがと――っ!!　カマン、エーヴィバーディーっ!!』


クルッたちのそういう騒《さわ》ぎを聞いたわけでもなかったが、ヤンとウーは薄暗《うすぐら》い通路を歩きつつ、ふーっとため息をつく。

「あいつ、ギターを捨《す》てたんじゃなかったっけ……」

「そんなの、そのときの気分に決まってますよ。あの人、気まぐれだから」

「おだてに弱いしなぁ……」

「すぐカッコつけたがるし……」

二人がぼやいた、そのとき。

彼らのそばの、乗員用の船室から、物音がした。ボールペンかなにかが落ちるような音と、衣擦《きぬず》れの音。

「……ウルズ9よりウルズ1へ。D30にだれか味方はいますか？」

ヤンが無線にささやいた。すでにサブマシンガンの銃口《じゆうこう》は船室の方へ向いている。弾頭《だんとう》は非殺傷《ノン・リーサル》のラバーボール弾だったが、その打撃力《だげきりよく》は侮《あなど》れない。顔めがけて連射《れんしゃ》すれば、プロボクサーのジャブを雨のように叩きこむくらいの効果《こうか》はある。ウーもハリスの身体を引き寄《よ》せて、ヤンとは反対の方向を警戒《けいかい》していた。

チームが拘束《こうそく》した人数と、乗員乗客の名簿《めいぼ》の人数は、すでに合致《がっち》している。味方以外のだれかが、船内をうろついているはずはないのだが――

すぐさまクルーゾー中尉が応《こた》える。

『ウルズ9へ。否定《ネガティブ》だ。状況《じようきよう》を報告《ほうこく》せよ』

「船室から物音がしました。調べます」

『いや、船長の移送《いそう》を優先《ゆうせん》しろ。そちらにはほかの者を送る』

ヤンは小さく舌打《したう》ちした。

「そんな。その間に逃《に》げられます。自分が確認《かくにん》します。一分間連絡《れんらく》がなかったら、この区画の包囲を。交信アウト」

『待――』

無線を切る。手信号でウーに『待機しろ』と告げ、問題の船室に近付く。

かすかな衣擦れの音。

一呼吸《ひとこきゅう》してから、ヤンは扉《とびら》を開け放ち、船室へとすばやく踏《ふ》み込《こ》む。

ベッドの上に、白い猫《ねこ》がいた。ほかは無人だ。だれかが飼《か》っているのだろうか？

「……………っ。猫だよ」

「猫ですか？　やれやれ」

ヤンは肩《かた》の力を抜《ぬ》いて、戸口からウーたちの方を振《ふ》り返った。そのウーとハリスの背後《はいご》に、バケツを振りかぶった、大柄《おおがら》な筋肉質《きんにくしつ》の男がいた。

「ウー、六時《うしろ》――」

おそかった。バケツがウーの頭を直撃する。汚水《おすい》入りのバケツを、逆《さか》さに叩《たた》きつけられ、彼はぐらりとよろめく。

「うわっぷ……!?」

「ウーっ!?」

射線にウーたちがいたが、躊躇《ちゆうちよ》無くヤンは発砲《はっぽう》した。どうせラバーボール弾だ。死ぬわけじゃない。

「あいたたたたたたたたっ!!」

バケツをかぶったウーが悲鳴をあげ、ハリスが床《ゆか》を這《は》う。襲撃者《しゆうげきしや》はその二人の後ろにじたばたと隠《かく》れ、そばの壁《かべ》に垂《た》れていたワイヤーをつかんだ。

「食らえ、テロリストめっ!!」

男が叫《さけ》び、力いっぱいワイヤーを引っ張《ぱ》る。がちん、となにかの金具がはずれる音がした。

「？　え──」

もう一つのバケツが天井から落下してきて、ヤンの脳天《のうてん》を直撃した。

抜けるような快音《かいおん》が通路に響《ひび》く。

意識《いしき》が真っ白になるその瞬間《しゅんかん》、ヤンは『こういうコント、昔どこかで観《み》た気がするなあ……』と思った。

ウーとか呼《よ》ばれていた、バケツをかぶったテロリストの頭を、モップで徹底《てってい》的に打ちのめしてから、セイラーは力いっぱい叫んだ。

「ど……どうだっ！　思い知ったか!?」

ぜいぜいと肩で息して、テロリストの尻《しり》を蹴《け》り飛ばす。相手は『うーん……』とつぶやき、身じろぎするばかりだった。

「おい、あんた！　船長だな？」

後ろ手に手錠《てじょう》をかけられていた乗員を、セイラーは助け起こす。

「う……」

「安心しろ、俺は味方だ。合衆国《がっしゅうこく》海軍中佐《ちゅうさ》、キリー・B・セイラー。USS〈パサデナ〉の名艦長《めいかんちょう》で、たまたま乗客として乗り込んでいた、百戦錬磨《れんま》のタフガイだ。事件《じけん》が解決《かいけつ》した暁《あかつき》には、マスコミに『真の愛国者にして不死身の男、セイラー艦長』と紹介《しょうかい》してくれ」

「は、はあ……」

セイラーは敵《てき》のサブマシンガンを拾い上げた。残弾をチェックする。よし充分《じゅうぶん》。弾頭の色が、なんか基礎《きそ》訓練のときに見たものと違《ちが》う気もするが、海の男はそういう細かいことは気にしないのだ。

「まずはこの場《ば》を離《はな》れよう。敵が来る。歩けるな？　っていうか、むしろ走れ」

「ま、待ってください、お客様。その前に手錠を――」

「あー、面倒《めんどう》くさい。ほらほら、さっさと手を出せ」

手荒《てあら》にテロリストの身体《からだ》を探《さぐ》り、鍵束《かぎたば》を見つけると、セイラーは船長の手錠を外してやった。

「これでいいな。さあ行くぞ」

「いいえ、私は通信機を見つけて、外部と連絡を取らなければならない。あなたは一人で逃《に》げてください」

「なにを言っとる。おまえだけでは危険《きけん》だぞ。だったら俺《おれ》も付いていく」

「お気持ちには感謝《かんしゃ》しますが、けっこうです」

なぜか、船長は単独《たんどく》行動に固執《こしゅう》した。

「この船は我《わ》が家も同然。身の隠し方くらいは心得ております。それに、二人まとめて捕《つか》まる危険は避《さ》けた方がいい」

「ふむ……」

「あとで合流しましょう。ショッピング・センターは分かりますか？　あそこなら隠れる場所には事欠きません」

「わかった。気を付けていけよ」

「それでは」

セイラーに背《せ》を向け、船長は走っていった。

その顔がほくそ笑《え》んでいることには、気付きようもなかった。

テッサがエレベーター・ホール近くの通路から金庫室に戻《もど》ってくると、ロック解除《かいじょ》の作業にいそしんでいたマオが言った。

「ちょっとテッサ、ふらふら歩かないで。金庫破《やぶ》ったら呼《よ》ぶから、おとなしくしててよ。

ったく、あんたってば、ただでさえドンくさいんだから……」

ディスプレイとにらめっこで、テッサの顔を見ようともしない。その場にいたほかの部下たちも、彼女にはまったく関心がない様子だった。各自、それぞれの仕事に没頭《ぼっとう》している。

「すんません、大佐《たいさ》。ちょっとどいて」

「大佐殿《どの》。そこ、邪魔《じゃま》です」

「悪いけど大佐。気が散るんです」

みんながそう言った。最初はむっとしていたが、何度もそんな扱《あつか》いを受けるうちに、テッサは抗議《こうぎ》する気力さえ萎《な》えていった。実際《じっさい》、自分はドンくさいのだ。鍵開けの類《たぐい》も、まるで知識《ちしき》がない。作戦前は「かわいいでしょ？」とみんなに見せびらかせていたメイドの衣装《いしょう》が、いまでは彼女をひどくみじめな気分にしていた。

お茶でもいれてきましょうか？　と尋《たず》ねてみた。マオたちは『んー。好きにすれば？』と答えた。カモミールティーとかいかがです？　と尋ねてみた。マオたちは『なんでもいいよ』と無関心に言った。

完全な邪魔者扱い。

ひしひしと孤独《こどく》を噛《か》みしめながら、テッサは肩《かた》を落とし、同じ階層《かいそう》の乗務員用《じょうむいんよう》の厨房《ちゅうぼう》へと向かった。歩いて数分。乗客用の厨房とは、比《くら》べものにならない質素《しっそ》だった。ティー用品を探《さが》しても、コーヒー用のマグカップしか見当たらない。あらかじめ持ってきていたハーブティーの小瓶《こびん》を取り出し、途方《とほう》に暮《く》れたようにため息をついた。

サングラスを外して、まぶたを揉《も》む。さすがに泣きはしないが、憂鬱《ゆううつ》だった。

まあ確《たし》かに、いまは作戦中だ。遠足気分も大概《たいがい》にしなければ。むしろ、部下たちの任務《にんむ》への献身《けんしん》と集中力は評価《ひょうか》できる。

とはいえ――だれも自分を見てくれない。きょうは特別な日なのに。

宗介もだ。彼はあの子のところに行ってしまった。

そしてあのエレベーターホールで――

暗い気分でやかんに水を注いでいると、耳につけていたイヤホン型の超《ちょう》小型無線機に連絡が入った。

『ウルズ1より全ユニットへ。緊急《きんきゅう》だ』

船橋《ブリッジ》のクルーゾー中尉《ちゅうい》からだ。

『ウルズ9とカノ28が、B19付近で襲撃《しゅうげき》を受けた。二人とも軽傷《けいしょう》だが――護送中《ごそうちゅう》の船長が奪《うば》われた。警戒《けいかい》せよ。現在《げんざい》、ウルズ3のチームが当該《とうがい》エリアを包囲、縮小《しゅくしょう》しているが、すでに包囲を脱《だっ》した可能性《かのうせい》もある――』

何者かが、ヤン伍長《ごちょう》たちを襲《おそ》い、あのハリス船長を連れ去った。

その報告《ほうこく》を聞いて、さすがにテッサも身を引き締《し》めた。

さあ来た、トラブルだ。子供《こども》じみた悩《なや》みは放り出して、しっかりしなくちゃ。

クルーゾーの報告は続く。

『――どうやら襲撃者は乗客らしい。正義《せいぎ》感からの行動だろう。彼、ないし彼らを殺すな。繰《く》り返す。抵抗者《ていこうしゃ》の殺傷は厳禁《げんきん》する。ハリス船長を連れ去った男は、身長六フィート、スーツ姿《すがた》の白人で、黒髪、短髪《たんぱつ》、筋肉質《きんにくしつ》だ。火器を奪《うば》われたが、非殺傷《ノン・リーサル》のゴムボール弾《だん》しか装填《そうてん》されていない。……特徴《とくちょう》を繰り返す。襲撃者は身長六フィート、スーツ姿の白人で――』

クルーゾーの通信を、テッサは途中《とちゅう》からほとんど聞いていなかった。いきなり外の通路から、一人の男が厨房《ちゅうぼう》に飛び込《こ》んできたのだ。

身長六フィート（一八〇センチ強）。スーツ姿。白人。筋肉質。黒髪の短髪。ついでに言うなら、その男はなんとなく、コメディに出ているときのA・シュワルツェネッガーによく似《に》ていた。

ありていに言って、クルーゾーの報告そのままの風貌《ふうぼう》であった。

男はサブマシンガン（たぶん、ヤンの銃《じゅう》だ）を構《かま》え、野太い声で怒鳴《どな》った。

「よおーし！　動くなよ、テロリストめっ!!…………ん？」

レンジの前で大きなヤカンとマグカップを手にしたまま、凍《こお》り付いているメイド服姿《ふくすがた》のテッサを認《みと》めると、その男は怪訝《けげん》そうに目を細めた。

「……あ」

「乗務員《じょうむいん》か？……なにをやっとるのだ、こんなところで」

妙《みょう》に無駄《むだ》の多い、大仰《おおぎょう》な仕草で、『さっ！』『ばばっ！』と周囲三六〇度に銃口を向けつつ、男は言った。

「あ、あの……。あなたは」

「安心しろ！　俺は味方だ。たまたま偶然《ぐうぜん》、この船に乗り込んでいた勇敢《ゆうかん》な乗客でな。ついさっきも、テロリストどもを二人ほど始末したところだ」

「ええっ？」

「ついでに船長も助けたのだが、一人でどこかに行ってしまった。少々気がかりだが――なに、適当《てきとう》に切り抜《ぬ》けてくれるだろう、うん」

あのハリス船長――〈アマルガム〉の関係者と目されている男を、野放しに？

「な、なんてことを」

「そう言うな。俺はいちおう、制止《せいし》したぞ」

「いえ、そういうことではなく——」

「ともかく、俺のヒロイン像に比《くら》べるとずいぶんガキでがっくりだが、まあ贅沢《ぜいたく》は言わない。ここは危険《きけん》だ。付いて来い」

「あの？　お話の意味がよくわからないのですが……って、あ、痛《いた》い。引っ張《ぱ》らないでください。ど、どちらへ——」

　男がずけずけと歩き出す。

「ここを離《はな》れるんだ！　テロリストどもがすぐそこまで来てるんだぞ！　おまえなんか見つかったとたん、よってたかってX指定だ」

「いえ、それはないと思いますけど。その、あの。引きずらないで。困《こま》ります。聞いてますか？　あ、いたたた……」

「ガタガタ言うな！　生きるか死ぬかだぞ!?　痛いくらいがなんだ！　さあ走れ、水兵！　金玉があるなら、ガッツを見せろ！」

「わたし、そんなものありません！」

　キッチンの奥《おく》に置いてあったサブマシンガンやサングラスなど、手を伸《の》ばすゆとりさえなかった。むんずと手をつかまれ、慣《な》れないヒールにつまずき、床《ゆか》をはずむように引っ張られる。テッサは半泣きで抗議《こうぎ》するばかりだった。

同時刻《どうじこく》〈パシフィック・クリサリス〉展望甲板《てんぼうかんぱん》

いろいろと、いいムードになるのではないか。そんなかなめの期待に反して、展望甲板は暗く、寒く、空虚《くうきょ》だった。

ベイサイドの夜景はもう見えない。びゅうびゅうと冷たい風が吹《ふ》く。波の音はどこまでも陰気《いんき》。あたかも演歌《えんか》の世界に出てくる、津軽海峡《かいきょう》か日本海のごとしであった。

(これはむしろ、心中ムード……?)

エレベーターの中でのドキドキ感など、とうの昔に消え失《き》せて《う》いる。クリスマスにはほど遠い雰囲気《ふんいき》に、かなめは両目をどよんとさせた。

「いい夜だ」

そんな空気など微塵《みじん》も察することなく、宗介が言った。

「こういう気候は安らぎを感じる。月の出ない晩《ばん》は、夜闇《よやみ》が奇襲側《きしゅうがわ》に味方してくれるからな。君はどうだ、千鳥《ちどり》」

「どうだと言われても……」

とはいえ、宗介から話を振《ふ》ってくるのは珍《めずら》しい。ひょっとして、いちおう盛《も》り上げてるつもりなのかしら……とかなめは勘《かん》ぐった。

「やっぱ寒いわねー」

「冬のアフガンはもっと寒い」

「風も強いし」

「強風は味方だ。敵の歩哨《ほしょう》に足音を聞かれる危険が減《へ》る」

「素敵《すてき》なイルミネーションとか欲《ほ》しいなあ」

「警戒中《けいかいちゅう》だぞ。愚《おろ》かな選択《せんたく》だ」

「…………」

どうにも話題が膨《ふく》らまない。いつもなら、ぽんぽんと会話が飛び出してくるのだが。

宗介が咳払《せきばら》いをした。

「そういえば、きょうはクリスマスだ」

「はあ」

「クリスマスには、プレゼントを渡《わた》す習慣《しゅうかん》があるそうだな。君にこれを渡しておこう」

彼はポケットから万年筆を取りだした。

「…………?」

「一見するとただの万年筆だが、超《ちょう》小型のスタンガンになっている。出力も最強の二〇万ボルト級だ。ただし、バッテリーの都合で一、二度しか使えない。よく覚えておけ」

「うん。えーと。ありがと」

最初は一瞬《いっしゅん》だけ、どきりとしていたが、正直なところ、かなめは落胆《らくたん》した。

また護身具《ごしんぐ》だ。そういう色気のないアイテムは、これまでもあれこれもらってる。それに、、、、、クリスマス・プレゼントか。気持ちはありがたいけど。やっぱり、なんだか、物足りない。そんな彼女の気分などつゆ知らず、宗介がその武器《ぶき》の使い方を熱心に説明していると、彼の携帯《けいたい》無線が小さく鳴った。

「待ってくれ」

短い交信のあと、宗介は顔をしかめた。

「どしたの？」

「トラブルだ。仕事が入った」

「あ、そう……」

「君は戻《もど》っていろ。学校の連中のところまで送る」

セイラーの想像《そうぞう》ほど、テロリストたちは有能《ゆうのう》ではなかった。

よく組織化《そしきか》はされているようだったが、射撃《しゃげき》はヘタクソで、しかも度胸《どきょう》が据《す》わっていない。こちらに射《う》ってくるのを、ためらっているようにさえ見える。それどころか、自分とメイドに弾《たま》が当たるのを、心配しているそぶりさえ見せていた。

こちらを包囲しようとする手際《てぎわ》は上手なのだが、肝心《かんじん》なところで狼狽《ろうばい》したり、躊躇《ちゅうちょ》したりするのだ。

「動くな！　おとなしく——え、大佐《たいさ》!?　あわわわわ！　いてっ！」

通路の角から姿《すがた》を見せたテロリストが、セイラーの銃撃《じゅうげき》に泡《あわ》を食って逃《に》げ出していく。

「うおおおおぉ——っ!!」

右手でサブマシンガンをぶっ放し、左手でメイド娘《むすめ》を抱《かか》えて、彼は雄叫《おたけ》びをあげた。

「思い知ったか、悪党《あくとう》どもめ！　何人でも構《かま》わんぞ、かかってこい！」

「あの、あの、あなたが戦うのは勝手ですから、放してくれませんか？」

「さあ、相手になってやる！　男と男の戦いだ！　このセイラー様をナメるなよ!?」

「って、聞いてないし」

「このやろ、このやろ！　くぬ、くぬ、くぬっ！」

メイドの懇願《こんがん》など耳に入らない。行く手を遮《さえぎ》る敵《てき》を追い散らし、セイラーは通路を駆《か》けぬけた。撃《う》たれたテロリストが倒《たお》れながら、〝ちくしょう。手加減《てかげん》してりゃ、調子に乗りやがって……〟だのとつぶやくのも、もちろん聞こえていない。

「ああっ、ハワード伍長《ごちょう》……。放してください、放して！」

セイラーの手を逃《のが》れようと、メイド娘がじたばたしていた。彼は気にもしないで、背後《はいご》に現《あらわ》れた敵めがけて身をひるがえし、発砲《はっぽう》する。そのはずみに、〝ごつん！〟とにぶい音がした。

「どうだ！　合衆国《がっしゅう》海軍をナメるなよ⁉　貴様《きさま》らなんぞ……ん？」

そばの柱に頭をぶつけたメイド娘が、セイラーの腕《うで》の中でぐったりとしていた。両目がくるくると渦巻《うずま》きを描《えが》いている。

「…………。ま、いいか。とにかく、俺《おれ》を捉《とら》えることができるならやってみろ！　くそったれのテロリストどもめっ‼」

失神したメイドを抱えたまま、セイラーは銃撃を繰《く》り返し、その区画から逃《に》げ出していった。

同時刻《どうじこく》　〈パシフィック・クリサリス〉　第三甲板　C通路

遠くでひびく銃声を聞きながら、ハリスは息をひそめて行動していた。

追っ手に何度も発見されそうになったが、そこはそれ、自分の船だ。構造《こうぞう》は熟知《じゅくち》してい

る。普通《ふつう》の図面には載《の》っていない経路《けいろ》——内装《ないそう》で隠《かく》れているメンテナンス用の空間が、この船には無数にあるので、彼はどうにか敵の裏《うら》をかいて逃げおおせることができた。

やっと落ち着き、熟考《じゆっこう》する。いや、熟考するまでもない。

（まずい）

完璧《かんぺき》な計画のつもりだったのに。完全に裏をかかれた。まさか、堂々と襲撃《しゅうげき》してきて乗客を拘束《こうそく》してしまうとは。なんて奴《やつ》らだ。

このままでは、『金庫』の中身を暴《あば》かれた上に、ありとあらゆるデータを吸《す》い出されてしまう。たとえ自分が逃げ、隠れおおせたとしても——〈アマルガム〉は自分を許《ゆる》さないはずだ。必ず殺される。

では、どうする？

このまま連中の好きにさせて、帰港したらすぐに身を隠すべきか？　いや、無理だ。個《こ》人《じん》の力で、彼らの手から逃《のが》れるのは難《むずか》しい。やはり組織に対して最大限《さいだいげん》の忠誠《ちゅうせい》を示《しめ》し、その上で粛正《しゅくせい》を免《まぬか》れるくらいの手土産《てみやげ》を持参するしかない。

そのためには、まず連絡《れんらく》だ。

そして、〝あれ〟を起動させる。

ハリスは狭苦《せまくる》しい天井裏《てんじょう》を移動《いどう》していった。何度か、すぐ近くまで注意深い足音が近付いてくる。敵《てき》が自分を捜《さが》しているのだ。彼らに発見されずに救難《きゅうなん》ボートまでたどり着いたのは、まさしく奇跡《きせき》だった。

さすがはクリスマスだ。神も自分に味方してくれている——

左舷《さげん》の展望《てんぼう》甲板から救難ボートに潜《もぐ》り込《こ》み、中に積んであるサバイバルキットを、暗闇《くらやみ》の中、手探《てさぐ》りで見つける。頑丈《がんじょう》なケースの中に、衛星《えいせい》通信機があった。

専用《せんよう》の秘話《ひわ》回線ではなかったが、緊急時《きんきゅうじ》の周波数とコードは覚えている。彼は慣《な》れない手つきで通信機を操作《そうさ》し、〈アマルガム〉の息がかかった中継局《ちゅうけいきょく》に連絡を入れた。

「緊急の連絡がある。最優先《さいゆうせん》だ。急いでくれ……！」

ひそひそ声で、ハリスは叱咤《しった》した。ほどなく、直属《ちょくぞく》の幹部《かんぶ》が応答《おうとう》する。

『どうしたのかね？』

電子的に加工された声だった。

「ミスタ・Au《ゴールド》——トラブルです。〈ミスリル〉の連中にやられました。彼らが私の船を乗っ取り、『金庫』を無理矢理こじあけようとしています」

相手の男は、ハリスの報告《ほうこく》をじっくり吟味《ぎんみ》するように、『ふむ、ふむ……』とつぶやいてから、こう言った。

『それで、君はどうする気かな？』

「そ、それは……」

『貴重《きちょう》な機材と情報を脅威《きょうい》にさらして、危険《きけん》な回線を使用し、私の時間を奪《うば》ってまで報告することだろう。言ってみたまえ』

「れ……例の娘をどうにか奪って、脱出《だっしゅつ》します。回収《かいしゅう》の手配を」

『できるのかね？』

「はい」

そう言うほかに、選択肢《せんたくし》などなかった。

「つきましては、先日食料庫に積み込んだ例の、、、機材の使用許可《きょか》をいただきたいのです。あれを使って敵を攪乱《かくらん》し、その機に乗じて成果を手に入れたいのですが」

短い沈黙《ちんもく》。

彼にはそれが永遠にさえ感じられた。

『いいだろう。そうした状況《じょうきょう》も考えて配備《はいび》した機材だしな。金庫の中身は……まあ、諦《あきら》めるとしよう。ほかの幹部には私から説明しておく。君はその仕事に専念しろ。回収手順は後で知らせる』

「か、感謝《かんしゃ》します。必ずや、成果を持参いたします。どうか私の変わらぬ忠誠《ちゅうせい》を――」

『わかっている。早く切りたまえ』

ハリスが返事をする前に、回線は途絶《とぜつ》した。

同時刻《どうじこく》　東アジアのどこか

立体映像《えいぞう》という形で会議に列席していた幹部たちは、ハリスからの通信が終わると、それぞれ不機嫌《ふきげん》な声を漏《も》らした。

『度《ど》し難《がた》いまでの愚《おろ》か者だな』

『われわれがこの事態《じたい》に、まだ気付いていなかったと思っているらしい』

『まず、傍受《ぼうじゅ》されたとみていいだろう』

『すばらしい部下を持ったものだ』

険悪《けんあく》な皮肉の数々。

ミスタ・Auは顔色ひとつ変えずに、小さく鼻を『ふん』と鳴らした。

「……ハリスが愚か者だということは否定《ひてい》しない。だが計画そのものに、ぬかりがあったとは言い切れんよ」

『くだらん。もっとシンプルに、日常生活《にちじょう》を送っているときに拉致《らち》すれば良かっただけの話ではないか。それを、持って回ったやり方をしたばかりに……』

『まったくだ。酔狂《すいきょう》も結構《けっこう》だが、度が過《す》ぎたな』

『そもそも、なぜわれわれにこの作戦を報告しなかった。これは背信行為《はいしんこうい》ともとれるぞ』

「言えば反対しただろうからな」

ミスタ・Auはそしらぬ顔で言った。

「あの娘を放置しておくことには、もはや意味がない。先日のミスタ・Fe《アイアン》の件で、はっきりしたことだと思っていたが？」

『Feか。あの裏切《うらぎ》り者』

『ミスタ・K《カリウム》は、奴《やつ》に殺されたようなものだ』

「その通り。そしてこの件も、腑《ふ》に落ちないところがある。なぜ〈ミスリル〉の中の、西太平洋戦隊だけが、あの船をあそこまで執拗《しつよう》に疑《うたが》ったのか？　あのアミット将軍《しょうぐん》が率《ひき》いる〈ミスリル〉情報部《じょうほうぶ》でさえ、〈パシフィック・クリサリス〉はシロだと判断《はんだん》したのだ。だが例の〈トゥアハー・デ・ダナン〉とかいう部隊は、独自《どくじ》の調査《ちょうさ》だけで確信《かくしん》を得ていた。あそこまで大胆《だいたん》な作戦を行えるほどの、だ。それはなぜか？　もっともありそうな理由は、〈トゥアハー・デ・ダナン〉に、だれかが情報を漏《も》らしていたというあたりだな」

一人が舌打《したう》ちした。

『Feだな。奴ならやっただろう』

『おもしろ半分に、香港を火の海にしようとした男だ』

すでに死んだ男——ガウルンの、人を食ったような薄笑《うすわら》いを思い浮《う》かべたのだろう。幹《かん》部《ぶ》たちは不快《ふかい》げに身じろぎした。

〈アマルガム〉幹部のコード名が、いまでは痛烈《つうれつ》な皮肉になっていた。Fe《アイアン》は水銀と混じらない。水銀合金《アマルガム》にはならないのだ。

『それで？　これからどうする気だね。このままでは〈ミスリル〉の強盗団《ごうとうだん》は、あの船の情報を余《あま》さず入手して撤退《てったい》してしまうぞ』

「そうだな。もはやあの設備《せつび》の価値《かち》は低いが……それでも、連中の好きにさせるのは面白《おもしろ》くない」

『その口ぶりだと、すでに手は打ったようだな』

「例の飛行艇《ひこうてい》を三機、近海へ派遣《はけん》した。それぞれ〈リヴァイアサン〉を積んでいる。もうじき着くだろう」

『撃沈《げきちん》する気か』

「ほかにあるまい」

『チドリ・カナメはどうなる。殺してしまっては意味がない』

一人がそう言うと、くすりと小さく笑う声がした。円卓《えんたく》を囲む立体映像《えいぞう》の幹部たちが、そろってひとつの席を見る。その空間には、『音声のみ』と青白い文字が浮かんでいるだけだった。

『なにがおかしいのだね、ミスタ・Ag《シルバー》』

『彼女は死にませんよ』

涼《すず》しげで、優雅《ゆうが》な響《ひび》き。まだ若《わか》い少年の声だった。

『なぜそう言い切れる？ 同じウィスパードだからか？』

『僕《ぼく》たちの力は、そんな便利なものではありませんよ。そう……ただの単なる個人《こじん》的な感想、ということにしておこうかな』

『ふん……』

『とはいえ――あの船の食料庫には〝例の機材〟を積んであります。ハリス氏が起動させれば、彼の仕事の一助にはなるかと』

『対人自動機兵か』

『ええ。〈アラストル〉を一二機ばかり。チドリ・カナメを捜索《そうさく》・保護《ほご》して、脱出《だっしゅつ》するように命令してあります』

『あの殺人人形どもに、そんな高等な判断《はんだん》ができるのか？』

『高等というほどではありませんよ。交戦規定《ROE》は、ひどく単純《たんじゅん》なものです』

『どんなＲＯＥだ』

『ミスタ・Auに聞いてみたらいかがです？』

若者の声はからかうような調子だったが、その影《かげ》に冷ややかな匂《にお》いが漂《ただよ》っていた。

一同の注目が集まると、ミスタ・Auはこともなげに言った。

「『障害《しょうがい》はすべて排除《はいじょ》せよ』だ。邪魔者《じゃまもの》は殺す。それだけだよ」

一二月二四日　二一三六時（日本標準時《ひょうじゅんじ》）
伊豆諸島沖《いずしょとうおき》〈パシフィック・クリサリス〉

テッサが目を覚ますと、銃撃戦《じゅうげきせん》は終わっていた。

いろいろあって、まんまと逃《に》げおおせたようだ。

頭をぶつけて朦朧《もうろう》としていたテッサは、どうにか〝大丈夫《だいじょうぶ》です。もう動けます〟と告げて、〝抵抗者《ていこうしゃ》〟に腕《うで》を引かれるままに歩いた。

まずいことに、さっきのドタバタで無線機を落としてしまったようだ。

ふらふらと付いていきながら、どうにか相手の素性《すじょう》を聞き出す。

男はセイラーと名乗っていた。アメリカ人で、クリスマス休暇《きゅうか》を利用して、部下と旅行に来ていたらしい。

「それで、お嬢《じょう》ちゃん。名前は？」

薄暗い通路の曲がり角で、油断《ゆだん》なくあちこちをうかがいながら、セイラーが言った。

「ええと……マンティッサです。テレサ・マンティッサ」

しばしば使う偽名《ぎめい》を名乗る。

「そうか。じゃあお嬢ちゃん、これから俺《おれ》のあとにしっかり付いて来い。安心しろ、俺はベテランだ。あんなテロリストどもなど——って、どこにいく気だ、こら」

とことこと反対方向に歩き出したテッサの襟首《えりくび》を、セイラーがむんずとつかむ。

「いえ、あの。自己紹介《じこしょうかい》も済《す》んだし、この辺でお別れしようかと……」

まさかテッサに、この大柄《おおがら》な男を取り押《お》さえられるわけもない。大声でも出そうかと思ったが——なぜかこういう時に限《かぎ》って、仲間の足音が近付く気配もない。この人とはさっさと別れて、部隊のみんなに彼の居場所《いばしょ》を通報《つうほう》しなければ。

「なにをバカ言っとる！　さあ、来るんだ」

「ああっ。でも、でも、そっちに行くのは気が進みません」

セイラーが目指しているのは、船内のショッピング・センターの方角だった。作戦前の打ち合わせでも、『ここの制圧《せいあつ》が一番厄介《やっかい》だ』と言っていた区域《くいき》だ。広くて、入り組んだ構造《こうぞう》だし、見通しが悪い。出入り口が多いので、逃げ道には困《こま》らない。罠《わな》やら何やらに使えそうな物品がたくさんある。

「むしろ、あっち側に行くのはどうです？　その方が、お互《たが》いのためにもなると思うんですけど……」

上の甲板のスポーツジムの方角を指さす。あちらは袋小路《ふくろこうじ》だ。ほどなく仲間がこちらを追いつめ、上手にセイラーを捕《つか》まえてくれることだろう。

「向こうは袋小路だぞ。逃走《とうそう》に不便だ」

「ううっ、そうですか。だったら、いっそ武器《ぶき》を捨《す》てて投降《とうこう》するのはどうでしょう。きっとセイラーさんが思ってるほど、悪い人たちじゃないと思いますよ？」

するとセイラーは嘲《あざけ》るように鼻を鳴らした。

「おまえは甘《あま》い。やつらは悪党《あくとう》だ。テロリストなんだ。平凡《へいぼん》なメイドのおまえには、それがわからん。それともなんだ？　おまえはこれまで一度でも、テロリストどもと戦ったことがあるってのか？」

「ええ。不本意ながら。そりゃあもう、イヤっていうほど——いたい！」

ぽかり、と頭のてっぺんをやられて、テッサは小さな悲鳴をあげる。

「なにするんですかー！」

涙目《なみだめ》で抗議《こうぎ》する。

「茶化《ちゃか》すな、馬鹿者《ばかもの》！」

「わたし、茶化してなんかいません！」

「とにかく、素人《しろうと》のおまえは黙《だま》って付いてこい。いいな!?　逃げたら銃殺だ！」

「なんだか、メチャクチャ言ってます……」

ぼやきながら、テッサは思った。こうなったら、むしろ自分が彼のそばにいて、事態《じたい》をコントロールすべく努《つと》めた方が賢明《けんめい》かもしれない。いまは仲間と連絡《れんらく》がとれないが、うまく隙《すき》をみて艦内《かんない》電話を使えば、その機会もほどなく訪《おとず》れるだろう。

さっきの感触《かんしょく》では、陸戦隊の面々は素人の大暴《おおあば》れに手を焼いている様子だった。しかし、いつまでもやられっぱなしなほど無能《むのう》ではない。それにみんなも、さほど自分のことを心配してはいないだろう。

「まあ、いいです。とにかくどこかに隠《かく》れて、機会をうかがいましょう」

「うむ、わかればいい。では行くぞ」

もたもたするテッサを、けっきょく引きずるようにして、セイラーは移動をはじめた。

意気消沈《しょうちん》したヤンとウーを前にすると、クルーゾー中尉《ちゅうい》は彼らを怒鳴《どな》りつける気力さえ失《う》せてしまった。

「弁解《べんかい》の余地《よち》もありません……」

「いかなる処分《しょぶん》も覚悟《かくご》してます……」

彼らがいるのは、先ほどヤンたちが襲《おそ》われた現場《げんば》――乗務員用《じょうむいんよう》区画の通路だった。いかにも兵隊らしい、直立不動の姿勢《しせい》だが、痛々《いたいた》しいほど覇気《はき》がない。

「貴様《きさま》らの処分は帰ってからだ。貨物室の警備《けいび》に回れ」

クルーゾーが命じるとヤンたちは敬礼《けいれい》し、その場を駆《か》け去った。

「……とどのつまり、向いていないのかもしれんな」

ヤンたちの背中《せなか》を見送ってから、クルーゾーに同行していたキャステロ中尉《ちゅうい》が言った。

〝ウルズ3〟のコールサインを持つ、PRTの作戦指揮官《しきかん》だ。三〇代半ばのラテン系《けい》。痩《や》せ形で口ひげを蓄《たくわ》えている。

「ヤンのことか」

「そうだ。ほかのSRT要員なら、相手を殺してでも無力化しただろう。だが奴《やつ》はできなかった。ただの油断《ゆだん》とは違《ちが》う」

「私が殺傷《さっしょう》を禁《きん》じていた。そのせいかもしれない」

「それは理由にならない。場合によっては懲罰《ちょうばつ》覚悟で、その命令を無視《むし》できるのがSRT

だ。大っぴらには言えないことだがな」

「…………」

「ヤンは技能《ぎのう》も経験《けいけん》もあるが、心《マインド・セット》がけの面で劣《おと》る。PRTに戻《もど》すべきだ」

「その議論《ぎろん》にはカリーニン少佐の意見が必要だ。この作戦が終わってから――」

そこで通信が入った。抵抗者《ていこうしゃ》の捜索《そうさく》をしていた宗介のチームからだ。

『こちらウルズ7。一足遅《おそ》かった。救難《きゅうなん》ボートはもぬけの殻《から》だ。衛星《えいせい》通信機が持ち去られている。警戒《けいかい》を』

上空で衛星通信の妨害《ぼうがい》をしている味方ヘリの影響《えいきょう》で、地上用の回線にもノイズが混《ま》じっていた。

「ウルズ1了解《りょうかい》。〈デ・ダナン〉が通信内容《ないよう》を傍受《ぼうじゅ》した。すでにMH―67《ペイブ・メア》が当該周波帯の妨害を開始している。通信は心配するな。包囲網《もう》を拡大《かくだい》して捜索しろ」

『了解《りょうかい》』

宗介からの通信を切ると、クルーゾーは小さく舌打《したう》ちした。

「いかんな。隠れんぼでは、ハリスの方が上のようだ」

これが普通《ふつう》の船ならば、さして苦労もなくハリスを追いつめることができただろう。だが、この〈パシフィック・クリサリス〉はあまりに巨大《きょだい》だった。比喩《ひゆ》抜《ぬ》きで、この船はひとつの都市なのだ。対するに、こちらの人員はあまりに少ない。しかも制圧《せいあつ》の完了までは、〝人質《ひとじち》〟を監視《かんし》する要員に、その大部分を割《さ》かねばならなかった。

「そう焦《あせ》るな。見たところ、問題の襲撃者《しゅうげきしゃ》も素人くさい。大したことはできんよ」

キャステロがそう言ったところで、今度はマオから連絡《れんらく》が入った。

『こちらウルズ2。またトラブルよ。テッサ《アンスズ》がいなくなったの。乗員用の厨房に、彼女の持ち物が放置されてたわ。ひょっとしたら、そのジョン・マクレーンに連れ去られたのかも』

マクレーンは、映画《えいが》『ダイ・ハード』の主人公の名前だ。ハイジャックされたビルの中で、テロリスト相手に孤軍奮闘《こぐんふんとう》。ずいぶん昔に大ヒットした。

「それなら知っている。彼女はそのマクレーンと一緒《いっしょ》だ。おかげでこちらも手を焼いている。それより、なぜ彼女から目を離《はな》していた？」

『それは……ああ、あたしのミスよ！　この金庫、意外に厄介《やっかい》な防壁《ぼうへき》持ってて、こっちも一杯《いっぱい》一杯だったの』

もう一つの問題を思い出して、クルーゾーは彼女にたずねた。

「あと、どれくらいかかる」

『わかんない。予定通りにいくかもしれないし、三時間以上遅《おく》れるかも』

「すばらしい。そのころには日本の海上保安庁《コースト・ガード》が、この船を十重《とえ》二十重《はたえ》に包囲しているぞ」

『だから急いでるのよ。それよりテッサが心配だわ。あの子、艦《ふね》を離れたらホントにドン臭《くさ》いだけの役立たずだから。はやく見つけてあげて』

解錠《かいじょう》作業をしながら交信しているようだ。てきぱきとした口調だったが——その実、気もそぞろといった様子だった。本当は自分が探《さが》しに行きたいのだろう。

「わかっている。大佐《たいさ》殿《どの》のことは心配するな。こちらに任《まか》せて集中しろ」

『頼《たの》んだわよ』

交信を終えて、クルーゾーはうなる。胃がきりきりと痛《いた》かった。はじめてのことだ。

「まったく、次から次へと……」

「そういうものだ。予定通りにいった作戦など、私は見たことがない」

キャステロが肩《かた》をすくめる。

そこにまた通信。今度はクルツ・ウェーバーからだった。

『こちらウルズ6。トラブルだ！』

「今度はなんだ」

『ガッコのみんなが、料理を全部平らげちまった。もっと食わせろって言っててさ。コックさんたち、厨房《ちゅうぼう》に通していい？』

「勝手にしろ、馬鹿野郎《ばかやろう》!!」

怒鳴《どな》りつけて、クルーゾーは無線を切った。


ショッピング・センターに入るなり、セイラーは嗜好品《しこうひん》のコーナーへと歩き出した。

「あの、セイラーさん。なにをお探《さが》しで？」

テッサがたずねると、彼は即答《そくとう》した。

「酒だ。ウォッカがいい」

「それってまさか……」

「うむ、火炎瓶《かえんびん》を作る。武器《ぶき》が足りん」

「やめてください！　そんなもの使ったら、怪我人《けがにん》が出ます」

「当たり前だ。悪党《あくとう》と戦うのだからな。悲鳴をあげて燃え上がり、海へと落ちていくテロリスト……よしよし、絵になるぞぉ。おまえも探せ。ほらほら！」

ほどなく『スピリタス』が一〇本ほど見つかった。アルコール度数九六パーセントの酒だ。ボロ切れを詰《つ》めて、火を付けて投げれば、それだけで即席《そくせき》の火炎瓶になる。

別の売り場からハンカチやタオルを持ってきて、さっそく作業にかかる。いやがるテッサも、けっきょく手伝わされた。

三本ほど火炎瓶を作ったところで、セイラーが悪態《あくたい》をついた。

「くそっ。滑《すべ》って栓《せん》が開かん」

「……？」

暗がりの中、相手の手元をのぞきこんで、テッサはびっくりした。セイラーの右手が、血まみれになっていたのだ。

「大変。いつ怪我したんです」

「ドンパチの最中だ。なにかのはずみで切ったらしいな」

「なんでそれを早く言わないんですか！　医務室《いむしつ》に行きましょう」

「おまえはバカか⁉　敵《てき》が網《あみ》を張《は》ってるに決まっとる。それに、こんなのは怪我のうちに入らん！」

「じゃあ上着を脱《ぬ》いでください。傷《きず》を見ますから」

いちおう、テッサにも応急処置《おうきゅうしょち》の知識《ちしき》はある。度胸《どきょう》を付けるために、実際《じっさい》の怪我人の手術《しゅじゅつ》にも立ち合ったことがあった。

「大きなお世話だ。だいたいおまえは看護婦《かんごふ》じゃない、メイドだ。メイドならメイドらしく、だまって火炎瓶を作っていろ！」

「もう、なにがなにやら……。とにかく見せてください」

「む、こら」

　テッサは強引にセイラーのスーツをひっぺがすと、彼のたくましい右腕《みぎうで》を手に取った。肘《ひじ》の内側、ちょっと下のあたりを中心に、ワイシャツがべったりと血に濡《ぬ》れていた。あとで五、六針くらいは縫うような傷だ。

「止血点は知ってますか？　ここです。ここを強く押《お》さえててください」

「お、おう……」

「もっと強く。骨《ほね》にあたるくらいです」

　上腕《じょうわん》の内側をテッサに触《さわ》られて、セイラーがわずかに戸惑《とまど》いを見せる。

「そ……それくらい知っとるわい！」

「まったく。よくこの傷で、そんな元気に怒鳴《どな》ったり走り回ったりできますね」

　頑固《がんこ》なんだか鈍感《どんかん》なんだか。テッサは呆《あき》れながら、手近なタオルを引き裂《さ》いた。

「当たり前だ。俺《おれ》は海軍の男だぞ？　これくらいでピイピイ言うわけがないわ」

「海軍？　アメリカの軍人さんですか？」

「そうだ。休暇中《きゅうかちゅう》でな。なにを隠《かく》そう、この俺様は——うおっ!?」

　たっぷりとウォッカを含《ふく》ませた布《ぬの》きれで傷口を拭《ぬぐ》われて、セイラーは悲鳴をあげた。テッサはくすりと笑う。

「海の男はピイピイ言わないんでしょう?」

「こ、こいつめ——」

合衆国《がっしゅうこく》海軍か。言動から察するに、たぶん兵曹長《へいそうちょう》あたりの下士官だろう、とテッサは見てとった。旧式《きゅうしき》の水上艦《かん》か地上の基地《きち》で、水兵の尻《しり》を蹴《け》っ飛ばしながら、物資《ぶっし》の積み出しをしているおじさん——そんなところか。

でもそれにしては、あまり日焼けしてないのが気になる。

(実は、デスクワークなのかしら?)

そんなことを考えながら、包帯《ほうたい》代わりにタオルの切れ端《はし》を巻いていると、セイラーが言った。

「……しかし、おまえも変な娘《むすめ》だな。ただのメイドにしては、妙《みょう》に冷静に見えるぞ」

「そうですか?」

「普通《ふつう》なら、もっとおびえて取り乱《みだ》すもんだ。それを、この非常時に飄々《ひょうひょう》と……。なんとなく、俺の部下に似《に》とるな」

「じゃあ、きっと優秀《ゆうしゅう》な方なんですね」

テッサがしれっと言うと、セイラーは渋《しぶ》い顔をした。

「優秀なものか。最悪の部下だ」

「はあ」

「俺のやることなすことに、片《かた》っ端《ぱし》からケチをつけおる。上官をバカにしとるのだ。そりゃあもう、ひどい扱《あつか》いだぞ。これっぽっちの敬意《けいい》も払《はら》おうとせん」

「そうですか……。詳《くわ》しくは言えませんけど、その気持ち、すごくよくわかります」

テッサは深いため息をついた。

「おう。そうか、わかるか」

「ええ。部下に役立たず扱いされるのは、つらいものですよね」

「まったくだ。つらいものなのだ。タケナカの奴《やつ》にはそれがわからん……！」

やたらと力強く、セイラーは同意した。

そのまったく同じとき。合衆国海軍所属《しょぞく》、攻撃型原潜《こうげきがたげんせん》〈パサデナ〉の副長マーシー・タケナカ大尉《たいい》は、食卓の反対側に座《すわ》る美女と、楽しく語らっていた。

「いやあ。シージャックなんて言ったら、もっと殺伐《さつばつ》とした雰囲気《ふんいき》だと思ってたんですけどねぇ」

「ええ。私もですわ」

小洒落《こじゃれ》た眼鏡《めがね》をかけ、黒いイブニング・ドレスに身を包んだその女が同意した。

「テロリストの殿方も親切ですし。〝退屈したら何でも言ってください〟とまで気をつかっていただいて。私もほっとしましたわ。……まあ正直、この件《けん》が終わったら作戦部には厳重《げんじゅう》な抗議《こうぎ》をするつもりですが……」

なぜか彼女は、かすかにこめかみをひくひくとさせていた。終わりの方は、ほとんど聞こえないくらいの声である。

「は？」

「いえ、お気になさらずに。……ところで、さきほどのタケナカさんのお連れの方は？」

「さあ、知りません」

肉汁《にくじゅう》をしたたらせた分厚《ぶあつ》いステーキを、うまそうに頬張《ほおば》りながらタケナカは言った。

「いまごろどこかの電話コーナーで、逃《に》げられた奥《おく》さんとお金の相談でもしているのではないでしょうかねぇ……」

「まあ、かわいそうに」

同情《どうじょう》をあらわにする女に、タケナカは小さく指を振《ふ》る。

「いえいえ、自業自得《じごうじとく》ですよ。あの人は異様《いよう》に頑固で、人の話を聞かないことがありますから。奥さんもたまらないことでしょう」

「そうですの？」

「そうなのです。ろくでなしを家族に持つと、いろいろ苦労するのでしょう」

「あらあら……」

「彼は上司なんですが、僕《ぼく》のやることなすことに、片っ端からケチをつけてくるんです。部下をバカにしてるんですよ。そりゃあもう、ひどい扱いでして。まったく敬意も払ってくれません」

「それは、さぞお辛《つら》いでしょうね」

「まったくです。辛いものなのです。あの人にはそれがわからない。……いやいや、失礼しました。とにかくディナーを楽しみましょう」

「そうですわね。どうも今夜は、私の出る幕《まく》はないようですし。のんびりさせていただこうと思ってますの」

「へ？」

「いえ、別に。それより、もっとタケナカさんの話を聞かせてもらえません？」

そう言って、女は魅惑《みわく》的に微笑《ほほえ》んだ。

「実はわたしも、とある職場《しょくば》を預《あず》かる身でして」

セイラーの身の上話を聞いて、テッサはぽつりと本音を漏《も》らした。

「ほう」

「ご覧《らん》の通り、わたしは若《わか》いですから。年上の人たちに、バカにされっぱなしなんです。分不相応《ぶんふそうおう》な地位だと思われているんでしょうね……」

「ふーむ。メイドの世界にも色々あるのだな……」

「どれだけ実力を示《しめ》して見せても、なかなか認《みと》めてもらえなくて。ことあるごとに、邪魔《じゃま》者扱《ものあつか》いです。わたし、もう、口惜《くや》しくて口惜しくて……」

「うん、うん。わかるぞ。俺も水兵からの叩《たた》き上げでな。いまの地位に来るまでは、ずいぶんと苦労してなあ。兵学校《アナポリス》出の部下どもは、ずいぶんと俺をバカにしたもんだ」

「へ？」

セイラーの言葉を聞いて、テッサはきょとんとした。

「しょ、将校《しょうこう》さんなんですか？」

「そうだ。これでも中佐《ちゅうさ》だぞ。素人《しろうと》のおまえに言ってもわからんだろうが……改良型ロサンジェルス級という原子力潜水艦《せんすいかん》の艦長だ」

「え、ええ!?」

潜水艦乗り。しかも艦長。

さらに次の言葉を聞いて、テッサはまさしく仰天《ぎょうてん》した。

「ちなみに艦名は〈パサデナ〉だ。太平洋潜水艦隊《SUBPAC》の所属《しょぞく》で……って、どうしたのだ。顔面神経痛《しんけいつう》か？　顔色も悪いぞ」

激《はげ》しく動揺《どうよう》し、顔にびっしりと玉の汗《あせ》を浮《う》かべたテッサを見て、セイラーは眉《まゆ》をひそめた。

八月末のペリオ諸島《しょとう》の事件で、テッサの艦を沈《しず》めかけたアメリカ海軍の原潜——その〈パサデナ〉の艦長が、この男だとは。

「あ、あなたが——」

「俺が、なんだ？」

「あなたが——艦長？」

かろうじてそう言うと、セイラーはむっとした。

「なんだ、おまえ。信じとらんな⁉　俺は実戦経験《けいけん》のある、数少ない潜水艦艦長だぞ！　ついこないだも、卑劣《ひれつ》な敵《てき》の巨大《きょだい》潜水艦を、きりきり舞《ま》いにして追い払《はら》い、味方の水上艦を救ったのだ。軍は銀星章《シルバー・スター》の授与《じゅよ》も検討《けんとう》しとる。すごいだろう！……う、しまった。いまのは機密事項《きみつじこう》だ。忘《わす》れろ」

しかしテッサも、むっとした。

「ちょっと待ってください。卑劣って何ですか、卑劣って？　それにわたし、きりきり舞いになんてされてません！　あの状況《じょうきょう》で二発もかわした、わたしの腕《うで》をバカにしないでください。だいたい、こっちにも色々事情《じじょう》があったんですから！」

「？　なにを言っとるんだ？」

相手はまるで意味がわからない様子だった。テッサも我《われ》に返って、口ごもる。

「いえ。あの。その……」

「その？」

「機密事項です。忘れてください」

「？……よくわからんが、まあ、どうでもいいわい」

細かいことは気にしない性格《せいかく》のようである。〝どうしてこういうタイプの人が、よりにもよって艦長職にまで昇《のぼ》り詰《つ》めたのかしら……？〟と、テッサは不思議に思った。

まあ、いろいろあるのだろう。米海軍という巨大組織《そしき》は、あれで案外、不効率《ふこうりつ》だったり官僚《かんりょう》的だったりする。なにからなにまで合理的なわけではないのだ。彼のような突撃《とつげき》タイプが昇進《しょうしん》したのも、なにかの巡《めぐ》り合わせがあったのかもしれない。

それはそれとして、もう一つ腑《ふ》に落ちないことがあった。

「でもセイラーさん。どうしてまた、アメリカ人のあなたがこのクルーズに？　わざわざ日本に来るよりも、カリブ海あたりのクルーズ船に乗った方がずっと安上がりだし、お手軽です」

テッサに聞かれると、セイラーは口をへの字にしてうつむいた。

「うむ……。それにはいろいろ事情があってな」

「事情ですか」

「俺は昔、ヨコスカ基地に出入りする艦に勤務《きんむ》していたことがあったのだ」

「はあ」

「もう何年前になるかな。当時の俺は、はじめて艦長から正式に潜望鏡《せんぼうきょう》を覗《のぞ》かせてもらったとき、ハチジョージマの遠景を見たのだ。天気も悪かったし、とりたてて風光明媚《ふうこうめいび》だったわけでもないが――それでも、俺は感動した。必死に働き続けて、俺はここまで来たのだ、と思った。民家の窓《まど》のきらめきが、いまでも俺の心に残っている」

その感動はテッサにも想像《そうぞう》できた。

発令所で潜望鏡を覗くのは、だれにでも許《ゆる》されることではない。まして水兵からの叩き上げの彼にとっては、望外の喜びだったことだろう。

「その風景を、カミさんに見せたいと思った。潜水艦乗りにはよくあることだが、俺はカミさんと離婚寸前《りこんすんぜん》だ。関係は冷え切っている。どうしたらいいのか分からなかったから、俺がどれだけ自分の仕事を誇《ほこ》りに思っているのか、あいつに教えてやりたかったのだ。他人が聞いたら、子供《こども》じみていると言うだろうがな」

確《たし》かにそれは、子供じみた考えだった。だが自分が彼と同じ立場だったら、やはり似《に》たようなことをしていたかもしれない、とテッサは思った。

「じゃあ、奥《おく》さんもこの船に？」

「いや」

小さなため息。

「旅行に出発する朝、仕事を終えて帰ったら、あいつの寝室《しんしつ》はもぬけの殻《から》だった」

「…………」

「よくよく考えてみれば、あいつは元から行く気がなかったんだろう。さっきも電話で話したが――まあ、ひどい罵《ののし》りあいにしかならなかった。もう分かっているんだがな。あいつには男がいる」

寂《さび》しげな声。さっきまで精気《せいき》に満ちていたセイラーの横顔が、すこしの間に、老《ふ》け込《こ》んで見えた。

「普通《ふつう》の、善良《ぜんりょう》な、陸《おか》の男だ。腹《はら》は立つが、どうにもならん」

「……どうしても？」

「ああ。どうにもならんわい」

なぜかテッサは、音楽を聴《き》いたような気がした。ずっと昔に何度か聴いた、もの悲しいブルース。エルモア・ジェームズの『ショー・ナフ・アイ・ドゥ』。

彼女が背《せ》を向けたのに、それでも自分は愛している。

もうどうしようもないけど、やっぱり彼女を愛してる。

そんな意味の歌詞《かし》だった。クリスマスにはおよそ似《に》つかわしくないメロディを思い出し、テッサはうつむいた。

「わたしもです」

このセイラー中佐《ちゅうさ》と自分は、そっくりだった。何から何まで、同じ悩《なや》みを抱《かか》えている。

テッサをセイラーが横目でちらりと見た。

「好きな男でもいるのか」

「ええ。でも彼は……」

ドタバタのおかげで忘《わす》れていたのに、こんなところで思い出してしまった。

金庫室の前で別れたあと、彼女は些細《ささい》な話をしようとかなめの後を追って、エレベーターを待っている二人の会話を聞いてしまったのだ。

宗介とかなめの不器用な会話を。

どんなに鈍感《どんかん》な人間でも、あの二人の間に漂《ただよ》う特別な空気を感じないことはなかっただろう。あのとき、自分に出る幕《まく》などないことを、テッサは思い知らされていた。

やっぱり、彼は自分を見てくれない。

彼が見てるのはあの娘《こ》なのだ。

そういうことなのだ。

「たぶん、どうにもならないんだと思います」

「そうか。まあ……おまえがそう感じているのなら、そういうことなのだろうな」

「ええ」

じんわりと浮《う》かんだ涙《なみだ》を、人差し指でぬぐっていると、セイラーがすこしためらってから、こう言った。

「俺《おれ》は色恋沙汰《いろこいざた》の経験《けいけん》は浅いのだが――おまえは若《わか》いし、気だてもいい。そのうち、もっといい男に出会えると思うぞ」

それはいままでで、いちばん誠実《せいじつ》な彼の言葉だった。

「……本当にそう思います？」

「おう。ただし、相手は海の男にしておけ。陸《おか》の男は信用ならん」

「ふふっ……じゃあ、セイラーさんも候補《こうほ》の一人にしちゃおうかしら」

やっと微笑《ほほえ》んで、テッサが相手をからかうと、彼はこともなげに手を振《ふ》った。

「それは無理だ。ガキは守備範囲《しゅびはんい》外だからな。あと、俺は巨乳《きょにゅう》のブルネットが好みなのだ。わっはっはっ」

「…………。社交辞令ってものを知らないのかしら、この人……」

彼女がぶすっとするのにも気付かず、セイラーはからからと笑い続けた。

厨房《ちゅうぼう》の奥《おく》でコックが言った。

「ちょっと。テロリストでギタリストのお兄さん。そう、あんた。後ろの棚《たな》にトマト・ホールの缶《かん》が入ってるから。あるだけ全部、取ってきて」

「うい。トマト・ホールね」

ライフルを肩《かた》にさげ、残り物のカナッペをつまんでいた覆面姿《ふくめんすがた》のクルツは、両の手のひらを叩《たた》き合わせてから、厨房の棚を探《さぐ》った。

「あれ。二つしか残ってねーけど？」

ぐつぐつと湯気をたてる大鍋《おおなべ》を前に、コックがうなる。

「なんだって？　あー、くそっ。そうだった。いつもとは違《ちが》ったんだ。しかしまあ、高校生ってのはよく食べるねえ」

「まあ、育ち盛《ざか》りだから」

「すまないんだけど、お兄さん、ここの下の貨物室行って、取ってきてくれねえかな。段《だん》ボール二箱分。トマトないと、このシチュー、ダメなんだよ」

「いいよ。どの辺に置いてある？」

「行けばわかるよ。日付と品目を書いたメモが、あちこちに貼《は》ってあるから」

「了解《りょうかい》ー」

クルツは同じ厨房にいたPRTの兵士に『ここ、頼《たの》むわ』と告げて、貨物室へと一人で向かった。

薄暗《うすぐら》い通路を通り抜《ぬ》け、階段を下りる。

ヤンたちが襲《おそ》われた話は聞いているので、もちろん油断《ゆだん》はしない。

この船にはいくつもの貨物室がある。そのうち、大ホール用の料理に使う生鮮品《せいせいひん》以外の食料や、大小さまざまな什器《じゅうき》、ステージ用の機材などは、厨房のすぐ下の貨物室に収納《しゅうのう》してあった。いまその貨物室の周辺は、復帰《ふっき》したヤンとウーが巡回《じゅんかい》しているはずだ。

クルツは無線機をオンにした。

「ウルズ6よりウルズ9へ。そっち行くぞ。間違えて撃《う》つなよ」

返事がなかった。

「ヤンくん。返事はどうしたー？　先生、欠席にしちゃうぞー」

応答《おうとう》なし。

妙《みよう》だった。いつもなら、どんなときでも、すぐに『ウルズ9了解』と答えるはずなのに。

「ウルズ9、応答せよ。ウルズ9」

ふざけるのはやめて、もう一度呼《よ》びかけるが、反応《はんのう》はなかった。一緒《いっしょ》にいるはずのウーをコールしても、同様だ。

船橋《ブリッジ》の作戦本部に連絡《れんらく》する。

「ウルズ6よりHQ。コード11。エリアC3。輪を縮《ちぢ》めろ」

『HQ了解。注意しろ』

クルーゾーの声が応じる。

（まさかあいつら、またトーシロにしてやられたのか？　ダッセえ……）

ライフルのグリップを握《にぎ》りなおし、貨物室へと近付いていく。長い銃身《じゅうしん》のせいで、通路がせまく感じた。

今夜のクルツの銃は、連射《れんしゃ》ができるアサルト・ライフルだ。口径7・62ミリの、ドイツ製《せい》。命中精度《せいど》が高くなるように改造《かいぞう》してあるが、スナイパー・ライフルではない。こんな狭《せま》い空間では、狙撃銃《そげきじゅう》などなんの役にも立たないだろう。

貨物室の手前まで来て、耳を澄《す》ます。

ぶううんと、ごくわずかな低音が聞こえた。蛍光灯《けいこうとう》の音に似《に》ているが、すこしちがう気もする。それから、水たまりを踏《ふ》むようなかすかな足音。

いや。水よりも、もっと粘度《ねんど》の高い液体《えきたい》の音だ。べちゃり、と表現《ひょうげん》した方が近い。

なぜか人の気配とは違う気がした。妙だ。

考えても仕方なかった。クルッは一度深呼吸《しんこきゅう》すると、大きな扉《とびら》を開け、貨物室へと踏みこんだ。

青白い照明に照らされた貨物室は、思っていたより広かった。天井《てんじょう》も高い。整然と並《なら》んだ小型のコンテナと、パレットに積まれた段ボール箱の山。そしてガラスや鏡の什器。

あまり見通しはよくなかった。注意深くライフルを構《かま》えながら、貨物室の奥《おく》へと進んでいく。

左側に積んであるコンテナが、ひとつだけ開きっぱなしになっていた。

（…………？）

いや、これは普通に開けたものではない。金具やヒンジが壊《こわ》れているし、扉もいびつに曲がっている。そのコンテナは、内側から、なにか怖《おそ》ろしい力で強引にこじ開けられたように見えた。

いやな感じがする。

訓練では身につかない種類の感覚だ。素人《しろうと》のハリスたちがどこかに潜《ひそ》んで、こちらをうかがっている——そういうのとは、ちがう。これはもっとヤバい。

貨物室の奥まで来る。薄暗がりの中で、床《ゆか》が照明を反射して、てらてらと光っていた。赤くてどろどろとした液体が、数メートル先に勢《いきお》いよくぶちまけられているのだ。壁《かべ》や鉄柱、向かい側のコンテナにまで、それはこびりついていた。

(血？　内臓《ないぞう》……？)

そしてその奥、つぶれた段ボールの向こうに、だれかの足が見えた。

さっきの液だまりの音は、これか？

これはまるで、人間一人が爆発《ばくはつ》したかのような——

「……ヤン？」

次の瞬間《しゅんかん》、クルツは横っ飛びに跳躍《ちょうやく》していた。

彼のいた空間を切り裂《さ》いて、大口径の銃弾《じゅうだん》が床をくだく。盛大《せいだい》に埃《ほこり》が舞《ま》い上がり、同時に低く、くぐもった銃声が聞こえた。

一回転して身を起こすなり、彼は銃撃された方向——右前方の、コンテナの上へとライフルを向ける。その銃身を、目前に飛びおり、肉薄《にくはく》してきた『だれか』が、横なぎに打ちはらった。

すさまじい力だ。クルツのライフルはへの字に曲がり、壁に当たって跳《は》ねかえる。手がしびれ、人差し指ににぶい痛《いた》みが走った。

垣間見《かいまみ》た敵の姿《すがた》は、コートを着込《きこ》んだ大男だった。

これがヤンの言っていた乗客？ いや、ちがう。乗客じゃない。それどころか、人間でさえ——

「っ——！」

かろうじてくぐり抜《ぬ》けた相手の拳《こぶし》が、すぐ後ろのコンテナに、耳障《みみざわ》りな音をたててめりこむ。屈強《くっきょう》な大男が巨大《きょだい》なハンマーを振《ふ》りおろすほどの破壊力《はかいりょく》だった。

それ以上は逃《に》げられなかった。もう片方《かたほう》の手が、クルツの喉頸《のどくび》をわしづかみにする。

「……っぐ」

容赦《ようしゃ》のない、断固《だんこ》とした怪力《かいりき》。

敵《てき》の腕《うで》が上がり、クルツの爪先《つまさき》が床から離《はな》れた。目がかすむ。苦しい。頸骨《けいこつ》が折れようとしている。息ができない。ぼんやりとした視界《しかい》の大部分を、敵の顔が占《し》めていた。

のっぺりしたマスク。目の部分には、横一文字に赤く光るスリットがあるだけだ。

鼻や口はない。

無表情《むひょうじょう》。完全な無表情。
本来あるはずの殺意さえ、クルッは読みとることができなかった。

4：執行者たち

一二月二四日　二二五〇時（日本標準時《ひょうじゅんじ》）

〈パシフィック・クリサリス〉　ショッピング・センター

「……そりゃあ、以前に比《くら》べれば、部下との信頼《しんらい》関係は築《きず》けてると思いますよ？」

暗やみの中、膝《ひざ》を抱《かか》えてテッサはぼやいた。

「でもなんだか最近、それが原因《げんいん》で変な甘《あま》えの構造《こうぞう》が出来上がっているような気がするんです。前はみんな、慇懃丁寧《いんぎんていねい》に『大佐殿《カーネル》』とか『艦長《キャプテン》』とか言ってたのに、最近はなんとなく『たいさどの～～～《かーねるぅ～～》』とか『か～～んちょ《きゃ～～ぷてん》』って呼《よ》ばれてるような。そういう感じです。これって、よくないと思います」

「んー。なんでおまえのようなひ弱なメイドに、大佐《たいさ》だの艦長《かんちょう》だのとごっつい渾名《あだな》がついたのかは知らんが、いろいろ大変そうだな」

嗜好品《しこうひん》売り場の商品をあれこれと物色しつつ、セイラーが相槌《あいづち》を打った。

「ちょっとセイラーさん？　大佐とか艦長とかは忘《わす》れて欲《ほ》しいですけど、わたしはそれなりにマジメに話してるんですよ？　あなたが同じ境遇《きょうぐう》の人だから、こうやって胸《むね》の内をうち明けてるんです」

「おう。わかっとる、わかっとる」

「ホントに聞いてるのかしら……」

テッサがこうして話しているのは、単に愚痴《ぐち》相手が欲しいだけではなかった。いちおう、彼女なりの作戦だ。セイラーに話を振《ふ》って時間稼《かせ》ぎをすれば、それだけクルーゾーたちがこちらの位置を掴《つか》んで包囲がしやすくなる。相手の性格《せいかく》を把握《はあく》すれば、こちらも相手の行動を誘導《ゆうどう》しやすくなる。

もっとも、その話題の内容《ないよう》は、作戦云々《うんぬん》といった趣旨《しゅし》からはいささか逸脱《いつだつ》しているきらいがあったが。

「おう！　あった、あった」

セイラーが売り場の棚《たな》に並《なら》んでいた小さな箱を薄明《うすあ》かりに照らして、言った。

「なにがあったんです？　また物騒《ぶっそう》な武器《ぶき》でも作る気ですか？」

「ばかもん、葉巻《はまき》だ。おおっ、コヒーバ・ランセロス!?　キューバ産じゃないか。こんなモノまで売っとったのか？　セキュリティのなっとらんダメ客船かと思っとったが、これは評価《ひょうか》していいぞ」

ラップを破《やぶ》って、ごそごそと葉巻を取り出し、端《はし》をかじって嚙《か》みちぎり、ぺっと床《ゆか》に吐《は》き捨《す》てる。優雅《ゆうが》さのかけらもない。

「あのー、吸《す》うんですか？　できればわたしの健康を尊重《そんちょう》して……」

「うるさい！　俺《おれ》はこれがあるのとないのとで、頭の回転速度が違《ちが》う。吸うったら吸うのだ！……っと、うむ。……っふぅ」

バーナー式のライターで葉巻を炙《あぶ》り、うまそうに煙《けむり》を吐き出すセイラー。テッサはたまらず顔を背《そむ》けて、咳《せ》き込《こ》んだが——

「けほっ、けほっ。……？」

不思議な感覚に襲《おそ》われて、テッサは小鼻をくんくんとさせる。セイラーの葉巻の煙は、かすかに花の香《かお》りが漂《ただよ》っていた。乾燥したポプリの小瓶《こびん》から、栓《せん》を抜《ぬ》いたときのような、この香りは——

なぜだろう。とても懐《なつ》かしい気がする。

「どうだ。いいもんだろう」

セイラーが上機嫌《じょうきげん》に言った。

「俺はカストロが大嫌《だいきら》いだが、キューバについて二つだけ誉《ほ》めてもいいことがある。ベースボール・プレイヤーと、この葉巻だ。あのケネディも、キューバ産葉巻の貿易《ぼうえき》だけは容《よう》認《にん》したのだ」

「はあ」

「俺の尊敬《そんけい》していた上官も、かつてこう言った。『主よ、海の苦難《くなん》のただ中で、われらがその名を呼《よ》ぶときは、われらに葉巻を与《あた》えたまえ』。大層《たいそう》な愛煙家《あいえんか》だった」

朗々《ろうろう》と声を張《は》り上げるセイラー。暗やみの中で、葉巻がぱちっとかすかな火花を散らす。

「海軍讃歌《さんか》のパロディじゃないですか」

「まあそうだが……って、よく知っとるな⁉　おまえ、本当にただのメイドか？」

「いえ、まあ。それより、その上官さんなんですけど。良かったらお名前を——」

そのとき、ずっと遠くで、ずしんと地響《じひび》きがした。

テッサがその音を聞くきっかり一〇〇秒前——

筋肉《きんにく》と骨《ほね》が限界《げんかい》を通り越《こ》す音を聞きながら、クルツはベストの下に手を伸《の》ばした。首が折れる。いますぐにでも。

「っ……くっ」

ホルスターの自動拳銃《けんじゅう》を引き抜《ぬ》く。FNハイパワー。なんでシングル・アクションの銃なんぞ持ってたんだ、俺は。撃鉄《げきてつ》を起こすのももどかしく、自分を締《し》め上げる敵《てき》の手首に銃口を押《お》し当てるようにして、トリガーを引く。

二発。三発。

来ると思っていた敵の血しぶきは来なかった。かわりに金属《きんぞく》とプラスチックの破片《はへん》が、彼の頬《ほお》を浅く切った。

ゴムが弾《はじ》けたように、敵の力が弛《ゆる》む。クルツは安堵《あんど》することさえなく、銃口をぶつけるようにして、敵の顔——赤く光るスリットめがけて九ミリ弾《だん》を続けざまに撃《う》った。目の前で火花が散る。

ばしっ、と焦《こ》げくさい匂《にお》いがして、相手の上体がわずかにのけぞった。

力いっぱい蹴《け》りを入れる。重さ百キロの砂袋《すなぶくろ》を蹴ったような感覚だった。離《はな》れた敵は微塵《みじん》の動揺《どうよう》さえ見せない。容赦《ようしゃ》なく、断固《だんこ》として、彼を殺そうと襲いかかる。

クルツはよろめき、膝《ひざ》をついてあえいだ。どうしても酸素《さんそ》が必要だった。敵の左腕《ひだりうで》が振《ふ》り下ろされる。手首が千切れかけ、ぶらぶらと揺《ゆ》れているのに。……義手《ぎしゅ》？　いや、ちがう。いったい、この男は——

「クルツ‼」

どこからともなく飛び出してきただれかが、大男の後頭部を鉄パイプで殴《なぐ》りつけた。

ヤンだ。

全身血まみれ。あちこちから真っ赤な液体を滴《したた》らせていたが、生きている。

よかった。そう思う間さえない。大男はヤンの一撃など意に介《かい》さず、ほとんど自動的に右腕を一閃《いっせん》させた。盾《たて》にした鉄パイプがぐにゃりと曲がり、ヤンの体がコンテナに叩《たた》きつけられる。

人間ではない――それだけはもう分かっていた。いくら胴《どう》や頭を撃っても無駄《むだ》だということも。クルツは飛び出し、敵の脚《あし》にしがみつくようにして、その右膝《みぎひざ》の裏側《うらがわ》に銃口を向けた。ＡＳ乗りの経験《けいけん》と直感がそうさせた。どうあっても装甲《そうこう》を施《ほどこ》しようがないその箇所《かしょ》めがけて、三発撃つ。ゲル状《じょう》の粘液《ねんえき》とポリマー製《せい》の部品が飛び散る。たちまち敵はバランスを崩《くず》し、床《ゆか》に倒《たお》れた。

「こっ……の」

暴《あば》れる隙《すき》さえ与《あた》えずに、右腕の付け根に二発。左脇《ひだりわき》の下にも二発。大腿部《だいたいぶ》に繋《つな》がる、左の股関節《こかんせつ》内側に二発撃ったところで、拳銃のスライドが後退《こうたい》して止まった。弾切《たまぎ》れだ。

四肢《しし》に繋がるほとんどの部分を破壊《はかい》された『敵』は、それでもまだ動く関節をじたばたとさせ、ひびの入った頭部センサーで敵を追い求めていた。

「く、クルツ？　大丈夫《だいじょうぶ》か……？」

コンテナに背中《せなか》を預《あず》け、ヤンが途切《とぎ》れ途切れに言った。クルツは激《はげ》しく肩《かた》で息しつつ、拳銃のマガジンを手際《てぎわ》よく交換《こうかん》する。

「ああ。くそったれ……。おめーは？　血まみれじゃねえか」

「いや、そばに山積みになってたトマト・ホールの缶《かん》が、こいつの発砲《はっぽう》で派手《はで》に弾けて。ちょっとの間、気を失ってたみたいだ」

「そーいうオチかよ」

なるほど、冷静になってみれば、これは血の匂いではない。とはいうものの、いまや彼は別の問題で頭を抱《かか》えたくなった。なんてこった。トマト・ホールがこのざまだ。せっかく命拾いしたのに、これじゃあ、あのコックに殺される。

「で、ウーはどうした？」

「わからない。僕《ぼく》のすぐそばにいたはずなんだけど——」

「すみません、軍曹《ぐんそう》、伍長《ごちょう》」

言いかけたヤンのずっと後ろ、大きな木箱の陰《かげ》から、ウーが顔を出した。見たところ、彼も五体満足の様子だ。

「死んだフリして隠《かく》れてました。かなりヤバそうな相手だったんで」

「せめて『危ない』とか叫《さけ》んだらどうなんだ、ええ⁉」

「今度からそうします」

ウーはへらへら笑って後頭部を掻《か》いた。

「それにしても、なんなんだ、こいつは……げほっ」

首がひどく痛《いた》む。見たところ、襲撃者《しゅうげきしゃ》はもはや大半の運動機能《きのう》を失っているようだ。人間そっくりのシルエットだったが、これは機械だ。M9などの第三世代型ASを、人間サイズに縮小《しゅくしょう》したらこんな感じになるだろう。

これがかなめが渋谷で遭遇《そうぐう》した、〈アマルガム〉の等身大ASなのだろうか……？　その話を彼女から聞いていなかったら、ああしてとっさに関節を狙《ねら》う攻撃《こうげき》など、思いもつかなかったことだろう。

「僕もわけがわからない。いきなりコンテナから飛び出してきて——」

そこでヤンが口をつぐんだ。クルツも同時に、そのことに気付いた。

どんな事情《じじょう》があれ、これまで散々〈ミスリル〉を苦しめてきた敵《てき》が、あっさりこの『機体』をこちらに渡《わた》すだろうか？　行動不能になった場合を考えて、それ相応《そうおう》の処置を施《ほどこ》すのが当然なのでは？

ちょうど、ぱたりと、じたばたするのを停止《ていし》したロボットから、二歩、三歩と後じさり、彼はこうつぶやいた。

「く、クルッ。こいつ——」

「——わかってる、逃《に》げろっ‼」

クルッたちはほとんど同時に駆《か》け出した。

直後、ロボットが爆発《ばくはつ》し、すさまじい火炎《かえん》と衝撃波、そして対人殺傷用《さっしょうよう》のボール・ベアリングをまき散らした。

「………っ」

白い煙《けむり》と埃《ほこり》がたちこめ、破片《はへん》がぱらぱらと降《ふ》りそそぐ。

おおよそ、クレイモア地雷《じらい》ひとつ分といったところだろうか——きーんと耳が鳴るのに顔をしかめつつ、クルッは爆発の規模《きぼ》を推測《すいそく》した。

「おーい、クルッ。生きてるかい？」

ヤンが呑気《のんき》な声で言った。向こうも大丈夫そうだ。

「あいにくな。くそっ、やってくれるぜ」

背中に被《かぶ》さる焼けこげた木材をどけて、悪態《あくたい》をつく。例のロボットが爆発した付近は、惨憺《さんたん》たる有様だった。鉄骨《てっこつ》が曲がり、コンテナがひしゃげ、積荷があちこちでいまだに炎上している。スプリンクラーが作動して、倉庫内に景気良く水をぶちまけはじめた。

ヤンが言った。

「中尉《ちゅうい》に報告《ほうこく》を。あのロボットの正体は分からないけど、トラップなのは間違《まちが》いない」

「わかってる。——ウルズ6から本部《HQ》！　聞こえるか!?」

無線で呼《よ》びかけると、すぐさま本部のクルーゾーが応《おう》じた。

『こちらHQ。いまの爆発はエリアC32か？』

「肯定《アファーマティブ》！　天使《エンジェル》の言ってたロボットに出くわした。どうにかやっつけたが、勝手に自爆しやがった」

『ロボット。あの〈アラストル〉とかいう奴《やつ》か。被害《ひがい》は』

「死者はゼロ、軽傷は三名！　全員行動に支障《ししょう》なし。最大の損害《そんがい》はトマト・ホールだ」

『敵は一体だけだったんだな？』

「決まってるだろ!?　あんなのが二体も三体も出てきたら——」

がしゃん、とけたたましい音が倉庫内に響《ひび》いて、クルツは言葉を切った。

彼らが立っている場所のさらに奥《おく》——比較《ひかく》的無傷《むきず》だったコンテナの扉《とびら》が、弾《はじ》けるようにして開いたのだ。内側から、強引に、なにかに蹴られて。

「な……」

重たい足音。ひしゃげた扉を踏《ふ》みつけて、黒ずくめの大男がコンテナの中から出てきた。先ほどの敵とまったく同じ相手だ。背格好《せかっこう》、服装《ふくそう》、その無機的な顔つきまで。

ぶん、と全身の駆動系《くどうけい》がうなる。

頭部の一文字のセンサが、赤い光を漏《も》らす。

「まだ、いやがった……」

最悪なことに、その一体では終わらなかった。

コンテナを突《つ》き破《やぶ》る騒音《そうおん》は続く。倉庫のあちこちから。一体、また一体と、まったく同じ型のロボットたちが姿《すがた》を見せ、ゆっくりと周囲の観察を始めた。

むしろ『索敵《さくてき》』と言うべきか。

八体……いや、それ以上はいるだろう。

『ウルズ6。どうした。報告しろ、ウルズ6』

「じゅ……一〇体以上出てきた」

『なんだと？　もう一度はっきりと——』

「おい、ずらかるぞ！　ここはヤバ——」

ヤンとウーに警告《けいこく》しようとして振《ふ》り返ると、すでに二人は倉庫の出口へとまっしぐらにダッシュしているところだった。

あいつら。

薄情《はくじょう》な背中をののしる暇《ひま》さえない。飛びかかってきた敵の手をかいくぐりつつ、クルッ

も彼らの後へと続いた。

「ウルズ1より全ユニットへ。コード13、最優先《さいゆうせん》だ。例の超《ちょう》小型ASが一〇体以上、C32の倉庫に出現《しゅつげん》した。おそらく、報告通りの性能《せいのう》だ。また行動不能になった場合、散弾《さんだん》をまき散らして自爆する。注意しろ。対応手順通りに、人質《ひとじち》の避難誘導《ひなんゆうどう》を行え。チーム・デルタはC28、チーム・エコーはC35の通路へ移動《いどう》。敵を制圧《せいあつ》せよ。AP弾の使用を許可《きょか》する。制圧が困難《こんなん》な場合は、可能《かのう》な限《かぎ》り足止めをしろ——」

こういうとき、クルーゾーは怒鳴《どな》りも叫《さけ》びもしない。ごく落ち着いた声で、冷静に各班《かくはん》に指示《しじ》を出すだけだ。むしろその的確《てきかく》さが、部下たちに事態《じたい》の緊迫度《きんぱくど》を伝えていた。

各班が命令に応答する。これまでとは違う、かすかな緊張《きんちょう》の匂《にお》い。

（いったい、どういうつもりだ……）

クルーゾーは胸中《きょうちゅう》でつぶやいた。

問題のロボットの目的は何だろうか？〈ミスリル〉側の人員をすべて排除《はいじょ》し、この船の支配権《しはいけん》を奪《うば》いかえす気か。いや、千鳥《ちどり》かなめの話から考えるに、そのロボットがそこまでデリケートな作戦を遂行《すいこう》できるとは思えない。もっと単純《たんじゅん》な任務《にんむ》だろう。では『金庫室』の秘密《ひみつ》を護《まも》ることか。船内のあらゆる人間を殺傷《さっしょう》し、船を自沈《じちん》させる任務——いや、それならばロボットなど必要ない。同じサイズの高性能爆弾《ばくだん》で充分《じゅうぶん》だ。

なにが目的なのだ？　敵はどこまで、こちらの動きを察知していたのか？

わからないことだらけだった。

しかし明らかなのは、この船内に強力な敵があらわれ、しかもその敵はおそらく威嚇《いかく》も交渉《こうしょう》も通用しない相手だろう、ということだ。

PRTの兵士がたずねた。

「中尉、敵の目的は？」

「まだわからん。元から罠《わな》だったのか、それとも最後の手段《しゅだん》なのか……。いずれにせよ、敵は本気だぞ」

無線で金庫室のマオを呼び出す。

「ウルズ2。進行状況《じょうきょう》は」

『なんとも言えないわ。最悪であと三時間。最善《さいぜん》であと三〇分。そんなところ』

早口で答える声の後ろで、甲高《かんだか》いドリルの音が響《ひび》いていた。

「見通しがついたら連絡《れんらく》しろ。長くかかるなら、あきらめて撤収《てっしゅう》する」

『わかってる。急いでる。交信終わり』

クルーゾーは部下の軍曹《ぐんそう》が操作《そうさ》していたパソコンを、乱暴《らんぼう》に手元に引き寄《よ》せた。卓上《たくじょう》からコップやバッテリー・ケースが落ちる。

「俺《おれ》も現場を見てくる。おまえはここで全班と人質の移動を監視《かんし》、誘導しろ。いいか――」

彼は巻《ま》きとり式の二〇インチ・スクリーンに映《うつ》し出される、船内の見取り図をにらんだ。手近に転がっていた油性マジックを摑《つか》むと、彼は画面上の見取り図――その後ろ四分の一を切り取るように、極太《ごくぶと》の黒線をまっすぐ引く。

「あっ……」

「これが最終防衛線《ぼうえいせん》だ。人質はここから後ろ。この線から敵を通すな。わかったな」

「りょ、了解《りょうかい》――」

ゴムボール弾ではなく、貫通力《かんつうりょく》の高い特殊《とくしゅ》弾頭を装塡《そうてん》したサブマシンガンをつかむと、クルーゾーは船橋《ブリッジ》を飛び出していった。

人質の避難状況が心配だった。

敵《てき》が出現した貨物室は、あの学校の生徒たちを収容《しゅうよう》したホールのすぐ近くだ。そのロボットにどんなプログラムが施《ほどこ》されているかは分からなかったが――

もしそれが、無差別に人間を殺傷するような種類のものだったら？

そういう殺人機械が、数百人の生徒たちの中に飛び込んだとしたら？

すぐ間近の区画から爆発音が響いてくると、さすがに陣代《じんだい》高校の面々も、のんきに騒《さわ》ぐのをやめていた。

生徒たちの大半は、そばの者同士で『何の音だろう』と、怪訝《けげん》顔を見合わせる。

かなめのそばの恭子《きょうこ》たちも同様だった。クルツたちがシージャック直後、『退屈《たいくつ》しのぎに』と玩具《おもちゃ》売り場から持ってきた大量のゲーム類の一つ——『スコットランドヤード』というボードゲームのプレイを中止して、監視役の覆面《ふくめん》男に注目する。

その監視役は無線でどこかとやりとりをしていた。

奇妙《きみょう》な静寂《せいじゃく》のあと、その男は人混《ひとご》みをかき分けステージへと走り、マイクをひっつかんでこう告げた。

『え、えーと……みなさん、お楽しみのところをすみません。下の甲板《かんぱん》の貨物室で、ちょっとした火災《かさい》が起きたようです。さっきの爆発音は、缶詰《かんづめ》が熱で弾《はじ》けただけで——』

ざわめく生徒たち。

『あー、大丈夫《だいじょうぶ》、大丈夫！　落ち着いて。ただ煙《けむり》が出ているようなので、念のために、ほかのお客さんがいる船尾《せんび》側のホールに避難《ひなん》してもらいます。いいですかー？　私の指にご注目ください』

男は人差し指を天井《てんじょう》に突《つ》き出し、次にそれを船尾方向へと向けた。

『――はい、あちら側です。あちら側に向かって、ゆっくり移動《いどう》してください。あわてず、騒がず、冷静に。パニックはいけませんよ？　普通《ふつう》に歩けば充分ですから。では、まず出口に近い場所の皆《みな》さんから――』

そこで厨房《ちゅうぼう》の方から、けたたましい騒音がした。

だれかの怒鳴《どな》り声と、食器や鍋《なべ》がひっくり返る音。続いてコックたちが、ばたばたとホールに飛び出して来る。かなめがその様子を傍観《ぼうかん》していると、最後にクルツが現われた。よほど切迫《せっぱく》しているのか、覆面を付けることさえ忘《わす》れている。

『あ、軍曹……。……じゃなくって、はい、みなさーん！　こっちを見て。大丈夫です、避難はゆっくり――』

「ダメだダメだダメだっ!!」

男の言葉を遮《さえぎ》って、クルツが声を張《は》り上げた。

「急げ！　走れ！　いますぐに！　コケてもいいから逃《に》げるんだ！　死んじまうぞ!?　なにをモタモタしてんだ!?　はやく逃げろ!!」

そばにいた男子生徒の背中《せなか》を乱暴に小突いて、天井めがけ拳銃《けんじゅう》を乱射《らんしゃ》する。ぽかんとしていた数百人の生徒たちが、悲鳴をあげてホールの出口へと、われさきに殺到《さっとう》した。それを叱責《しっせき》すべき校長たちも、突然《とつぜん》のことに色を失って棒立《ぼうだ》ちするばかりだ。

「か、カナちゃん……!!」

たちまち起きた人波にさらわれ、恭子がかなめから遠ざかる。

「大丈夫！　あとで会お！」

そう叫《さけ》ぶのがやっとだった。見る間に恭子は見えなくなる。混乱《こんらん》の中、かなめは人の流れに逆《さか》らって、クルツの方へと急いだ。

「ちょっとクルツくん⁉　どういうこと⁉　あんた正気⁉」

「君の言ってたロボットが出たんだよ！」

騒音《そうおん》に負けない声で彼は叫んだ。

「それも一体じゃない、一〇体以上だ！　貨物室で殺されかけた。じきにここにも来る。とにかく急いで避難させねえと！」

「え……」

あの〈アラストル〉とかいう機体が？　いったいどうして？　まさか、この件《けん》にもレナードが関係しているのだろうか？

一瞬《いっしゅん》よぎった様々な疑問《ぎもん》を振《ふ》り払《はら》って、それでもかなめは詰め寄《よ》った。

「だ……だからって、メチャクチャだよ！　あれじゃあ、怪我《けが》する子が――」

「死ぬよりはマシだ。……おい、お前！」

　彼は身をひるがえし、仲間に怒鳴った。

「P90とAP弾《だん》、全部よこせ！　おまえたちは逃げ遅《おく》れを集めて船尾へ避難！　チーム・ゴルフのバックアップだ、いいな!?」

「りょ、了解です、軍曹《ぐんそう》」

「人質《ひとじち》は絶対《ぜったい》守れ。いつも通りに注意深く、冷静にな。わかったら急げ！」

　ベルギー製《せい》の新世代型サブマシンガンと特殊《とくしゅ》弾頭入りの弾倉を、クルツに向かって放《ほう》り投《な》げると、〈ミスリル〉の男は身を翻《ひるがえ》した。いまだにホール内でおろおろしている教師陣《きょうしじん》や一部の生徒たちを急かし、転んだ女子生徒を助け起こす。

　熟練《じゅくれん》した手つきで弾倉をチェックして、セレクターを操作《そうさ》しながら、クルツは無線に叫んだ。

「ウルズ9、そっちはどうだ!?……オーケイ、なんとか三分、その通路を支えろ。……あー、知るか、工夫《くふう》しろ！」

　無線を切って、かなめを一瞥《いちべつ》する。

「なにやってんだ？　君も逃げろ」

「だ、大丈夫なの？　あのロボット、ものすごい怪力《かいりき》で、身も軽くて……」

クルツは皮肉っぽく微笑《ほほえ》んだ。

「もう体験済《ず》みだよ。君の情報《じょうほう》で助かった。さあ、早く」

「あ……うん。無理しないでね」

かなめもそれ以上、もたもたしなかった。きびすを返して、厨房の反対側——ホールの出口へと急ぐ。

それは突然だった。

なんの前ぶれもなく、轟音《ごうおん》を立てて頭上の天井が割《わ》れる。建材の破片《はへん》と埃《ほこり》が降《ふ》り注ぎ、なにか大きな物体がホールに落ちてきた。いや——着地した。

逃げ遅れていた生徒のだれかが、甲高《かんだか》い悲鳴をあげた。

「え……」

ひしゃげた床《ゆか》の上で、すっと身を起こしたそれは、頭部の赤いセンサーで、間近の女子生徒を凝視《ぎょうし》していた。

二か月前のホテル街——降り注ぐ雨の中の光景が、鮮明《せんめい》に蘇《よみがえ》る。あの暗殺者を、このロボットがどう始末したか。そこいらの小娘《こむすめ》の細い体など、腕《うで》の一振りで叩《たた》き折ってしまうだろう。

「逃げて！　早く！」

かなめが走り、警告《けいこく》したが、女子生徒は動かなかった。驚《おどろ》きと恐怖《きょうふ》で身がすくんでいるのだ。隣《となり》のクラスの子だったが、名前は覚えてなかった。その少女に、〈アラストル〉がずいっと迫《せま》る。

ロボットは攻撃《こうげき》の姿勢《しせい》を、すぐには見せなかった。腰《こし》を落とした姿勢のまま、その少女──ちょうどかなめと同じ背格好《せかっこう》の体を、上から下へと睨《ね》め回し、顔をのぞき込む。

怪訝《けげん》に思っている暇《ひま》などない。かなめは危険《きけん》を顧《かえり》みず、〈アラストル〉の横からその子を突《つ》き飛ばした。

「ひゃっ……！」

「逃げろっての！」

黒いコートを翻し、敵《てき》がこちらに半身を向けた。赤いセンサーの奥《おく》で、焦点《しょうてん》を調節するサーボモーターの駆動音《くどうおん》がうなる。そのロボットは、確《たし》かに彼女が出会ったものと同じようだったが──今ははるかに大きく見えた。

分厚《ぶあつ》い胸板《むないた》。野太い腕。

昔、S席で間近に見たプロレスラーも、こいつの前では小学生だった。

「っ……」

気圧《けお》され、ふらりと後じさる。

無機的な仮面《かめん》が視界《しかい》いっぱいに迫る。

後ろで、クルツがなにかを叫《さけ》んでいた。彼との距離《きょり》はおおよそ二〇メートル。すぐには気付かなかったが、彼女は敵とクルツとの射線上《しゃせんじょう》に立っていた。かなめの体が、邪魔《じゃま》なのだ。

「カナメ、動くな！」

直後に、背後《はいご》で銃声《じゅうせい》。両脚《りょうあし》の太ももの間を、小さな風が吹《ふ》き抜《ぬ》けていくのを感じた。〈アラストル〉が右脚に三、四発の銃弾を食らってバランスを崩《くず》す。やや遅れて、彼女のスカートがふわりと揺《ゆ》れた。

「……!?」

クルツの銃弾《じゅうだん》が、かなめの股下《またした》のわずかな隙間《すきま》をくぐり抜けていったのだ。驚嘆《きょうたん》すべき射撃の腕だったが、彼女は真っ青になった。

振り返って『なんてことするのよ』と怒鳴《どな》ろうとしたが、そのゆとりさえなかった。目の前の〈アラストル〉がよろめきながらも、ぬっと手を伸《の》ばしてくる。脚の被弾《ひだん》は、大したダメージになっていないようだった。

「ひゃ……」

胸《むね》のリボンをつかまれた。力任《まか》せに引き寄《よ》せられる。肺《はい》から空気が勝手に飛び出し、素《す》っ頓狂《とんきょう》な悲鳴が漏《も》れた。

「千鳥っ!!」

銃声。かなめを凝視していた〈アラストル〉の左側頭部に、銃弾が命中した。がくん、と首が右に曲がる。

撃《う》ったのは宗介《そうすけ》だった。戦闘服姿《せんとうふくすがた》の味方二人を引き連れ、船首側の出入り口から駆《か》けてくる。

さらに発砲《はっぽう》。〈アラストル〉の左半身に銃弾が次々命中する。千切れた繊維《せんい》とプラスチックの破片《はへん》、そして火花が飛び散った。

「うわわわわ!!」

至近《しきん》距離の着弾に慌《あわ》てるかなめを突き飛ばし、ロボットが左腕をまっすぐ宗介に向けた。内蔵《ないぞう》のライフルを発砲。銃弾は彼を逸《そ》れて、背後の柱に当たった。被弾したせいで、照準《しょうじゅん》が狂《くる》っているのかもしれない。だが、それ以外の障害《しょうがい》はない様子だった。〈アラストル〉は身を沈《しず》め、その巨体《きょたい》からは想像《そうぞう》もつかないような素早《すばや》さでジグザグに移動《いどう》する。

「ソースケ!?」

尻餅《しりもち》をついたかなめが叫んだ。

宗介に〈アラストル〉が肉薄《にくはく》する。重たい手刀がうなった。きわどい距離でその一撃をくぐりつつ、宗介はなおも銃を腰《こし》だめに構《かま》え、至近距離からフルオート射撃する。がーっ、と速射の音が響《ひび》き、ロボットの上半身が小刻《こきざ》みに震《ふる》えた。

効《き》いていない。

ぎこちなさはあるものの、それでも〈アラストル〉の動きは俊敏《しゅんびん》だった。おそろしい防《ぼう》弾性能《だんせいのう》だ。軽く右へとステップを踏み、敵が大きくその身を回転させた。傘《かさ》のようにコートが広がり、遅《おく》れて猛烈《もうれつ》な後ろ回し蹴《げ》りが宗介に襲《おそ》いかかる。

「！」

とっさに宗介は銃を盾《たて》にした。重たい一撃《いちげき》を食らって、彼の体が吹《ふ》き飛ばされる。その横をすり抜け、駆けつけたクルツがさらにサブマシンガンを撃った。

被弾しながらも、〈アラストル〉は跳躍《ちょうやく》する。人間では考えられない高さと距離だった。まるで第三世代型のＡＳだ。いや――そもそもこのロボットは、そうしたＡＳを縮小《しゅくしょう》した機体なのだ。その運動性とパワーは、人間のそれを凌駕《りょうが》している。

ＡＳのスケールにたとえるなら、この状況《じょうきょう》はちょうど一機のＭ９と、四機のRk―92〈サベージ〉とが交戦しているような戦力バランスだった。損害《そんがい》なしで仕留《しと》めるのは難《むずか》しい。

敵が内蔵銃を発砲した。どるん、と重たい銃声が響き、胸《むね》のど真ん中に被弾した味方の一人がひっくり返る。悲鳴さえなかった。

「休ませるな、当て続けろ！」

壊れたサブマシンガンを放って、拳銃《けんじゅう》を抜きつつ宗介が叫んだ。クルツたちが絶《た》え間なく発砲し、〈アラストル〉に弾丸を注ぎ込《こ》む。

弾《はじ》ける破片《はへん》。にぶい着弾の音。跳弾が飛んで、テーブルの食器が粉々になる。

それでも敵は動き続けた。こう動かれては、弱点の関節部を狙《ねら》うことなど、ほとんど不《ふ》可能《かのう》だ。

「くそっ！」

宗介が膝《ひざ》をつき、自動拳銃をひたすら撃つ。クルツがサブマシンガンの弾倉を交換《こうかん》して、さらに撃つ。相手の突撃《とつげき》をかわして、至近距離から叩《たた》きこむ。

執拗《しつよう》に、執拗に。まるで闘牛士《とうぎゅうし》だった。

かなめは倒《たお》れたテーブルの陰《かげ》で、頭を抱《かか》えて伏《ふ》せているしかなかった。

何十発の弾《たま》を当てただろうか。ようやく〈アラストル〉の動きが鈍《にぶ》くなってきた。関節に被弾し、がくりと膝を折る。宗介たちは敵《てき》を扇形《おうぎがた》に囲むようにして、容赦《ようしゃ》なく銃弾を撃ち込む。弱った猛獣《もうじゅう》を追いつめるように。

それはまったく『エレガントな』戦いぶりではなかった。かなめが見てきたいくつかの銃撃戦とは異《こと》なる、見苦しいほどの力押《お》し。持てる限《かぎ》りの弾薬と火力で、強引《ごういん》に押し切るような戦闘だった。

宗介たちが弱いのではない。そこまでしなければ仕留められない相手なのだ。

やっと、敵が動かなくなった。

気付けば、すでにホールはがらんとしている。生徒たちの姿はもう見えない。さっきかなめが突《つ》き飛ばした女子も、どうにか逃《に》げおおせたようだ。

「ほっ……」

だが安堵《あんど》のため息をついたのは、かなめ一人だけだった。

「離《はな》れろ！　自爆《じばく》するぞ！」

「じ、自爆……？」

「千鳥！　なぜ残ってる⁉　逃げろっ！」

慌てて立ち上がろうとするかなめの腕《うで》を引っ張《ぱ》り、宗介が走る。びっくりするほど乱暴《らんぼう》な力だった。クルッたちも、先ほど撃たれた仲間を両側からつかみ、慌ただしく駆《か》け出していく。

「伏せろ‼」

クルッが叫《さけ》んだ。宗介がかなめを引き倒し、その上に覆《おお》い被《かぶ》さる。一拍《いっぱく》置いてから、〈アラストル〉が自爆した。

破片と散弾がまき散らされ、壁《かべ》や天井《てんじょう》や照明器具に無数の穴《あな》を開けた。衝撃《しょうげき》が頭蓋《ずがい》を殴《なぐ》りつけ、鼓膜《こまく》に鈍《にぶ》い痛《いた》みが走った。

立ちこめる煙《けむり》。自動消火装置《そうち》が作動して、ホールはどしゃ降《ぶ》りになる。

「怪我《けが》はないか、千鳥？」

「………っ。重いよ」

「すまん」

宗介が離《はな》れて、かなめの肩《かた》を引き起こす。スプリンクラーの水を被って、彼の前髪《まえがみ》から水滴《すいてき》がぽたぽたと落ちていた。

「立てるか」

「うん。……ありがと」

かなめはうなずき、立とうとした。膝が震《ふる》えて、うまくいかなかった。宗介が無言で肩を貸《か》す。汗《あせ》の匂《にお》いがした。

「クルツ、無事か⁉」

「ああ。ハワードも生きてる。ボディーアーマのプレート部分に食《く》らったみたいだ。アバラにヒビくらい入ってるかもしれねえけど」

「だ……大丈夫《だいじょうぶ》です、軍曹《ぐんそう》」

さっき撃たれた味方の一人も、無事だったようだ。晴れていく煙の向こうで、咳《せ》き込みながらも身を起こす人影《ひとかげ》が見えた。

厨房《ちゅうぼう》の方から、食器類の落ちる物音がした。かすかに、重い足音も響《ひび》いてくる。それも複数《ふくすう》。二体か、あるいは三体か——

「新手が来たぜ……」

「こんな見通しのいい場所で、迎《むか》え撃つ義理《ぎり》はない。後退《こうたい》しよう。中尉《ちゅうい》に連絡《れんらく》を。千鳥、走れるか？」

「う、うん」

一同は大急ぎでホールから逃げ出した。

ホールを離れ、船尾《せんび》方向に向かって通路を進む。敵が追ってくる気配はなかったが、宗介たちはあらゆる方向に警戒《けいかい》を怠《おこた》らなかった。頭上にさえ、だ。どこから敵が現《あら》われるかわかったものではない。

遠くで激《はげ》しい銃撃《じゅうげき》の音がしていた。他のチームが交戦しているのだろう。

「手強《てごわ》いな」

早足で歩きながら、宗介が言った。

「だろ？　ハイパワー一丁で、俺《おれ》もよく助かったもんだよ。運が良かった」

クルツが言った。

「まだ一〇体近くいると言ってたな。深刻《しんこく》だ。倒せない相手ではないが、火力が足りない。弾薬《だんやく》もだ。まともにやり合ったら、かなりの損害《そんがい》が出るだろう。人質《ひとじち》も護《まも》りきれない」

「ああ、くそっ。あいつらの目的は何だ？　もし皆殺《みなごろ》しだったら――」

「たぶん、違《ちが》うと思う」

かなめが言った。

「あのロボットの狙《ねら》いは、そういうのじゃない。別のなにかよ」

「なぜそう言い切れるんだ？　俺は倉庫でいきなり襲《おそ》われたんだぜ。問答無用で」

「それは……」

かなめの中で曖昧模糊《あいまいもこ》としていた思考が、次第《しだい》にはっきりとした像《ぞう》を結んでいく。

あのロボットの不審《ふしん》な行動。その共通点と相違《そうい》点。そもそも、この船における争いの焦《しょう》点《てん》は何だったのか？　無論《むろん》、それはあの金庫室で――いや、違う。

そうではないのだ。

彼女は立ち止まり、ホールの方角をふりあおいだ。

「標的の体格《たいかく》よ」

「?」

「身長一六五センチ前後、体重五〇キロ前後の若《わか》い女にはすぐに襲いかからない。カテゴリーに入る女の子を見つけたら、次は顔面を詳細《しょうさい》にスキャンする。ただの外見だけじゃなくて、骨格《こっかく》や血管や網膜《もうまく》のパターンも読む。それがあたしのデータと一致《いっち》すれば、次のルーチンに移《うつ》るの。たぶん、保護《ほご》して脱出《だっしゅつ》するか――もしくは、保護した標的以外の人間を殺傷《さっしょう》するか」

いつもの、何も知らない女子高生の面影《おもかげ》など、そこには微塵《みじん》も残っていない。理路整然と説明する彼女の横顔を見て、宗介やクルツたちが目を丸くしていた。

「あたしがあいつに攫《つか》まれたとき、ソースケが撃《う》ったでしょ? あのとき、変だと思わなかった?」

かなめの豹変《ひょうへん》に気を取られていた宗介が、我《われ》に返ってうなずいた。

「……確《たし》かに妙《みょう》だった。君を突き飛ばしたな。あの機体が常《つね》に合理的な戦術《せんじゅつ》をとるならば、君を盾《たて》にしたはずだ」

「おいおい待ってくれよ。つまり連中の狙《ねら》いは、カナメってことか?」

「たぶん……ううん、間違いないと思う。もともとあの船長は、あたしが狙いだったんでしょ?」

「仮《かり》にそうだったら、どうするんだ？　君を先頭に立たせて、あの木偶《でく》人形どもに突撃《とつげき》するかい」

宗介がクルツをじろりとにらむ。

「千鳥を盾にするなど、論外だ」

「わーってる、冗談《じょうだん》だよ。とにかくここはヤバい。ズラかるのが先決だ」

「待って」

先を急ごうとするクルツたちを、かなめが止めた。

「盾は無理だけど、囮《おとり》にだったらなれるよ。っていうか、そうでもしないとマズいよ、この状況《じょうきょう》」

彼女の言葉を聞いて、宗介が眉間《みけん》にしわを寄《よ》せた。

「だめだ、危険《きけん》すぎる。敵《てき》が直接《ちょくせつ》手を下さなくても、跳弾《ちょうだん》や誤射《ごしゃ》は充分《じゅうぶん》ありえる」

「ここまで来たら、危険もへったくれもないでしょ！　みんなが巻《ま》き込《こ》まれてるのよ⁉」

そうなのだ。これはまずい。あんな物騒《ぶっそう》な敵が、まだたくさん船内にいる。学校のみんなは避難《ひなん》できたみたいだが、所詮《しょせん》は同じ船の中だ。遅《おそ》かれ早かれ、このままでは怖《おそ》ろしいことになるだろう。怪我《けが》する者や、死ぬ者がたくさん出る。

ほかでもない、自分のせいで。

それだけは、絶対《ぜったい》に許容《きょよう》できない。何としてでも阻止《そし》しなければ。

「お願い。もし学校のみんなに何かあったら、もう会わせる顔がないよ。あたしが言ってること、そんなに無茶《むちゃ》なの？」

「…………」

かなめの切迫《せっぱく》した顔を、宗介が厳《きび》しい目でじっと見つめた。どうしても彼女を危険にさらしたくないのだろう。焦燥《しょうそう》と躊躇《ちゅうちょ》、逡巡《しゅんじゅん》と疑念《ぎねん》。そうした様々を払《はら》いのけるように、やがて彼は小さく頭を振《ふ》り、ため息をついた。

「……わかった、中尉《ちゅうい》に相談しよう。とにかくここを離《はな》れるぞ」

宗介が無線機のスイッチを入れた。


クルーゾーが駆《か》けつけた第二甲板《かんぱん》の右舷《うげん》側通路では、絶《た》えることなく銃声《じゅうせい》が響《ひび》いていた。ロジャー・サンダラプタ軍曹《ぐんそう》が率《ひき》いるＥ《エコー》チームが、敵を迎《むか》え撃っているのだ。

「ロジャー、状況は」

十字路の壁際《かべぎわ》に跪《ひざまず》き、弾倉《だんそう》を交換《こうかん》しているネイティブ・アメリカンの巨漢《きょかん》に声をかける。

「敵二体。負傷二名。死者〇名。集中射《しゃ》で頭を押《お》さえているが、じきに弾薬が不足する」

Ｍ９搭載《とうさい》のＡＩのような調子で、ロジャーが言った。狭《せま》く、まっすぐな通路のおかげで、どうにか足止めが出来ている様子だ。敵は通路に面した客室の入り口に隠《かく》れている。わずかでも頭を見せれば、兵士たちが仮借《かしゃく》のない銃撃《じゅうげき》を浴びせる。

「中尉、敵はタフだ。まるで怒《いか》れる野牛のようだが、弾《たま》をやり過《す》ごす賢《かしこ》さもある」

「倒《たお》せるか」

「二体だけならば、あるいは。だが弾薬が足りない」

支《ささ》えきれそうにない、とクルーゾーは認《みと》めた。何についても客観的なロジャーがこう言っているのだ。こちらの装備《そうび》では対応《たいおう》しきれないし、念のために待機させたあれは、こんな場面ではまったく役に立たない。

乗員乗客を、救命ボートに誘導《ゆうどう》するべきかもしれない。だが、船の前半分はすでに危険地帯だ。すべての乗客を船外に避難させることは、もはや至難《しなん》の業《わざ》だった。

テスタロッサ大佐《たいさ》の行方《ゆくえ》も気になる。もし彼女が船の前半分にいたら危険だ。そもそも、彼女には相談したいことが山ほどあるというのに――

頼《たよ》る相手を捜《さが》している自分に気付いて、彼は首を振った。

いかん。いまは自分が最先任《さいせんにん》だ。部下たちに不安を気取られてはならない。

「時間を稼《かせ》げ。ゆっくりと後退《こうたい》しろ」

「了解《りょうかい》」

そこで通信が入る。宗介からだった。

「なんだ」

『提案《ていあん》があります』

宗介がかなめの話を手短かに説明し、いくつかのプランを挙げた。

「彼女を囮に？　危険だ。それにどうやって船内に散らばった奴《やつ》らを集める」

『彼女は〝データリンク機能《きのう》があるはずだ〟と言っています。上手に餌《えさ》をちらつかせれば、敵は各機で連絡《れんらく》を取り合い、そのエリアに集まってくる、と』

「あの少女が、か？」

『あなたは報告書《ほうこくしょ》でしか知らないだろうが、こういうときの彼女の底力を侮《あなど》らない方がいい。検討《けんとう》を――』

そのおり、だれかが割《わ》って入った。

『なにをぐずぐずしてんのよ!?』

若《わか》い女の声。宗介の無線のマイクをひったくったのだろう。これがクルーゾーが初めて聞いた、千鳥《ちどり》かなめの声だった。

『さっさと許可《きょか》でも命令でも出して！　あたしのガッコのだれかに、もしものことがあったら承知《しょうち》しないわよ!?　このハゲ親父《おやじ》！』

この小娘《こむすめ》、人の顔も見ないで、なにをぬかしてやがる。そう思いながらも、彼はなだめるように言った

「OK、わかった。だから彼を出してくれ」

『ホントにわかったのね？　絶対《ぜったい》ね⁉』

「はやくしてくれ！」

宗介が通信に戻《もど》る。

『すみません、中尉。ああいうところが彼女の欠点でして――』

「どうでもいい。むしろ良心の呵責《かしやく》がやわらいだ。彼女の望み通りにしてやる」

どうせ藁《わら》にでもすがりたい気分だったのだ。すぐそばで響く銃声に負けない声で、クルーゾーは細かいプランを宗介と協議した。

相談が終わって通信を切ってから、クルーゾーはだれにも聞こえない声でぼやいた。

「まったく、あれのどこか〝天使《エンジェル》〟なんだ」

一二月二四日　二三二四時（日本標準時）

〈パシフィック・クリサリス〉の南一キロの海中

〈トゥアハー・デ・ダナン〉

『コン、ソナー。曳航《えいこう》アレイが方位〇―八―三に新たな探知《コンタクト》っす』

ソナー室のデジラニ軍曹《ぐんそう》がリチャード・マデューカス中佐に告げた。

『……いやいや、スフィア・アレイにも探知。目標をM13《マイク》に指定。距離《きょり》は……ん？　妙《みょう》だな、おかしい』

発令所の中、空の艦長席《かんちょうせき》の横に立って操艦《そうかん》の指揮《しき》をとっていたマデューカスは、渋面《じゅうめん》を作った。

ただでさえ、あの客船の状況《じょうきょう》が心配なのだ。艦長は行方不明で、謎《なぞ》の敵《てき》の襲撃《しゅうげき》を受け、その旗色もえらく悪いらしい。わずか四マイルの距離を通過中《つうかちゅう》の、日本の巡視船《じゅんしせん》の動向も心配だ。だというのに、あのソナー員ときたら。

「報告は簡潔明瞭《かんけつめいりょう》にしろ。貴様《きさま》は――」

『静かに！　気が散る！』

ぴしゃりとデジラニが言う。

『……一隻《せき》じゃねえな。水中だ。変温層《レイヤー》の上。それに――とんでもなく速い。五〇ノット以上……⁉』

「魚雷《ぎょらい》か⁉　戦闘配置《バトル・ステーション》！」

たちまち発令所に緊張《きんちょう》が走った。甲板士官《かんぱん》が警報《けいほう》ブザーのスイッチを入れ、艦内に警報が発令される。正面スクリーンの海図上に、目標を示《しめ》す黄色のマーカーが表示《ひょうじ》された。

『いや！　魚雷ならもっと早く発見してます！　特性《とくせい》も全然違《ちが》う、これは水中艦っす！　くそっ、さらに二隻を探知！　M《マイク》14、M《マイク》15を目標に追加！　いずれも推定《すいてい》一〇マイルの距離！　接近中《せっきんちゅう》！』

　まさか。五〇ノット以上で航走できる水中艦など、世界中を探《さが》してもこの〈デ・ダナン〉をおいてほかにはない。だがデジラニの分析《ぶんせき》が間違った試《ため》しは、これまで一度もなかった。そればかりは、マデューカスも認《みと》めている。

　敵なのだろうか？

　愚問《ぐもん》だ。敵に決まっている。

　マデューカスは大きく息を吸《す》い込《こ》んだ。

「陸戦隊に連絡《れんらく》を取れ。通信ケーブルを切断《せつだん》。取り舵《かじ》、針路《しんろ》一―〇―五、三〇ノットに増《ぞう》速《そく》！　下げ舵二〇度、深度三〇〇まで潜航《せんこう》！　これより本艦は対潜水艦戦闘《ASW》に入る！」

一二月二四日　二三二五時（日本標準時）
〈トゥアハー・デ・ダナン〉の東一六キロの水中

超伝導推進《ちょうでんどう》が発するかすかな高音と、乱流《らんりゅう》が生み出すノイズ。真っ暗な水中を切り裂《さ》くようにして、三機の〈リヴァイアサン〉は巡航する。現存《げんぞん》する、あらゆる通常艦も及《およ》ばない速度で。

「シャーク1より各機へ。TDD1《デ・ダナン》―がこちらに気付いたようだ。〈パシフィック・クリサリス〉と並行《へいこう》するのをやめて、針路を一―〇―五に変更した」

〈リヴァイアサン〉の一機、〝シャーク1〟を操縦《そうじゅう》する男が告げた。

普通《ふつう》の潜水艦《せんすいかん》は高速航行をしていると、自身の騒音《そうおん》でまともな索敵《さくてき》ができなくなるが、彼の機体は違う。すでに散布《さんぷ》済《ず》みのソナー・ブイから情報《じょうほう》を受け取っているため、自機の高速航行にもかかわらず、敵艦の位置は正確《せいかく》に把握《はあく》できた。

『シャーク2了解《りょうかい》。教本通りの操艦だな……』

『シャーク3了解。凡庸《ぼんよう》な艦長だ。彼我《ひが》の性能差《せいのうさ》を理解していないと見える』

数百ヤードの後方を付き従《した》がう〝僚機《ウイングマン》〟の二機が告げる。

潜水艦の概念《がいねん》を覆《くつがえ》すこの機体は、その運用にしばしば戦術《せんじゅつ》航空機の用語が使われる。実際、この計画案《プラン》〇六〇一〈リヴァイアサン〉のコンセプトは〝水中戦闘機〟とでも呼《よ》ぶべきものだった。

乗員はわずか二名。高速で目標に肉薄《にくはく》し、回避《かいひ》不能の一撃を加える、アーム・スレイブの制御技術《せいぎょぎじゅつ》を応用《おうよう》した、まったく新しい兵器プラットフォーム。接近戦も視野《しや》に入れている。数百人が乗り込《こ》む鈍重《どんじゅう》な艦船を、その図抜《ずぬ》けた機動性《せい》で素速《すばや》く仕留《しと》めるのがこの〝機体〟の目的だった。

投げナイフを連想させる、流線型の機体。あの〈トゥアハー・デ・ダナン〉をスケール・ダウンしたような外見だったが、この機体の両脇《りょうわき》には、接近戦闘用のアームが搭載《とうさい》されていた。この〈リヴァイアサン〉は、目標に取り付いて単分子カッターを振《ふ》るうことができるのだ。

ASの優位《ゆうい》性を海の戦場に持ち込んだこの機体に、それまでの艦船が対抗《たいこう》する術《すべ》はまったくない。すでに彼らはこれまで、インド海軍とソ連海軍の潜水艦を、実戦テストで沈《しず》めていた。いくつかの商船もだ。どれも事故《じこ》として扱《あつか》われているが、獲物《えもの》になった船乗りたちは、自分が何に襲《おそ》われて死んだのかさえ知ることができなかっただろう。

〈リヴァイアサン〉を駆《か》るシャーク隊にとって、それまでの標的はあまりに歯ごたえのない相手だった。元は英国海軍のエリート潜水艦乗りだったシャーク1の機長にとっては、特にそうだった。上官の横暴《おうぼう》が原因《げんいん》で、艦長への道を断《た》たれたが、彼はいまや、世界最強の水中艦のあるじだ。その機会を与《あた》えてくれた〈アマルガム〉に、彼は心底感謝《かんしゃ》している。

あの〈トゥアハー・デ・ダナン〉は、最高の獲物《えもの》になることだろう。情報では、唯一《ゆいいつ》の難敵とされている女艦長はあの艦《ふね》に不在《ふざい》だという。狩《か》りはそれほど難《むずか》しいものではない。

おそらくあの艦を指揮《しき》しているのは、あの男だろう。自分の人生を台無しにしてくれた、あの無能で神経質《しんけいしつ》な将校《しょうこう》。奴《やつ》に思い知らせる時が、とうとうやって来たのだ。

「思い知らせてやるぞ……」

彼は狭苦《せまくる》しい操縦席の中で、人知れず酷薄《こくはく》な薄笑《うすわら》いを浮《う》かべた。

「手はず通り、三方向から駆り立てる。……散開《ブレイク》！」

真っ暗な水中で逆《ぎゃく》V字型の編隊《へんたい》を組んでいた三機は、合図で三方に散開した。猛禽《もうきん》を思わせる鋭《するど》い針路《しんろ》変更《へんこう》。そうした〈リヴァイアサン〉の機動性から見れば、獲物の動きはひどく鈍重で、哀《あわ》れなものだった。

一二月二四日　二三二七時（日本標準時）
〈パシフィック・クリサリス〉　カジノ

「……まだか？」

カジノの片隅《かたすみ》で、ベルギー製《せい》サブマシンガンを構《かま》え、宗介は無線にささやいた。そのホールの中には、スプリンクラーの散水が、雨となって降《ふ》り注いでいる。

『まだよ』

ずぶ濡《ぬ》れのかなめが震《ふる》える声で言った。彼から数十メートル離《はな》れたルーレットのそばに、彼女が立っている。その真っ正面に、あの〈アラストル〉がいた。ほんのひとっ飛びで、かなめを殴《なぐ》り飛ばせる距離《きょり》だ。

『まだ駄目《だめ》。あたしが本命だって分かったら、絶対《ぜったい》に手出しはしないはずだから。心配しないで』

「だが、間違《まちが》っていたらどうする。もう充分《じゅうぶん》ではないのか？　奴から離れろ、千鳥」

『充分じゃないからこう言ってるの……！』

かなめが声を荒《あら》らげた。離れた位置で〈アラストル〉に照準《しょうじゅん》を合わせる宗介にも、無線ではないその肉声が聞こえた。

ロボットが彼女に迫《せま》る。ゆっくりと。

数歩踏《ふ》み出し、その腕《うで》を振るうだけで、かなめの体は真っ二つにされてしまうことだろう。センサがフードの奥《おく》でうっすらと光る。まっすぐに、かなめを凝視《ぎょうし》して。

囮《おとり》作戦などいくらでも経験《けいけん》してきた宗介だったが、今回ばかりは引き金《トリガー》を引きたい衝《しょう》動《どう》と戦うのに必死だった。

（これではまるで新兵だ）

あの鉄クズが、力任《まか》せに彼女の頭を薙《な》ぎ払《はら》ったら？　腕のライフルを彼女めがけてぶち込んだら？　彼女の喉頸《のどくび》をわしづかみにして、軽くひねったら——

自分にこんな想像《そうぞう》力があったのは驚《おどろ》きだった。

かなめと修羅《しゅら》場《ば》をくぐり抜《ぬ》けるのは、これでもう何度目だろうか。どうして自分は、いつもこうなるのだろう。彼女が危険《きけん》にさらされると、宗介はクールでいられなくなる。感《かん》情《じょう》に火がつき、血が熱くなる。ただの戦友では、こうはならない。

なぜなのだろうか？

目を細める。霧雨《きりさめ》の降り注ぐ薄闇《うすやみ》の中で、〈アラストル〉を前に、かなめが立ち尽《つ》くしていた。水滴《すいてき》のしたたる横顔と、かすかに震える細い肩《かた》。そこだけが、ぼんやりとした白い光に照らされている。

その象徴的《しょうちょうてき》な姿《すがた》を見ていて、彼は突然《とつぜん》、理解《りかい》した。まったく唐突《とうとつ》で、場違いで、予期せぬ瞬間《しゅんかん》だった。

理屈《りくつ》ではない。彼女は特別なのだ。

強いと思う。美しいと思う。守りたいと思う。

安らぎ、希望、憧憬《しょうけい》。そうしたすべての代名詞が彼女なのだ。

彼女を独占《どくせん》したいと思う。他のだれかに彼女を自由にさせるなど、とても我慢《がまん》できない。ましてや、敵《てき》になど。

そう感じている自分が、いまここにいる。その事実だけで充分なのだ。

やっとわかってきた――

彼が垣間見《かいまみ》た答えを遮《さえぎ》ったのもまた、彼女の声だった。

『あ……待って。え……？　テッサ？　いま取り込《こ》み中で――』

「……？　どうした、千鳥」

彼女の言葉のトーンが、そこで唐突に変わる。かなめは無線越《ご》しに、こうつぶやいていた。

『ごめんなさい、カナメさん。状況《じょうきょう》を……なんてこと。危険です。でも、ああ……わかりました。あなたに託《たく》します――』

なにを言っているのだろうか？

妙《みょう》だった。〈デ・ダナン〉の最深部、レディ・チャペルのときと同じだ。彼女はまるで別人のような――いや、テッサのような口調で、だれかと会話していた。

だが宗介にそれ以上いぶかしむゆとりはなかった。かなめがすぐに気を取り直して、こう叫《さけ》んだのだ。

『いいわよ——やって！』

照準の向こうで、ロボットがかなめに手を伸《の》ばそうとしていた。

躊躇《ちゅうちょ》なく発砲《はっぽう》する。被弾《ひだん》した敵がこちらを向く。その反対方向から、クルツが鋭《するど》い銃《じゅう》撃《げき》を浴びせる。

「走れ！」

叫びながら、宗介は閃光手榴弾《せんこうしゅりゅうだん》の安全ピンを抜《ぬ》いた。

ありとあらゆる問題をさばくのに、クルーゾーは四苦八苦していた。人質《ひとじち》の誘導《ゆうどう》と部下の配置、迫り来る敵への対応《たいおう》と、連絡《れんらく》の途切《とぎ》れた母艦《ぼかん》の様子、そして金庫室の進捗《しんちょく》状況、次から次へと——

「チーム・G《ゴルフ》、E13からE15に後退《こうたい》しろ。できるだけゆっくりとだ。E14への道は譲るな。ゲーボ9、サンタクロースはまだか。カノ6の誘導を優先《ゆうせん》しろ——」

指示《しじ》を出しながら、発砲する。銃から吐《は》き出された空薬莢《からやっきょう》が床《ゆか》に落ち、硝煙《しょうえん》の匂《にお》いが通路を満たす。通路の向こうで、黒い人影《ひとかげ》がさっと飛び退《の》き、角に身を隠《かく》した。

（くそっ……）

ロボットめ。こちらに無駄弾《だま》を使わせる腹《はら》か。

学習しているのだ。

そのおり、待ち望んでいた連絡が彼に入った。テッサからだ。女子トイレの船内電話から、船橋《ブリッジ》の無線機を経由しての通信だった。

『ウルズ1、こちらアンスズです。状況を』

「大佐殿《たいさどの》？　いままでどこに？　あの乗客は——」

彼の声を、テッサがひそひそ声で遮った。

『まだ一緒《いっしょ》です。隙《すき》を見て話してます。彼のことは心配ありません。それより例のロボットが出たんでしょう？』

「はい。おそらく一〇機以上」

『彼女《エンジェル》の作戦のままでいきなさい』

なぜそれを知っているのか？　彼女はいままでこちらと連絡が取れなかったはずなのに——だがクルーゾーにはそれ以上、考えるゆとりもなかった。

『ただし、チーム《ゴルフ》GはG10に待機させて。そこだけ包囲の穴《あな》になるし、ヤン伍長《ごちょう》はそちらの方が適任《てきにん》です。それにあなたたちが思っているより、あのロボットは狡猾《こうかつ》なはずです』

きょう初めての凛《りん》とした声に、クルーゾーは疑問《ぎもん》を差し挟《はさ》むのをやめた。そんなことは、後で考えればいいことだし、こうなったときの彼女は信頼《しんらい》に値《あたい》する上官だ。

さらにテッサは、矢継《やつ》ぎ早に質問《しつもん》を繰《く》り出した。

『人質の誘導は？』

「ほぼ完了《かんりょう》です」

『ハリス船長は？』

「まだ発見できません」

『金庫室は？』

「まだ突破《とっぱ》できません」

『〈デ・ダナン〉は？』

クルーゾーは一瞬《いっしゅん》、言葉に詰《つ》まった。

そうなのだ。それこそが、あのロボットに次ぐ心配事だった。

「〝五〇ノット級の超高性能《ちょうこうせいのう》水中艦が三隻接近中《せきせっきんちゅう》。目標はおそらく貴船の撃沈《げきちん》。これより本艦は迎撃《げいげき》に移《うつ》る〟と。いまも副長が指揮をとっています」

陸戦隊員のほとんどと同様、クルーゾーは潜水《せんすい》艦戦については門外漢だった。だが〈デ・ダナン〉が相対した敵《てき》が、どれほど危険《きけん》な相手なのか——それくらいは理解《りかい》できた。しかも三隻。これは〈デ・ダナン〉の就航《しゅうこう》以来、最大級の危機だ。そしてあの艦がたびたびピンチを乗り越《こ》えてきたのは、ほかならぬ天才児、テレサ・テスタロッサの力だった。

だがその彼女は、いま艦長席にいない。命令も、忠告《ちゅうこく》も伝えることができない。

（絶望的な戦闘《せんとう》だ……）

こう言ってはなんだが、あの風采《ふうさい》の上がらない副長の指揮では、とても――

『こうなったら、彼に託《たく》すしかありません』

テッサの声はあくまで冷静だった。

「はい。ですが、中佐では――」

『クルーゾーさん。マデューカス中佐が、英国海軍《ロイヤル・ネイビー》時代に、何と呼《よ》ばれていたか知っていますか？』

「いえ……」

『〝公爵《デューク》〟です。その操艦《そうかん》は静謐《せいひつ》。その戦術《せんじゅつ》は冷徹《れいてつ》。不敗のサブマリナーにしてチェス・プレイヤー。記録に残らない極秘《ごくひ》の実戦で、彼はいくつかの勲章《くんしょう》を受けています。およそ水中を戦場とする者で、〝デューク〟の名を知らない者はいません』

「中佐が？」

『彼をただの口やかましい技術屋《ぎじゅつや》だとでも思っていましたか？』

この非常時《ひじょうじ》だというのに、どこか楽しそうな声でテッサが言った。

『その実力を振《ふ》るうとき、〝公爵《デューク》〟はちょっとした癖《くせ》を見せるそうです。残念ながら、わたしでさえ目撃したことがありませんけど——ひょっとしたら、わたしのクルーは今ごろそれを見ているかもしれませんね』

同時刻　〈トゥアハー・デ・ダナン〉

リチャード・マデューカスは六年ぶりに、その癖を実行していた。

右手の指先で、帽子《ぼうし》のつばをつまむ。左手を後頭部に添《そ》える。帽子をゆっくりと一八〇度回していく。やがて、右手と左手の位置が逆転《ぎゃくてん》していき——

スイッチが入る。

「紳士《しんし》諸君《しょくん》。戦闘だ」

細めた両目をスクリーンに走らせ、リチャード・マデューカスは告げた。

「敵はこちらを獲物《えもの》だと考えていることだろう。巨大《きょだい》で、鈍重《どんじゅう》な獲物だ。だが彼らはこれから、己《おのれ》こそが獲物であったと知ることになる。我《われ》らが姫君《ひめぎみ》の艦《ふね》こそが、この海原《うなばら》を支配《しはい》する死の女王なのだ」

一旦《いったん》、言葉を切る。

「火器管制《FCO》、報告《ほうこく》しろ」

「FCO！　一番、二番のADSLMM《アドスリム》装填《そうてん》完了！」

「すべてのMVLSに〝マグロック〟を装填しろ」

「アイ・サー。すべてのMVLSにマグロックを装填」

「マニューバリング。取り舵《かじ》、針路《しんろ》二―〇―五」

「アイ・サー。取り舵、針路二―〇―五」

「FCO。私の合図で一番、二番の発射管扉《はっしゃかんとびら》を開け」

「アイ・サー。レディ」

「マニューバリング。EMFCを停止、前進減速。――ソナー室へ。キャビテーションが出るときに知らせろ」

『アイ・サー』

それはまるで、彼らにしか分からない神秘《しんぴ》の呪文《じゅもん》だった。太古の神官たちが執《と》り行なう戦いの儀式《ぎしき》。その言葉の群《む》れが、艦に眠《ねむ》る巨大な力を呼び覚ましていく。

ソナー室が報告。

「コン、ソナー。……出ます。推定《すいてい》五秒。二、一……キャビテーティング！」

「一番、二番を開放せよ」

「アイ。一番、二番を開放」

「ふ……副長。敵からまる見えです」

甲板《かんぱん》士官のゴダート大尉《たいい》が、落ち着かない様子で言う。

「前から見えている。一番、二番をスイムアウト」

「アイ。ADSLMM、一番発射。二番発射」

〈デ・ダナン〉の魚雷《ぎょらい》発射管から、自走機雷が吐《は》き出された。入力された座標《ざひょう》まで静かに航走《こうそう》し、その場で静かに敵を待ち受ける兵器だったが――その最大速度は二〇ノット。敵の速度の三分の一だ。

EMFC（電磁《でんじ》流体制御《せいぎょ》）の停止で発生した、〈デ・ダナン〉の高速航行による騒音《そうおん》を隠《かく》れ蓑《みの》にして、敵に気付かれないようにスマート機雷を発射したまでは良かったが――その有効範囲《ゆうこうはんい》は、敵の進路とはまったく別方向だった。

「このまま航走する。二〇秒後に、ディン大尉の合図でEMFCを作動しろ。その後、前進三分の一。二〇ノットまで減速《げんそく》」

「副長。しかし、それでは敵の攻撃《こうげき》が――」

航海士官が言った。

「時間がないぞ、ディン大尉」

「あ……アイ・サー。EMFC、オン・マイ・マーク。5、4、3――コンタクト」

「コンタクト。ＥＭＦＣ、作動」

先進機関制御士官《AMCオフィサー》が応《おう》じる。艦の周囲に発生していた乱流《らんりゅう》の騒音が、ＥＭＦＣの電磁力でなりを潜《ひそ》めた。

「それでいい。だが、敵はまだこちらを見ているぞ。ソナー室、耳を澄ませ」

『アイ・サー』

「針路二―九―五。深度一二〇まで浮上《ふじょう》。上げ舵二〇度」

「アイ・サー。進路二―九―五。深度一二〇、上げ舵二〇度」

マデューカスが命じ、部下が復唱《ふくしょう》する。

従順《じゅうじゅん》な報告《ほうこく》ににこりともせず、マデューカスは静かに言った。

「けっこう。紳士諸君。敵の速力に惑《まど》わされてはいけない。焦《あせ》りは度《ど》し難《がた》いミスを生むぞ。この瞬間《しゅんかん》を楽しみたまえ」


〈パシフィック・クリサリス〉

クルーゾーへの指示《しじ》を終えて、テッサが女子トイレから出てくると、すぐ目の前にセイラーが立っていた。

どやしつけられるかと思っていたのに、彼の口調は妙《みょう》に静かだった。

「遅《おそ》かったな」

いま、二人は船首側の下層部《かぶそう》にいたので、辺りに人の姿《すがた》はない。爆発音《ばくはつおん》が響《ひび》いて以来、遠くから激《はげ》しい銃声《じゅうせい》が聞こえてくる。

セイラーは銃声を聞いて、さっきまで〝海軍の特殊《とくしゅ》部隊が突入《とつにゅう》してきたのだ！〟だのと騒《さわ》いでいた。〝だが、早すぎる。一時間映画《えいが》で言ったら、まだ六〇分あたりだぞ。きっと全滅《ぜんめつ》する。助けに行かねば〟とも。

この聞き分けのない軍人を、わざわざ危険《きけん》地帯に飛び込《こ》ませるのは、あまりに無謀《むぼう》だった。そんなわけで、テッサはあれやこれやと理由を付けて、時間稼《かせ》ぎをしていたのだ。その度《たび》に、彼の苛立《いらだ》ちはみるみる高まっていたのだが――

「お、お待たせしました。じゃあ、行きましょうか」

何事もなかったようにテッサが言うと、セイラーはこう言った。

「行くのは後だ」

「あ、あの？　なにか問題でも？」

先刻《せんこく》までの血気にはやった様子は、すでになりを潜めている。彼はごつい顔を曇《くも》らせて、神妙な目つきでテッサをにらみつけていた。

「こう見えても、俺は耳が良くてな。全部というわけではないが、聞こえてしまったのだ。おまえ、誰《だれ》と話していた？」

「………………！」

サブマシンガンを手にしたセイラーが、ずいっと彼女に歩み寄《よ》った。

「『公爵《デューク》』がどうのとか言っていたな。彼の本名も。ただのメイドのおまえが、なぜミスタ・マデューカスを知っている？」

「あの、ええと……」

「彼は甲板士官《かんぱん》時代に俺《おれ》が勤務《きんむ》していた艦《かん》を救ってくれた大恩人《だいおんじん》だぞ。バレンツ海での作戦中、俺のいた艦は事故《じこ》とソ連海軍との攻撃で、沈没《ちんぼっ》しかけていた。その艦を救ってくれたのが、英国の原潜《げんせん》――〈タービュラント〉艦長の〝公爵《デューク》〟だった。事件《じけん》が収《おさ》まったあと、俺の艦長――テスタロッサ中佐《ちゅうさ》は、謝意《しゃい》と敬意《けいい》とジョークをこめて、米軍風《こちら》にあしらった〈タービュラント〉の帽子《ぼうし》を贈《おく》ったのだ」

自分の立場のまずさも忘《わす》れて、テッサは彼の言葉に驚《おどろ》いていた。このセイラーは、いまは亡《な》きテッサの父の、かつての部下だというのだ。そしてあのマデューカスが、自分の父親と親交があった、と。

そんなことなど、マデューカスはこれまで一言も言っていなかった。

「ミスタ・マデューカスは退役《たいえき》してからどこぞの船会社の役員をやっているとは聞いていたが——どういうことなんだ？　彼がこの船に乗っているのか？　なにもかも分からん。おまえ、いろいろ俺に隠《かく》してるだろう⁉」

「そ、それはもちろん女の子ですから、一つや二つの隠し事くらい——あの、あんまり顔を近づけないでください。葉巻《はまき》くさいです」

鼻息も荒《あら》く詰《つ》め寄ってきたセイラーから、テッサは息苦しそうに顔をそむけた。

「ふざけるな！　貴様《きさま》は何者なんだ⁉　おとなしく白状《はくじょう》せんと、グルグル巻きに縛《しば》り付けて、男子便所の中に放り込むぞ⁉」

どうやら本気のようだった。不思議な縁《えん》に動揺している暇《ひま》さえない。もうこうなったら、自分の地位と簡単《かんたん》な事情《じじょう》だけ説明して、協力を乞《こ》うべきかもしれない。ほかのみんなが苦労してるのに、いつまでも自分だけ、このおじさんと変なコントを繰《く》り広げていては、まさしく戦隊長の沽券《こけん》に関《かか》わる。

とはいうものの——

「たぶん、言っても信じないと思います」

「それは俺が決めることだ！　さあ言え、すべて。可及的速《かきゅうてきすみ》やかに！」

「ええと……実はわたし、あなたと同じ艦長なんです」

「俺は真面目《まじめ》な話をしているんだぞ⁉」

「ほら。やっぱり信じてません」

「当たり前だ！　さては貴様、ＣＩＡとかそれ系《けい》の組織《そしき》の手先だな？　俺の手柄《てがら》を横取りしようとして――」

そこでセイラーが言葉を切った。

通路の先の薄暗《うすくら》がりに、フード付きのコートを被《かぶ》った大男が立っていた。頭部の一文字のスリットから、青白く光っている。

「……！」

テッサには一目で、それが問題のロボットだと分かった。クルーゾーたちの防衛《ぼうえい》ラインをすり抜《ぬ》けて、ここまで侵入《しんにゅう》してきたのだ。

〈アラストル〉が、無言で近付いてくる。一歩、また一歩と。

「？　なんだおまえは。お面なんぞ付けて。おい、止《と》まれ。これが見えんのか⁉」

セイラーがゴムボール弾《だん》入りのサブマシンガンを向けた。

「ダメです、銃《じゅう》を捨《す》てて！」

テッサが叫《さけ》び、彼の銃に飛びついたが――遅《おそ》かった。セイラーの敵対行為《てきたいこうい》に反応《はんのう》して、ロボットがたちまち身を屈《かが》め、ライフルを内蔵《ないぞう》した左腕《ひだりうで》をこちらに向ける。

「あ——」

敵の銃口が火を噴《ふ》く。テッサに飛びつかれ、バランスを崩《くず》していたのが幸運だった。瞬《しゅん》時《じ》に吐《は》き出された三発の銃弾は、きわどいところでセイラーの頭を逸《そ》れ、背後《はいご》の壁《かべ》に当たって火花を散らす。

「うおっ⁉」

ぶん、と駆動系《くどうけい》がうなる。敵はそれ以上発砲《はっぽう》せず、コートを翻《ひるがえ》し突進《とっしん》してきた。

とっさに彼女はセイラーと敵との間に割《わ》って入った。かなめとの〝共振《きょうしん》〟で知った推測《すいそく》から、あのロボットが自分を狙《ねら》わないことに賭《か》けたのだ。

「逃《に》げ——」

一呼吸《ひとこきゅう》する時間さえなかった。〈アラストル〉が右腕を振《ふ》るう。テッサの小さな体がはじき飛ばされて、壁にぶつかった。おそらくは手加減《てかげん》されたのだろうが——それでも、彼女にとっては猛烈《もうれつ》な衝撃《しょうげき》だった。

肺《はい》から空気が絞《しぼ》り出される。視界《しかい》が真っ暗になり、上下左右の感覚がなくなった。

セイラーが怒鳴《どな》っているのが聞こえる。銃を乱射《らんしゃ》している。たくさんのゴムボール弾が壁をはね回って、床《ゆか》に突《つ》っ伏《ぷ》した彼女の上に降ってきた。

「うっ……」

くらくらする頭を小刻《こきざ》みに振りつつ、身を起こすと、敵の野太い腕が、セイラーの喉頸《のどくび》をわしづかみにしているところだった。

「ぐっ、あががが……!!」

「セイラーさん!? やめて！ やめなさい！」

テッサは立ち上がると、ロボットの腕にぶら下がるようにしてしがみついた。しかし、どれだけ叩《たた》こうが引っ掻《か》こうが、敵は二人の悪あがきを一顧《いっこ》だにしない。

「死……ぬ……」

「やめて、お願いです!!」

テッサが叫んだそのとき――ロボットが、その手の力を緩《ゆる》めた。

「っ……がはっ！」

セイラーが無我《むが》夢中《むちゅう》で〈アラストル〉の胸板《むないた》を突き飛ばす。彼とテッサがよろめき、尻《しり》餅《もち》をついても、相手はそれ以上襲《おそ》って来なかった。

「え……？」

「げほっ……うえっほ……！」

〈アラストル〉は二人からまったく関心をなくした様子で、ゆらりと背後の天井《てんじょう》を見上げた。船首の上部甲板《かんぱん》の方角だ。

次の瞬間《しゅんかん》、ロボットはさっと身を翻すなり跳躍《ちょうやく》し、天井を突き破《やぶ》った。石膏《せっこう》ボードやパイプの破片《はへん》が降《ふ》り注ぎ、埃《ほこり》が立ちこめたその後には、頭上に大穴がぽっかりと穿《うが》たれているだけだった。

行ってしまった。

まさか、あの機体の設計者が、自分の懇願《こんがん》を聞きいれるようにプログラムを……？　いや、それはありえない。いまの彼は、そういう人間ではないはずだ。

だとすれば——陽動が成功したのだ。

（カナメさん、サガラさん……うまくやってください……）

心の中で彼女が祈《いの》っていると、セイラーが咳《せ》き込《こ》むのをようやくやめて、悪態《あくたい》をついた。

「ええい……一体、どうなっとる!?　あの野郎《やろう》、とんでもない力で……げほっ」

「大丈夫《だいじょうぶ》ですか、セイラーさん？」

「どうもこうもないわい！　この船で何が起きとるんだ!?　奴《やつ》はいったい？　そもそも、おまえは何者なんだ!?」

「それは……」

ここまで巻《ま》き込んでしまったのだ。今度こそしっかりと、すべてを話そう——そう彼女が思った直後、別の声がした。

「その娘《むすめ》は〝トイ・ボックス〟の艦長《かんちょう》ですよ、お客様。テロリストたちのリーダーです」

振り向くと、そこにハリス船長が立っていた。手にはドイツ製《せい》の自動拳銃《けんじゅう》。

身を固くするテッサの横で、セイラーが怪訝《けげん》顔をした。

「船長。どこに隠《かく》れとった。それに……いま、なんと言った？　〝トイ・ボックス〟だと？　艦長？　リーダー？　この娘が？　なにをわけのわからんことを——」

「説明している時間はありません。お客様にはこの場で退場《たいじょう》していただきます」

ハリスが無造作《むぞうさ》に発砲する。乾《かわ》いた銃声《じゅうせい》の直後、セイラーがどさりと倒《たお》れ伏した。

「！」

床に血の染《し》みが拡《ひろ》がっていく。『むう……』と小さなうなり声。

「逃げろ……変なメイド」

「セイラーさん!?　いや！　しっかりしてください！」

「なにがなにやらわからんが……とにかく逃げろ……」

「だめです！　すぐに手当を——」

「手当の必要はない」

セイラーに取りすがるテッサに、ハリスは冷然と銃口を向けた。

「どうせこの船は沈《しず》むのだ。私が〈アマルガム〉の幹部《かんぶ》なら、そうするだろう。この季節の海に放《ほう》り出されれば、どの道助からんよ」

「なんて人。仮《かり》にも囚《とら》われの身のあなたを、正義感《せいぎかん》から救い出した相手ですよ……！」

にらみ付けると、ハリスは肩《かた》をすくめた。

「知らないね。ヒーロー気取りで暴《あば》れたかっただけだろう。くだらない男だ。それに、忘《わす》れてもらっては困《こま》る。この男や乗員乗客を巻き込んだのは、ほかでもないおまえたち〈ミスリル〉だ」

「………」

「もう時間がない。チドリ・カナメを捕《つか》まえるのは諦《あきら》めたよ。代わりに、おまえを連れていくことにする。あの〈トゥアハー・デ・ダナン〉の艦長が手土産《てみやげ》なら、組織《そしき》も納得《なっとく》してくださるだろう」

脱出《だっしゅつ》する気だ。自分を連れて。船長が真っ先に、乗客と部下と船を見捨《みす》て、逃《に》げようとするとは。

「卑怯者《ひきょうもの》。あなたは船乗りの風上にもおけません……！　このセイラー艦長に比《くら》べれば、あなたこそくだらない男です！」

非難《ひなん》するテッサに、ハリスはにやにやしながらにじり寄った。

「まったく、私も馬鹿《ばか》だったよ。最初に展望甲板《てんぼうかんぱん》で叱《しか》りつけたときには、まるで気付かなかった。噂《うわさ》のテスタロッサ嬢《じょう》が、まさかここまで可憐《かれん》で、か弱く——力でねじ伏《ふ》せるのがたやすい小娘だったとはね」

男の腕《うで》が、彼女の襟首《えりくび》にぐっと伸《の》びた。

かなめは階段《かいだん》を駆《か》け上がる。

防錆用《ぼうせいよう》の塗料《とりょう》が塗《ぬ》られた白い手すりをひっつかみ、三段飛ばしで駆け上がる。屋上の甲板まで、あとどれくらいあるのだろうか。実際《じっさい》にはそれほどの高さではないはずなのに——いまのかなめには、この客船が一〇〇階建ての高層《こうそう》ビルのように思えた。

「休むな、走れ！」

彼女の背後《はいご》で宗介が立ち止まり、追跡者《ついせきしゃ》めがけて発砲《はっぽう》する。耳をつんざく銃声のせいで、彼らの怒鳴《どな》り声はかろうじて聞き取れるくらいだった。

「はあっ、はあっ……。まったく……！　誰なのよ、こんな作戦考えたのは⁉」

「君だって、君」

クルツが律儀《りちぎ》にツッコミを入れつつ、サブマシンガンを撃《う》つ。宗介とクルツの二人は、テンポ良く交互《こうご》に入れ替《か》わりながら、かなめに追いすがる〈アラストル〉に銃弾《じゅうだん》を叩《たた》きこんでいた。

「ウルズ7より各位！　これからジョギング・トラックに出る！　こちらを撃つなよ!?　目視《もくし》できる敵《てき》は現在《げんざい》三体……いや、いま四体に増えた！　チームE《エコー》は右舷《うげん》側から——」

宗介が早口で味方と通信する。かなめは息を切らしながら、階段の最上段を踏み越えて、ぶつかるように正面の扉《とびら》を開け放った。

「……っ！」

やっと屋上まで来た。そう思った瞬間《しゅんかん》、目の前に一機の〈アラストル〉が立っていた。

（さ、先回り……!?　しまっ——）

彼女につかみかかろうとした〈アラストル〉に、横あいから銃弾が降《ふ》り注ぐ。防弾材のきしむ耳障《みみざわ》りな音と、跳弾《ちょうだん》の火花が彼女に襲《おそ》いかかった。

「こちらチームG《ゴルフ》！　どうにか間に合った。エンジェルを急いで待避《たいひ》させ——っていうか、聞こえてるだろ、カナメ！　走れ、走れ、走れ!!」

わずか五メートル右手、フィットネス・センターへと続く通路の角で銃を構《かま》え、〈ミスリル〉の隊員——もうヤンという名前は覚えていた——がこちらに怒鳴った。

「あっ……」

「急げ！」

かなめの体を抱《かか》えるように、宗介がヤンたちとは逆《ぎゃく》方向へ走る。正面の〈アラストル〉

がヤンたちに反撃《はんげき》しようとすると、クルツが発砲し注意を逸《そ》らす。どうにか敵の手を逃《のが》れたかと思ったところで、別の〈アラストル〉が暗やみからあらわれ、かなめと宗介に突進《とっしん》する。

次から次へと出現し、追いすがる敵。いったい何匹《なんびき》いるのだろうか。まったく、息付く間もない。

いま、かなめたちがやってきたのは、船の上層部――広大な屋上の甲板だった。二面のテニスコートとバスケット・コートがある。かなめ自身、改めてこの船の大きさに呆《あき》れてしまった。

「走れ！　早く――っ!?」

瞬間《しゅんかん》、振《ふ》り返ると、一機どころか三機の〈アラストル〉に襲いかかられて、ヤンたちがあたふたと逃げ出すのが見えた。クルツも襲われた。敵の銃撃が雨と注ぐ。彼はきわどいところでベンチの陰《かげ》に飛び込《こ》み、至近距離《しきんきょり》の着弾に追われるように、暗やみの中を駆《か》けぬける。

「止まるな！　行け！」

かなめはがむしゃらに走った。脚《あし》がもつれて転倒《てんとう》したが、宗介が容赦《ようしゃ》なく彼女の腕《うで》をつかみ、引きずるようにして走り続けた。『痛《いた》い』だの『放して』だのと抗議《こうぎ》しても、彼はまったく聞き入れてくれなかった。

「立て、戦友！　ゴールは近いぞ！」

宗介が叱咤激励《しったげきれい》する。

戦友。まったく、異性《いせい》関係ではとうてい使いようもない、無骨《ぶこつ》で泥臭《どろくさ》い呼《よ》びかけだ。そうは思いながらも、かなめはしぶしぶ納得《なっとく》していた。――まあ、〝ハニー〟だの〝ダーリン〟だのと呼《よ》び合うより、自分たち二人には、こちらの方がよほど似合《にあ》ってるかもしれない。

とはいうものの、この境遇《きょうぐう》は……！

「なんってクリスマスかしらっ!!」

銃声《じゅうせい》と爆音《ばくおん》と怒鳴り声の中、かなめは天に向かって叫《さけ》んだ。

OK、この際《さい》だ、認《みと》めてもいい。あたしはこいつに恋してる。なぜか、いまだけはそう確信《かくしん》できる。この信頼感《しんらいかん》。この銃火の中だからこそ、こればっかりは否定《ひてい》できない。

さて、今夜はクリスマスだ。

いまごろ日本中の普通《ふつう》のカップルは、うっとり愛を語らってることだろう。美しい夜景と情感たっぷりな音楽。すてきなディナーと、ムーディな会話。山下達郎の歌に出てくるような、そんな情景《じょうけい》だ。自分もちょっとは、そういうのに憧《あこが》れていたのに。

ところが、あたしとこいつと来たら！

得体の知れないロボットに追われ、至近距離の跳弾にひるみながら、一心不乱《ふらん》に走っている。ずぶぬれになって、逃《に》げ回っている！

こんなカップル、聞いたことがない！

「前世よ！　きっとあんたかあたし、どっちかが前世でひどい悪党《あくとう》だったのよ‼」

「よくわからんが、問題ない！」

「大ありよ‼　あたしの青春は――一七歳《さい》の聖夜《せいや》はどうなるの⁉」

「そうか？　いかにも君らしい夜だと思うぞ」

「もうやだぁ――――っ‼」

「なぜ笑う？」

「泣いてんのよっ‼」

そこで二人は立ち止まった。

正面は壁《かべ》だった。彼らの前にはファンネルと呼ばれる煙突《えんとつ》が、天に向かってそびえ立っている。後ろは開けたテニスコートだ。息を切らして振り返ると、ざっと数えて一一機の〈アラストル〉が、扇状《おうぎじょう》に二人を取り囲んでいた。

無線でクルーゾーが告げる。

『ウルズ1よりウルズ7へ。ほとんどのチームが弾薬《だんやく》切れだ。もはや援護《えんご》はできない。幸運を祈《いの》る』

「ウルズ7了解《りょうかい》」

じりじりと、一機の〈アラストル〉が間合いを詰《つ》めてきた。腰《こし》を深く落とし、いつでも飛びかかれる姿勢《しせい》だ。腕のマシンガンがせり出して、宗介たちに照準《しょうじゅん》を合わせる。

「追いつめられたわ」

「そうだ。予想通り、予定通りに」

どこか頭上で、かすかに金属《きんぞく》のきしむ物音がしたが、かなめはそれをほとんど聞いていなかった。宗介の腕にしがみつき、〝死刑執行者《アラストル》〟たちの群《む》れを見渡《みわた》す。

「きっと殺す気よ」

「そうならないと保証《ほしょう》したのは、君だろう」

「自信なくなってきた。それにあたしはともかく、あんたはヤバいでしょ⁉」

取り乱《みだ》すかなめには答えずに、宗介は無線機にぼそぼそと呼びかけた。

「ウルズ7だ。到着《とうちゃく》しているな？」

ややあって、応答《おうとう》。低い男の合成音声だった。

『肯定《アファーマティブ》。配置につきました。ずっと出番がないのでは、と心配していました』

「俺《おれ》はそういう人間ぶった喋《しゃべ》り方はやめろと、何度も言っている」

『私はこういう危機的な状況《じょうきょう》のときこそジョークが必要だと、何度も忠告してきました』

「…………。無事に済《す》んだら、今度こそ解体《かいたい》してやる」

『遺憾《いかん》ながら軍曹《ぐんそう》、あなたにその権限《けんげん》はありません』

〈アラストル〉たちが身構《みがま》えた。いまにも襲いかかってくる。宗介は舌打《したう》ちしてから、無線の相手にこう告げた。

「来るぞ。ターゲットへの発砲《はっぽう》を許可《きょか》する。撃《う》て、撃て、撃て!!」

『ラジャー。Fire at will‼』

宗介が〝貴様《きさま》に意志《ウィル》などあるか〟とつぶやいたが——その言葉は、これまでとは比《くら》べものにならない轟音《ごうおん》にかき消された。

突如《とつじょ》、かなめと宗介の頭上、煙突《ファンネル》の上から、大口径の12・7ミリ弾が火の雨となって降り注いだ。宗介たちが使っていたライフルやサブマシンガンなど、問題にならない威力《いりょく》の弾丸だ。車の頑丈《がんじょう》なエンジンでさえ、この弾頭はたやすく撃ち抜《ぬ》く。人間向けではなく、軽装甲《そうこう》の軍用車輌《しゃりょう》の破壊《はかい》のための弾なのだ。

その弾丸が、秒間三〇発の速度で大量にばらまかれた。

すさまじい天からの弾幕《だんまく》が一往復《おうふく》する。隊列の右から左へ。さらに左から右へ。

かなめをかばって伏《ふ》せる宗介に、ぱらぱらと小さな破片《はへん》が降《ふ》り注ぐ。二人を取り囲んでいたロボットの群れは、その一瞬《いっしゅん》で破壊された。

何機かのロボットは自爆装置《じばくそうち》を作動させたようだったが、コートの隅《すみ》の排水溝《はいすいこう》に伏せていた宗介たちに、傷《きず》を与《あた》えることさえできなかった。

ほとんどが、木《こ》っ端微塵《ぱみじん》だ。

ただ一機、どうにか致命傷《ちめいしょう》を免《まぬか》れていた〈アラストル〉が、残った手足を動かして、どうにか目標のかなめと、その前に立ちふさがる宗介に近付こうとしたが――

その機械の体が、突然、見えない巨大《きょだい》なハンマーに叩《たた》きつぶされたように、ぺしゃんこになった。その上の空間が、ゆらりと陽炎《かげろう》のように揺《ゆ》れる。

『すべてのターゲットを完全破壊。命令を』

無線の声が言った。

「撃ち方やめ《シーズ・ファイア》。マスター・モード4で警戒待機《けいかいたいき》」

『ラジャー。ホールド・ファイア。モード4、ステイ・アラート、レディ』

「ECS解除《かいじょ》」

『ラジャー。ECS、オフ』

容赦《ようしゃ》なく叩きつぶされ、見る影《かげ》もなくなった残骸《ざんがい》の上――その空間に、青白い光の染みが広がった。空間の染みはみるみると形を取っていき、やがて、一つのASの姿《すがた》に変転した。

ARX—7〈アーバレスト〉だ。

黒煙《こくえん》のたちこめる中、最後の〈アラストル〉を踏《ふ》みつぶしたまま、膝《ひざ》をついた姿勢《しせい》で、テニスコートに鎮座《ちんざ》している。

「っ……。すごい」

銃声《じゅうせい》の耳鳴りに顔をしかめつつ、かなめは思わずうなってしまった。

船で唯一《ゆいいつ》のこの開豁地《かいかっち》に敵《てき》をおびき寄《よ》せ、まとめて始末する作戦を彼女が話すと、宗介たちは〝上空のヘリに搭載《とうさい》されているASを使う〟と言っていた。だが知ってはいても、ASの圧倒《あっとう》的な火力には驚《おどろ》くばかりだった。

しかも、生身の人間があれだけ手こずった〈アラストル〉を片《かた》づけたのは、〈アーバレスト〉の頭部に搭載された二基の12・7ミリ機関銃だけなのだ。この固定武装《ぶそう》は、AS同士の戦闘《せんとう》ではほとんど役に立たない、低威力《ていいりょく》の装備《そうび》だった。

もっと高威力の装備——ASが『手』で使う40ミリ・ライフルや57ミリ散弾砲の破壊力を想像《そうぞう》すると、それだけで頭がくらくらとした。この運動性《せい》と、この火力。ASが〝最強の陸戦兵器〟と言われるのも、あながち誇張《こちょう》ではないのだろう。

「終わったの?」

「ああ。見晴らしが良くなったな」

黒煙《こくえん》の中で立ち上がり、宗介が腰《こし》に両手をやってつぶやいた。

「あのいかがわしいASの後ろ姿がなければ、もっと見晴らしがいいのだが」

「はあ……」

安心するやら驚くやらで、かなめがぽかんとしていると、無線を通じて〈アーバレスト〉が答えた。

『軍曹殿《ぐんそうどの》。その〝いかがわしいAS〟とは、私とこの機体を指しているのでしょうか?』

「推論《すいろん》してみろ」

『完了《かんりょう》。結果をお知らせしますか?』

「興味《きょうみ》ない」

『ラジャー。私とこの機体が発揮《はっき》した自律《じりつ》戦闘機能《きのう》に対して、評価《ひょうか》があれば入力を』

「ご苦労だった。以上」

『教育メッセージ。〝ご苦労だった〟の意味を教えてください』

「推論してみろ。それから、命令するまで黙《だま》っていろ」

『ラジャー。不本意ではありますが』

「俺は黙れといった」

『ラジャー』

〈アーバレスト〉のAIは沈黙《ちんもく》する。

黙ってやり取りを聞いていたかなめは、ヘンな操縦兵《オペレータ》とASね……と思った。なんとなく、普段《ふだん》の自分と宗介の会話を連想させる。

（ああ、そうか）

かなめは内心で納得《なっとく》した。

このラムダ・ドライバ搭載型ASは、できるだけ搭乗者に近付くように設計《せっけい》されているのだ。搭乗者の心理や感情《かんじょう》を把握《はあく》して、できるだけシンクロしようとする。ただ、それはコピーになろうとするのではない。〝息を合わせる〟のだ。それが進めば進むほど、この機体はオムニ・スフィアからの連鎖《れんさ》反応《はんのう》をより効率《こうりつ》的に増幅《ぞうふく》できる。最初から限《かぎ》られた機能しか与《あた》えられていない敵のものに比《くら》べて、このARX―7のそれは、ある意味たくさんの可能性《かのうせい》を持っているのかもしれない。

この機体を作った人――テッサの話じゃ、バニっていったっけ――彼は、なるほど、有能でロマンチストだな。テッサが好きだったのも、わかる。

「……千鳥？」

　宗介の声で、我《われ》に返る。その思考は、一瞬《いっしゅん》の光のまたたきだった。

「え？」

「どうした。怪我《けが》はないか」

「あ……うん。大丈夫《だいじょうぶ》。それより学校のみんなは？　それからテッサが——」

　次の瞬間、新たな思考の奔流《ほんりゅう》を感じて、彼女は身をこわばらせた。

　カナメさん。何度もごめんなさい。うまくいったんですね。よかった。でもまずいことになりました。いますぐH21の右舷《うげん》側の通路に、衛生兵《えいせいへい》を派遣《はけん》してください。負傷者《ふしょうしゃ》がいます。輸血用《ゆけつよう》の血液《けつえき》がたくさん要ります。このままだと、セイラーさんが死んでしまいます。

（テッサ……？）

　C16の展望甲板《てんぼうかんぱん》に部下をよこして欲《ほ》しいところだけど——たぶん、もう間に合いません。ハリスは私を連れて、脱出《だっしゅつ》の準備《じゅんび》を終わりかけています。もしかしたら、これでお別れかもしれません。

（テッサ……!?）

　自分の無力が恨《うら》めしいです。わたしにもあなたのような強さがあったらいいのに。みんなの力になってあげてください。わたしの代わりになれるのは、たぶん、あなただけです。

それにサガラさんとのこと……ああ……これ以上は……

「テッサ⁉」

共振《きょうしん》はそれきりだった。

右頬《みぎほお》の痛《いた》みと、手錠《てじょう》の痛み。そして、あの船長のいやらしい笑《え》顔《がお》の印象だけが、彼女の中に残った。

5：眠れない聖夜

一二月二四日　二三三五時（日本標準時《ひょうじゅんじ》）
伊豆《いず》諸島沖《しょとうおき》の海中　シャーク1

散布済《さんぷず》みのソノブイから、敵《てき》の情報《じょうほう》を受け取っていた〝シャーク1〟は、〈トゥアハー・デ・ダナン〉が苦しまぎれの欺瞞《ぎまん》機動をとっていることを察知した。針路《しんろ》と速力を頻《ひん》繁《ぱん》に変更し、こちらの目標運動析解《TMA》を狂《くる》わせようとしているのだろう。

愚《おろ》かな選択《せんたく》だった。水中戦の教本を守っただけの戦術《せんじゅつ》が、この〈リヴァイアサン〉に通用するとでも思っているのだろうか。

浅海用《せんかいよう》の暗号回線を開き、シャーク1は部下たちに命令した。

B240、D300、コード13。

針路二四〇。深度三〇〇まで潜航《せんこう》し、目標を三方から攻撃《こうげき》せよ。超《ちょう》高速魚雷《ぎょらい》の使用を許《きょ》可《か》する。

一〇秒後、僚機《りょうき》から『了解《りょうかい》』の信号。

シャーク1の後席に座《すわ》る〝副機長〟が、火器管制《かんせい》システムを活性化《かっせいか》させる。

〈リヴァイアサン〉に搭載《とうさい》された兵器は、〝嵐《ブーリア》〟というソ連生まれの超高速魚雷だった。

その速度は一二〇ノット。西側の現用《げんよう》魚雷の、二倍以上の速さで敵に迫《せま》る。あの〈トゥアハー・デ・ダナン〉でさえ、この〝ミサイル〟の追尾《ついび》を振《ふ》り切ることは不可能《ふかのう》だ。

彼我《ひが》の距離《きょり》が最適《さいてき》の射程《しゃてい》に入ったことを、機体のAIが文字情報で知らせる。味方の二機も、ちょうど同様の距離まで侵入《しんにゅう》していた。三方向から〝嵐《ブーリア》〟の攻撃を受ければ、潜水艦《かん》にしては敏捷《びんしょう》な部類に入る〈デ・ダナン〉でも、なす術《すべ》はない。

彼は最終安全装置《そうち》を解除《かいじょ》して、トリガーを引き絞《しぼ》った。

重い衝撃《しょうげき》。〈リヴァイアサン〉の腹《はら》に抱《だ》かれていた超高速魚雷が、発射管を飛び出していく。〈デ・ダナン〉めがけて。

(たやすい。実にたやすい……)

シャーク1はほくそ笑んだ。

さらに彼は、〈パシフィック・クリサリス〉のいる海域《かいいき》を目標に、次の兵装の準備《じゅんび》をはじめた。こちらは通常型《つうじょうがた》の魚雷で充分《じゅうぶん》だ。

あの船にだれが乗っているのかは知らない。別に知りたいとも思わない。命令の通りに、

〈トゥアハー・デ・ダナン〉

破壊《はかい》するだけだ。

〈デ・ダナン〉の甲板士官《かんぱん》——ゴダート大尉《たいい》は、表向き平静を装《よそお》っていたが、胸《むね》の中では心臓《しんぞう》がばくばくと激《はげ》しく鳴っていた。

ほとんど絶望《ぜつぼう》的な戦闘《せんとう》というのは、突然《とつぜん》、なんの前触《ぶ》れもなくやってくる。ほんの数分前までは、ベストの状態《じょうたい》のこの艦をおびやかす敵など、この海にはまったく存在《そんざい》しないと信じ切っていたのに。それがいまでは！

敵の速力は五〇ノット以上。それが三隻《せき》。

おそらく、最大速力はこの艦よりも上だろう。そしてこの敵は——なんたることだろうか——戦闘の鉄則《てっそく》を大胆《だいたん》にも無視《むし》してきた。ひそかに忍《しの》び寄《よ》り、背後《はいご》から確実《かくじつ》な攻撃を加えようとは考えていないのだ。

（一撃離脱《りだつ》が狙《ねら》いか）

常識《じょうしき》はずれの高速で迫り、持ちうる攻撃力を一気に叩《たた》きこむ。そしてそのまま、速力に物をいわせて戦域から離脱する。きわめて短時間に。普通《ふつう》の潜水艦では不可能な戦術だが、あの敵にはそれができる。この〈デ・ダナン〉の性能を知らなければ、ゴダート自身もそんな戦術が可能だということを信じようとはしなかっただろう。

どう考えても、圧倒《あっとう》的に不利だ。

魚雷並《な》みの機動性を持つ小型艦に対して、〈デ・ダナン〉はあまりにも図体《ずうたい》が大きい。図上演習《えんしゅう》でこんな状況《じょうきょう》が提示《ていじ》されたら、勝つ見込《みこ》みはまったくないだろう。そもそも、こんな戦闘は想定されたことがない。

副長のマデューカス中佐《ちゅうさ》の様子を、ゴダートはちらりとうかがう。中佐は発令所の中央に棒立《ぼうだ》ちして、陰鬱《いんうつ》な表情のまま押《お》し黙《だま》っていた。これまでのデータから、敵艦の能力を推《お》し量《はか》っているのだろう。

その暗い横顔が、ゴダートをますます不安な気持ちにさせた。

（なんてこった……）

敵の動きは直線的だった。自らの勝利を確信している。あの傲慢《ごうまん》さはなぜだろうか？搭載された兵装もまた、常識はずれの性能なのか？

その疑問《ぎもん》に、ソナー室が答えた。

『コン、ソナー！　魚雷《トーピード》！　方位〇―四―九！　M13《マイク》からです！』

「種類はわかるか。速度もだ」

敵《てき》の攻撃《こうげき》に驚《おどろ》きもせず、マデューカスが言った。

『待ってください……バカな。速すぎる。おそらく、一〇〇ノット以上……!? こんな魚《ぎょ》雷《らい》はありえない。いったい――』

「〝嵐《ブーリア》〟だ」

「ブーリァ？」

副長の言葉に、ゴダートは眉《まゆ》をひそめる。

「ソ連製《せい》の超《ちょう》高速魚雷だ。気泡《きほう》の膜《まく》をまとって、ロケット・モーターで推進《すいしん》する。誘導《ゆうどう》方式は有線式だろう。情報部《じょうほうぶ》の仕事も、たまには役に立つようだな」

「で……ですが副長、正体が分かったとしても、あの速度では振り切れません」

「もともと、艦《ふね》が魚雷を振り切ることの方がおかしいのだ。大騒《おおさわ》ぎすることではない」

「しかし……！」

マデューカスがゴダートをじろりとにらんだ。

「あわてるな、大尉。君があわてると私はいらつく。私がいらつくと艦が沈《しず》む。残念ながら今回、諸君《しょくん》に戦術《せんじゅつ》のなんたるかを伝授《でんじゅ》しながら戦う時間はない。考えずに従《したが》え。すばやく、忠実《ちゅうじつ》に」

「は……はい」

「けっこう。では針路《しんろ》一―三―六。六〇ノットまで、ゆっくり速力をあげていけ。キャビテーションは気にするな。三番、魚雷発射管扉《はっしゃかんとびら》を解放《かいほう》しろ。あらゆる安全装置《そうち》を解除《かいじょ》」

「あ……アイ・サー」

各自が命令を復唱《ふくしょう》する。

《接触《せっしょく》まで推定、六〇秒》

複雑《ふくざつ》な目標運動析解《TMA》を随時《ずいじ》にこなす、マザーAIが死刑《しけい》の秒読みを始める。それに追い打ちをかけるように、ソナー室が叫《さけ》んだ。

『さらに魚雷！　M14とM15から一本ずつ！　同じ高速魚雷です！　方位はそれぞれ〇―六―八と〇―八―九！』

いま〈デ・ダナン〉に襲《おそ》いかかっている敵の魚雷は、あのペリオ諸島でアメリカ海軍の潜水艦《せんすいかん》が使った魚雷とは桁違《けたちが》いの性能《せいのう》だ。一本でさえ避《よ》けられるかどうかなのに――それが三本、三方向から迫っている。

時間もない。あと五〇秒かそこらだ。

それでもゴダートの目から見て、マデューカスにうろたえた様子はなかった。一見無意味な数列を前にした暗号学者のように、多目的スクリーンをむっつりと凝視《ぎょうし》している。

そのデータのすべてが、艦に逃《に》げ道などないことを示《しめ》していた。

しかし——ゴダートは思った——副長には、われわれに見えないなにかが見えているのではないのか……？

「速力、五〇ノットに達しました」

『M13からの魚雷《ぎょらい》の針路は？』

「二—二—一です」

いま、〈デ・ダナン〉は敵の魚雷とほぼ直角の針路を進んでいる。敵魚雷は少しずつ針路を修正《しゅうせい》し、まっしぐらにこちらへと接近していた。

「あと……四〇秒！」

するとマデューカスは、レストランでランチ・メニューを注文するかのように、気負いのない声で言った。

「頃合《ころあ》いだな。機関停止。取り舵《かじ》いっぱい。針路〇—四—五」

「アイ・サー！　機関停止！　取り舵いっぱい！　針路〇—四—五！……って、ええっ⁉」

命令を忠実に実行しながらも、発令所要員のほとんどが血相を変える。なにしろ、マデューカスが指示《しじ》したのは、こちらに襲いかかってくる魚雷に、真っ正面から向かうコースだったのだ。

「火器管制《かんせい》。針路が〇―四―五に達したら、三番の魚雷を発射しろ」

「し、しかし距離《きょり》が、安全装置が――」

「あと五度だぞ」

「アイ・サー！……三番、発射！」

発射管から魚雷が射出される。すかさずマデューカスは命じた。

「機関始動、逆進《ぎゃくしん》、最大。ＥＭＦＣ作動」

「フル・リバース！」

「ＥＭＦＣ、コンタクト！」

巨大《きょだい》な艦が急減速《きゅうげんそく》した。発射した魚雷から全速で遠ざかり、ほどなく停止、さらに後退《こうたい》をはじめていく。だがすでに敵の高速魚雷は、すぐそこまで迫《せま》っていた。

あの高速魚雷を、迎撃《げいげき》する気なのだろうか？

ゴダートは真っ青になった。あれほどの高速で接近する敵魚雷を、こちらの魚雷で迎撃することは不可能《ふかのう》だ。大きな水圧《すいあつ》のかかる水中では、魚雷の爆発力《ばくはつりょく》がおよぶ半径は、ごくわずかな範囲《はんい》になる。数十メートルの範囲に破片《はへん》と爆風をまき散らす対空ミサイル同士の迎撃とは違って、ほとんど正確《せいかく》に魚雷を命中させなければ被害《ひがい》は与《あた》えられないのだ。それは時速一五〇キロの剛速球《ごうそっきゅう》を、目隠《めかく》しのバッターが音だけを頼《たよ》りに打ち返そうとするようなものだった。

副長がそれを知らないわけがない。だったら、なぜ――

「全員、衝撃《しょうげき》に備《そな》えろ」

艦内放送のマイクで淡々《たんたん》と告げながら、マデューカスはすぐそばの艦長席のアームレストを握《にぎ》った。ゴダートもあわててそれに習う。

正面スクリーンの中で、迫り来る敵《てき》魚雷のマークと、たったいま射出した魚雷が、あと数秒で接触する距離になった。

「FCO。冷静かね？」

「は……はい！」

うわずった声で火器管制官が応《おう》じた。

「けっこう。では、三番の魚雷を自爆させろ。いますぐ」

「アイ・サー！」

こちらの魚雷が、敵魚雷の手前で爆発した。艦のすぐ目の前だ。すさまじい爆音と衝撃が〈デ・ダナン〉に襲いかかる。数百発のジャブを食らったように艦が震《ふる》え、身構《みがま》えていたクルーたちの体を振《ふ》り回した。

「……っ、うっ!!」

ゴダートは生きた心地《ここち》がしなかった。自分の椅子《いす》にしがみつきながら、その視線を断続《だんぞく》的に瞬《また》く正面スクリーンに注ぐ。

迎撃は失敗だろう。こちらの魚雷の爆発は、敵魚雷に達する前だった。無数の気泡《きほう》が生み出す激《はげ》しいノイズで、その存在《そんざい》を確認《かくにん》することはできなかったが、まだ生きているはずだ。そしていまも、この艦《かん》目指して高速で向かっている。

計算では、あと一秒——

「次だ。逆進を停止。前進、三分の二。針路《しんろ》〇—六—七。潜望鏡《せんぼうきょう》深度まで浮上《ふじょう》しろ」

騒音《そうおん》の中、マデューカスが告げる。その声は、すでに戦いの次の段階《だんかい》へと移《うつ》っていた。

「え……？」

ゴダートをはじめ、クルーのほとんどが目を疑《うたが》っていた。

敵の高速魚雷は消滅《しょうめつ》していた。あらゆるデータがそれを示《しめ》している。こちらの魚雷は、命中しなかったはずなのに。

「一発目はクリアした。次、二発目と三発目が来る。同様のやり方で迎《むか》え撃《う》つ。それから次の迎撃と同時に、すべてのＭＶＬＳから〈マグロック〉を海上に発射《はっしゃ》する。私の言うとおりに座標《ざひょう》をセットしろ。いいか——」

〈シャーク1〉

シャーク1の機長は驚《おどろ》いていた。トイ・ボックスめがけて発射した〝嵐《ブーリア》〟が、敵魚雷の爆発によって自壊《じかい》してしまったのだ。

「バカな……知っているのか？」

数少ない〈ブーリア〉の弱点。

すさまじい速度で水中を突《つ》き進む〝ブーリア〟は、その過程《かてい》で生じる大きな水の抵抗《ていこう》を押《お》しのけるために、大量の気泡の膜《まく》を身にまとって前進する。そのバランスはごく微妙《びみょう》なもので――ある一定の距離から、瞬間《しゅんかん》的な大爆発のインパルスをぶつけられると、たちまち無数の乱流《らんりゅう》に殴《なぐ》りつけられて、まっすぐ飛べなくなるのだ。

あたかも、きりもみ状態《じょうたい》に陥《おちい》った飛行機のように。一度バランスを崩《くず》すと、〈ブーリア〉は水の力に抗しきれず、自分の速度で真っ二つに折れてしまう。

その弱点を、あの〈トゥアハー・デ・ダナン〉の指揮《しき》官は見抜《みぬ》いていた――

シャーク1が驚く間もなく、敵艦は次の行動に移った。さらに接近《せっきん》するシャーク2と3からの二発の〈ブーリア〉を、〈デ・ダナン〉は同様のやり方で迎撃《げいげき》してしまった。

彼方《かなた》でいくつもの爆発《ばくはつ》が起き、耳障《みみざわ》りなノイズが深海の狂想曲《きょうそうきょく》を奏《かな》でる。無数の気泡が生み出した騒音に紛《まぎ》れ、〈デ・ダナン〉の航走音はまったく聞き取れなくなった。

（まずい）

敵が見えない。まず、こちらも減速《げんそく》し雑音《ざつおん》を消して、耳を澄《す》まさなければ。シャーク１は高速航行を停止した。やかましい乱流が消え失《う》せ、静寂《せいじゃく》に包まれた暗闇《くらやみ》の中で、シャーク１はソノブイからのデータに集中する。

どこにいるのかは分からないが、〈デ・ダナン〉はまだ生きているはずだった。爆発が起きた海域《かいいき》の近くで、息を潜《ひそ》めているにちがいない。だが攻撃《こうげき》行動をとれば、すぐに向こうの位置がわかるだろう。

「注意しろ。先に見つければ、こちらの勝ちだ……」

ついさっきまで騒《さわ》がしかった海域は、たちまち静寂の支配《しはい》する暗黒の空間になった。

味方の二機も、同様に速度を落とし、無音航走に切り替《か》えた様子だ。

「敵艦の周囲の気泡が晴れてきた。ソノブイからアクティブを打って、位置を確《たし》かめよう」

後席の副機長が告げた。

「よし。もう連中には打つ手がない。冷静に敵《てき》を追いつめろ」

うまく〈ブーリァ〉をやり過《す》ごしたようだが、もう同じ手は通じない。敵が攻撃行動をとれば、その前にこちらが敵の位置を察知し、今度こそ回避不可能《かいひふかのう》の一撃を加えることができる。接近戦を挑《いど》んでもいい。

いずれにしても敵艦は海の藻屑《もくず》だ。

「手こずらせやがって……くっく」

シャーク1がほくそ笑《え》んだその直後、新たな音源《おんげん》を探知《たんち》した。味方の二機――シャーク2とシャーク3を取り囲むように、それぞれ五つの大きな着水音。

空から、何かが投下されたのだ。

これは――

「マグロック!? いつの間に……!?」

マグロックとは、対潜水艦《せんすいかん》ミサイルのことだった。トマホーク・ミサイルやハープーン・ミサイルのように水中から発射され、海上を高速で飛翔《ひしょう》した後、ふたたび水中に突入《とつにゅう》してソナーを作動、敵潜水艦を捕捉《ほそく》し、撃破《げきは》する。

その〈マグロック〉を、〈デ・ダナン〉がいつのまにか大量に発射していたのだ。

普通なら、敵がそのミサイル群《ぐん》を水上に発射した音――大音響《だいおんきょう》だ――を察知することもできただろう。こちらは余裕《よゆう》を持って、事前に待避機動をとることができた。それで、敵は手詰《てづ》まりになるはずだったのだ。

しかし、シャーク1は〈デ・ダナン〉がそうしたミサイルを発射《はっしゃ》した音を、まったく探知できなかった。敵は〈ブーリア〉の迎撃で起きた爆発音を、隠《かく》れ蓑《みの》にしたのだ。猛烈《もうれつ》な衝撃波《しょうげきは》が襲《おそ》いかかり、大量の雑音が発生するわずかな時間を利用して――

「馬鹿《ばか》な……」

敵指揮官の冷静さ、剛胆《ごうたん》さを思い知らされ、シャーク1の機長は戦慄《せんりつ》した。

不意を打たれた味方の二機には、何らチャンスがなかった。わずか数百メートルの範囲《はんい》に、投網《とあみ》のように魚雷がばらまかれたのだ。その照準《しょうじゅん》もまた、神業《かみわざ》に等しい正確《せいかく》さだった。自慢《じまん》の高速性能《せいのう》を発揮《はっき》する間もなく、シャーク2と3は、〈デ・ダナン〉が撃《う》った大量の〈マグロック〉に捕捉《ほそく》され、撃沈《げきちん》された。

遠方から響《ひび》く仮借《かしゃく》ない爆発音とノイズが、それをはっきりと示《しめ》していた。

「ぜ……前進全速。針路《しんろ》二一七一五。このままだと、こちらもマグロックにやられるぞ！」

後席の副機長に告げる。苦々しい思いを振《ふ》り払《はら》うように、彼は思い直した。

だが、いい。すでにあの客船に向けて、もう一発のADCAPを発射してある。〈ブーリア〉とは異《こと》なる通常型《つうじょうがた》の魚雷《ぎょらい》だが、客船が相手ならそれで充分《じゅうぶん》だ。

着弾《ちゃくだん》まで、あと五分もかからない。最優先《さいゆうせん》の任務《にんむ》は果たしたも同然だ。〈パシフィック・クリサリス〉はこれから、数百名の乗客と共に沈《しず》む。

〈デ・ダナン〉もだ。復讐《ふくしゅう》してやる。

「北側から接近して、残りの魚雷で狩《か》る。もしそれをかわしたら、高速で肉薄《にくはく》して格闘《かくとう》アームで仕留《しと》める」

「わかった。思い知らせよう」

「敵の手札はこれで終わりだぞ。思い知らせてやる……！」

思わぬ損害《そんがい》を受けたが、残ったこの一機でも〈デ・ダナン〉は倒《たお》すことができる。見ているがいい。

〈トゥアハー・デ・ダナン〉

「M13《マイク》を再捕捉！　方位〇—三—一！　針路二—〇—五に加速を始めました！」

興奮《こうふん》を隠そうともせず、ソナー室が報告《ほうこく》した。

「さ……最後の敵が北から接近します、副長。もうマグロックは通じません」

つい数十秒前まで、自分が死ぬと信じ切っていたゴダート大尉《たいい》は、額《ひたい》にびっしりと浮《う》かんだ玉の汗《あせ》を拭《ぬぐ》い、マデューカスに言った。

敵魚雷の処《しょ》し方、その着弾間際《まぎわ》を利用した壮烈《そうれつ》な反撃の手段《しゅだん》——そうしたあれこれを目《ま》の当《あ》たりにしながらも、ゴダートは今度こそこちらに術《すべ》がないと思っていた。

「針路二—〇—五だな？」

それでも、マデューカスは冷静に言った。

『肯　定《アファーマティブ》！』

「速力は？」

『推定《すいてい》、五〇ノットです！』

「ふむ……」

それを聞いて、マデューカスはかすかに頬《ほお》をゆるめた。まるで目をかけてきた教え子が、期待していた通りの解答《かいとう》を出したときの教師《きょうし》のような微笑《びしょう》だった。

「そうだ、M13。貴艦がなお戦いを望むならば、その針路しか道はない——気の毒なことだがな……」

「副長？　それは……」

「大尉《たいい》。何のために、先んじてADSLMM《アドスリム》を射出しておいたと思うのかね？」

「あっ……！」

ＡＤＳＬＭＭ――ずいぶん前に、こっそりと発射しておいた自走式機雷が潜《ひそ》んでいる位置を思い出して、ゴダートは自分の額をぱちんと叩《たた》いた。

最後の敵《てき》は、いま、その機雷が隠れている海域《かいいき》へとまっすぐ進んでいた。

〈シャーク１〉

復讐心に燃えていたシャーク１は、自分の行く手に敵の〝賢《かしこ》い〟機雷が潜んでいることをまったく予想していなかった。

慎重《しんちょう》に、冷静に考えていれば、敵がやかましい航走をしていたときに、それを射出していた可能性《かのうせい》はあったのだ。それさえ分かれば、まだ逃《に》げることだけはできた。

だが、彼はそうしなかった。彼が海軍時代、かつての上官から冷遇《れいぐう》されたのは、家庭内暴力《ぼうりょく》という私生活の問題云々《うんぬん》もさることながら、むしろその蛮勇《ばんゆう》、その性向だったことを、彼は最後まで理解しなかった。

突然《とつぜん》、二本の自走機雷が行く手の水中にあらわれ、まっしぐらに接近《せっきん》してきた。

「な……」

〈リヴァイアサン〉の機動力でも、回避《かいひ》は間に合わない距離《きょり》だ。

あとわずか数秒。囮《おとり》の対抗手段《たいこうしゅだん》を射出《しゃしゅつ》したが、この近距離では何の役にも立たなかった。

後席の乗員が悲鳴をあげている。やかましい警報《けいほう》の鳴り響《ひび》くコックピットの中で、彼は毒づき、かつての上官への呪《のろ》いの言葉を吐《は》いた。

「マデューカス。あの野郎《やろう》」

それが最期《さいご》の言葉だった。〈デ・ダナン〉のスマート機雷《きらい》が間近で爆発《ばくはつ》し、シャーク1はばらばらになった。


〈トゥアハー・デ・ダナン〉


『ADSLMMの爆発音。M13は……撃沈《げきちん》！』

ソナー員の報告に、クルーたちはほっと胸《むね》をなで下ろした。映画《えいが》の一シーンのように、わっと喜ぶような余裕《よゆう》などなかったのだ。

ゴダートも半信半疑《はんしんはんぎ》だった。ひきつった微笑を浮《う》かべて、マデューカスの横顔をちらりとうかがう。

「ふ、副長……」

「敵は知っておくべきだった。私が指揮《しき》するこの艦《かん》を、たった三機のちっぽけな『水中戦《せん》闘機《とうき》』で倒《たお》そうとするのは、三人の歩兵が要塞《ようさい》に挑《いど》むようなものだということをな」

マデューカスは最初から、戦いがどのように運び、敵がどのように動くのかを、すべて見越《みこ》していたのだ。まるでチェスのように。なんという冷静さ、なんという豪胆《ごうたん》さだろうか。この上官の本当の実力を知り、ゴダートは言葉を失っていた。

「艦長がここにいれば、同じようにしていたことだろう。もっとも、彼女の命令なら、君もここまで肝《きも》を冷やすことはなかったかもしれんな、ゴダート」

いつもの調子で、ちくりと嫌《いや》みを言ってくる。

「いえ、その……恐縮《きょうしゅく》です」

「ふん。まあいい。それより……」

公爵《デューク》は帽子《ぼうし》を元の位置に戻《もど》した。

あのカリーニン少佐《しょうさ》や、その他のたくましい陸戦隊の男たちに引けを取らない存在感《そんざい》を見せていた指揮官は、いつも通りのくたびれた中年男に戻っていた。

「こちらはゲームセットだ。大至急《だいしきゅう》、陸戦隊への回線を開け。あちらの方が今はまずい。客船に魚雷が向かっている」


〈パシフィック・クリサリス〉

忙《いそが》しい時には、忙しいことが重なるものだ。

船内に出現《しゅつげん》した〈アラストル〉の群《む》れを始末したとたん、宗介《そうすけ》たち陸戦隊に〈デ・ダナン〉から新たな脅威《きょうい》が告げられた。

——敵の高速魚雷が接近中。推定《すいてい》、一分以内。至急、回避機動と乗客の避難《ひなん》をされたし。

「ったく、気楽に言いやがるな⁉　えっ⁉」

連絡《れんらく》を聞いたクルツが、天に向かって叫《さけ》んだ。その声をかき消すようにして、避難を告げる船内放送が鳴りひびく。

《すべての乗員乗客は大至急、右舷《うげん》側に避難してください。繰《く》り返します、右舷側です。素敵《すてき》な素敵なこの聖夜《せいや》に、善良《ぜんりょう》なる乗客の皆様《みなさま》をわずらわせるのは、まったくもって申し訳《わけ》ない次第《しだい》なのですが、万に一つの場合に備《そな》え、大至急、右舷の方向へ——》

「馬鹿《ばか》げた詫《わ》びはいいから、命令を繰り返せ！」

舷側《げんそく》の手すりにかじりつき、クルーゾーが無線機で船橋《ブリッジ》の部下に怒鳴《どな》っていた。

《ですがクルーゾー中尉《ちゅうい》。皆さんに迷惑《めいわく》をかけてる立場ですし、それなりの義理《ぎり》は——あ、しまった。スピーカーのスイッチが》

「貴様《きさま》っ……‼」

船内放送で大々的に本名を告げられたクルーゾーが、こめかみに青筋《あおすじ》を立てて拳《こぶし》を震《ふる》わせる。

「あー、なあ中尉。辛《つら》い立場なのはわかるけど、とにかく避難した方がいいと思うよ。魚雷がぶつかったら、このあたり、たぶん吹《ふ》き飛ぶだろうし」

クルツが背後《はいご》からなだめると、クルーゾーは舌打《したう》ちした。

マデューカスの指示《しじ》で、〈デ・ダナン〉ではすべてのヘリが救難仕様で待機している。事前に離陸《りりく》していたほかの輸送《ゆそう》ヘリは、魚雷の誘導《ゆうどう》を妨害《ぼうがい》する対抗手段《カウンターメジャー》を海上にばらまき、どうにか客船を守ろうとしていた。

しかし、この巨大な客船が敵《てき》の魚雷を回避するのは、ほとんど不可能《ふかのう》だ。

「全員、避難しろ。もはや打つ手なしだ」

『まだ打つ手はある』

外部スピーカーと無線の両方を通じて、宗介が告げた。振り返ると、テニスコートの真ん中で、操縦兵《オペレータ》を乗せたばかりの〈アーバレスト〉が立ち上がるところだった。

「って、どうする気だ、ソースケ？　おい」

たずねるクルツのすぐそば――魚雷《ぎょらい》が迫《せま》る左舷側へと機体を歩かせ、〈アーバレスト〉は真っ黒な海を凝視《ぎょうし》した。

　コックピットの中で音声命令スイッチを押《お》し込《こ》み、宗介が告げる。
「アル。すべてのセンサを無制限《むせいげん》で使用しろ。広域索敵《こういきさくてき》。海面下三〇フィートまでの熱源《ねつげん》を探《さが》せ」
《ラジャー。魚雷ですか？》
　機体のＡＩ、アルが応《おう》じる。
「そうだ」
《探知《たんち》しました。目標をＡ12《アルファ》に指定。一一時方向、距離《きょり》一〇〇〇。推定、毎時九〇キロ。接近中《せっきんちゅう》。三〇秒で接触《せっしょく》します》
「精密射撃《せいみつしゃげき》モード。すべての火器で迎撃《げいげき》する。誤差《ごさ》を調整しろ」
《水面下の目標に対して、本機は有効《ゆうこう》な照準補正《しょうじゅんほせい》データを持っていません》
「やるしかないだろう。集中しろ」
《ラジャー。精密射撃モード》
　暗視画面の中、緑色の海面の下を、白く輝《かがや》く『熱源』が接近してくるのが見えた。
　弾薬《だんやく》を惜《お》しんでいる余裕《よゆう》はない。宗介は照準を合わせると、ためらうことなく左右のトリガーを引いた。

手持ちの四〇ミリライフルと、頭部の一二・七ミリチェーンガンが火を噴《ふ》く。すさまじい轟音《ごうおん》に、足下《あしもと》でクルツたちが耳を押さえて、右舷側へと走っていった。

『チェーンガン』はもともと戦闘《せんとう》ヘリ用に開発された、三〇ミリの機《き》関砲《かんほう》だ。その機構《きこう》を縮小《しゅくしょう》し、発射速度を高めたのが、〈アーバレスト〉やM9の頭部に搭載《とうさい》されている機関銃《きかんじゅう》だった。つい今しがた、並《な》みいる〈アラストル〉の群れを片《かた》づけたのも、このチェーンガンだ。その発射速度は分速一八〇〇発。一秒数える間に三〇発もの大口径弾が吐《は》き出される計算だ。そのチェーンガンと、分速一二〇〇発の四〇ミリライフルの弾丸が、雨となって海面に注がれる。

それほどの射撃を浴びせても、接近する魚雷が針路《しんろ》を変えることはなかった。当たらないのだ。弾丸は海面に当たった瞬間《しゅんかん》、弾道を大きく狂《くる》わせてしまう。その威力《いりょく》も、せいぜい深度数メートルまでだ。

高速魚雷がまっしぐらに、〈パシフィック・クリサリス〉へと迫った。

《魚雷の迎撃は失敗。至急、待避を》

自機の安全を考えたのだろう。アルが撤退《てったい》を推奨《すいしょう》した。

だがそのとき、宗介はスクリーンに浮かぶ標的の映像《えいぞう》をにらみつけ、日頃《ひごろ》使うことのない想像力《そうぞうりょく》を働かせていた。

打つ手がない。船が沈《しず》められる。仲間が、学校のみんなが、そして千鳥《ちどり》が吹き飛ばされる。冬の海に放り出される。

そうはさせない――

その確《たし》かな自信と決意が、彼の機体に眠《ねむ》っていたシステムを、完璧《かんぺき》な形で起動させた。

《来ました。行けます。行動を、軍曹《サージ》》

まるで彼の気分を鼓舞《こぶ》するかのように、アルが手短かに告げる。

「飛び込むぞ！」

《ラジャー》

宗介とアルは、〈パシフィック・クリサリス〉の甲板《かんぱん》から目前の海へと身を投げ出した。

わずかな滞空《たいくう》。水面に落下した機体の泡《あわ》が、周囲で激《はげ》しく弾《はじ》けては消える。船体に撃《う》ち込んだワイヤーガンを使って、自身の位置を器用に調節しながら、〈アーバレスト〉は巨大《きょだい》な船体の生み出す乱流《らんりゅう》の中を泳いだ。

《魚雷が来ます。OK。位置はそのまま。いいですか？　カウント5。3……2……》

アルは宗介のテンポやムードを上手に捉《とら》え、完璧なタイミングで秒読みを告げる。ただのAIの力では、とても不可能《ふかのう》なメッセージだ。

正面、暗視スクリーンの真ん中に、高速で接近する魚雷。

《いま《ナウ》!》

スティックを握《にぎ》りしめ、右腕《みぎうで》のマスターアームをぐいっとひねる。機体がそれを忠実《ちゅうじつ》にトレースし、視界いっぱいに迫った魚雷めがけて、揺《ゆ》るぎない拳《こぶし》を繰《く》り出した。

大海が泡立ち、空間が歪《ゆが》む。

〈アーバレスト〉のラムダ・ドライバが起動して、見えない力場を真っ正面の魚雷に叩《たた》きこんだ。たちまち、目標はばらばらに打ち砕《くだ》かれ、爆発《ばくはつ》する。

魚雷の爆薬のエネルギーすべてが、反対側へとはじき返された。

海面に巨大な水柱が立ちのぼり、衝撃《しょうげき》の余波《よは》が船体を揺らす。激しいその力に〈アーバレスト〉の機体も翻弄《ほんろう》され、左腕から伸《の》びるワイヤーにしがみついた。

「…………っ!」

《成功。ラムダ・ドライバが起動しました。敵魚雷《てきぎょらい》は消滅《しょうめつ》。もしかしたら来るかもしれない次弾に備《そな》え、すみやかに気分を盛り上げましょう。やる気です。やる気が大切なのです》

「分かったから、黙《だま》っていろ!」

荒波《あらなみ》に揉《も》まれ、機体の姿勢制御《しせいせいぎょ》に四苦八苦しながら、宗介は怒鳴《どな》った。ワイヤーガンのアンカーがはずれ、航行中の客船から放り出されたら一大事だ。

ほどなく、爆発の乱流が収《おさ》まった。次の魚雷もないようだ。

宗介はほっとため息をつくと、機体のワイヤーガンを慎重《しんちょう》に巻《ま》き戻《もど》して、どうにか客船の甲板へと這《は》い上がっていった。


ピンチと窮地《きゅうち》はまだ続く。

〈アーバレスト〉が魚雷を阻止《そし》したとき、かなめはちょうどヤンたち何人かの〈ミスリル〉の兵士たちと一緒《いっしょ》に、右舷《うげん》側の展望《てんぼう》甲板へと走っているところだった。テッサの声を聞いた彼女は、手近な兵士に声をかけて、救命ボートのある区画へと急いでいたのだ。

そこに突然《とつぜん》、轟音と衝撃が襲《おそ》いかかる。船体が大きく右へと傾《かたむ》き、派手《はで》に転びそうになったかなめは、壁《かべ》にすがりついて叫《さけ》んだ。

「いまのは⁉」

「魚雷が命中したみたいだけど……妙《みょう》だ。大したことなさそうだな」

宗介と〈アーバレスト〉が、どうにか魚雷を阻止《そし》してくれたのだろう……かなめはそう考えて、立ち上がった。

「たぶん大丈夫《だいじょうぶ》。急ご！」

「？　あ、ああ」

ヤンが答え、一同はふたたび走り出す。

「それより確《たし》かなのかい⁉　大佐殿《たいさどの》が連れ去られるって――」

「間違《まちが》いないわ。あの船長が、救命ボートを使って――あそこよ！」

ジョギング用のトラックになっている甲板の先、いくつかの救命用ボートがぶら下がっている舷側《げんそく》のあたりを、かなめが指さす。

ヤンが前に出て、銃《じゅう》をまっすぐ構《かま》えた。

「下がって。僕《ぼく》の後ろに。敵が潜《ひそ》んでいるかもしれない」

すぐそばの案内図によれば、その場所に設置されているボートの数は五隻《せき》だった。だが、かなめたちが駆《か》けつけたとき、実際《じっさい》にあるボートの数は――四隻だった。

「一隻足りないよ。テッサが……！」

かなめがつぶやいたそのとき、同行していた兵士の一人が叫んだ。

「くそっ。一時方向、距離《きょり》五〇〇の海上！」

見ると、客船の照明に照らされた薄暗《うすぐら》い海のただ中を、全速力で離《はな》れていく一隻のボートがあった。

「遅《おそ》かった」

ヤンが悔《くや》しげにつぶやく。

「諦めちゃダメでしょ!?　なにか手を――」

「わかってる。――ウルズ9よりゲーボ9へ、聞こえるか？」

無線機で近くの上空を飛ぶヘリを呼《よ》び出す。その輸送《ゆそう》ヘリ――ゲーボ9は、すぐさま応《おう》答《とう》した。

「こちらゲーボ9、聞こえている」

「客船から脱出《だっしゅつ》した救命ボートがわかるか？　ここから北北西、距離は八〇〇メートル。大佐殿《アンスズ》が拉致《らち》された！　止めてくれ！」

そう言っている間にも、テッサを乗せたボートはみるみる遠ざかり、夜闇《よやみ》の中へととけ込んでいった。

MH―67〈ペイブ・メア〉汎用《はんよう》ヘリ
コールサイン〝ゲーボ9〟

「止めろだって？　どうやって!?」

〈パシフィック・クリサリス〉の南四キロの上空を旋回《せんかい》していた〈ミスリル〉の汎用《はんよう》ヘリ――MH―67〈ペイブ・メア〉の機長、エバ・サントス中尉《ちゅうい》は声を張《は》り上げた。

「テッサが乗ってるんでしょ？　攻撃《こうげき》なんてできないわ。彼女を巻《ま》き込んでしまう」

『エンジンだけを狙《ねら》って上手に撃《う》つとか、そういうことはできないのか⁉』

無線の向こうでヤンが怒鳴《どな》った。

「簡単《かんたん》に言うね。やってみるけど……ええい、くそっ。目標はまだか⁉」

サントスが叫ぶと、ヘリの赤外線センサを操作《そうさ》していた後席の電子戦要員がすぐさま応じた。

「待って……いま見つけました。方位三—四—〇、距離四〇〇〇。三〇ノットで移動中《いどうちゆう》」

「よし、左舷から回り込んで接近する」

サントス少尉はスティックを傾《かたむ》け、機体をボートへと急がせた。エンジンのタービンがうなり、〈ペイブ・メア〉は一気に目標に迫《せま》る。大きな荷物だった〈アーバレスト〉を下ろしたおかげで、機体はまるで軽戦闘機《せんとうき》のように俊敏《しゆんびん》だった。

一分も経《た》たない内に、海上を疾走《しつそう》するボートが暗視《あんし》ゴーグルの視界に入る。

「見えた。二番のミニガンを待機。間違ってもキャビンに当てるんじゃないよ」

「了解《りようかい》、機長！」

射撃《しやげき》を担当《たんとう》するクルーが威勢《いせい》よく応じる。白波を蹴立《けた》てて航走するボートの左側、おおよそ二〇〇メートルに位置すると、サントスは命じた。

「撃て！」

〈ペイブ・メアア〉の右舷《うげん》に備《そな》え付けられた、七・六二㎜のバルカン機銃が火を噴《ふ》く。秒間百発の銃弾《じゅうだん》の雨が、ボートの尻《しり》をかすめて、海面に無数の水柱を立てた。惜《お》しかったが、外れた。

「しっかり狙え！」

「波のせいで前後左右に――くそっ、大佐に当たっちまう。標的が早すぎます。エンジンだけなんて無理だ。もう少し近づけませんか⁉」

「わかった、やってみる――」

サントスが機体を傾けようとしたとき、異変《いへん》が起きた。救命ボートの針路《しんろ》上数百メートル――なにもなかった海上から、一条《いちじょう》の光が走ったのだ。

「対空ミサイル！」

だれかが叫《さけ》ぶ。

突如《とつじょ》として海上に現《あら》われたミサイルは、まっしぐらに空を駆け上り、サントスのヘリへと迫った。

「くっ……！」

スティックとサイクリックを乱暴《らんぼう》に動かす。囮《おとり》のフレアとチャフを空中にばらまき、

〈ペイブ・メア〉は急旋回した。海面めがけてダイブするような、荒っぽい機動だ。

きわどい。あと二秒。

至近距離《しきんきより》でミサイルが炸裂《さくれつ》した。

がくん、と右側に跳《は》ね飛ばされるような衝撃《しょうげき》。計器類がくるくると周り、エンジンとドライブ・シャフトが異様な金属音《きんぞくおん》をかき鳴らす。

たくさんの警報《けいほう》。副機長と電子戦要員ががなり立てる。

「二番エンジンに火災《かさい》発生！　電力低下！　油圧《ゆあつ》低下！」

「左舷ECSユニット全損《ぜんそん》！　左の安定翼《スタブ・ウイング》が吹《ふ》き飛ばされました！」

座席《ざせき》の角に頭をぶつけたショックにくらくらしながら、サントスはスティックの反応《はんのう》を冷静に確《たし》かめた。

「あわてるな。二番エンジンを停止。電力と油圧系統《けいとう》を副《サブ》に切り替《か》える。燃料供給《ねんりょうきょうきゅう》もだ。テールローターは生きてるわね？　目視できるか!?」

「肯定《アファーマティブ》！」

貨物室のクルーが答える。

「自動消火装置《そうち》は？」

「作動中」

大丈夫《だいじょうぶ》だ、まだ飛べる。あと数瞬《すうしゅん》、反応が遅《おく》れていたら、この機体は吹き飛ばされていたことだろう。危《あぶ》ないところだった。

さらに細かい損害制御《せいぎょ》を指示《しじ》しながら、アクティブのECCS（対ECSセンサー）を使って、ミサイルの飛んできた海域《かいいき》を走査《そうさ》する。

「くそっ……」

目標の正体が判明《はんめい》し、彼女は毒づいた。その海上に浮《う》かんでいたのは、ECSで身を隠《かく》していた、巨大《きょだい》な飛行艇《ひこうてい》だった。その翼《つばさ》の上から、歩兵携行《けいこう》用の対空ミサイルを発射されたのだ。飛行艇はあの〈アマルガム〉のものだろう。ECSを使って、いつのまにか、この海域に忍《しの》び込《こ》んでいたのだ。

二発目が来たら逃《に》げられない。テッサを助けたいのは山々だったが、その前に撃墜《げきつい》されてしまっては元も子もなかった。

「っ……待避《たいひ》する」

歯噛《はが》みしながら、ヘリを元来た方角へと向ける。サントスは、味方部隊に屈辱《くつじょく》的な報告《ほうこく》をするしかなかった。

夜闇《よやみ》を疾走するボートのキャビンで、テッサは手錠《てじょう》をかけられて、無力なまま座《すわ》っていた。こちらを追ってきた味方のヘリが、ミサイル攻撃《こうげき》を受けて遠ざかっていくのを、彼女は黙《だま》って見ているしかなかった。――あれはサントス中尉《ちゅうい》のゲーボ9だろう。けが人が出てなければいいのだが。

「フンフンフン、フーンフフーン、フーンフンフンフー、フーンフフーン……」

ハリスがボートの操縦席《そうじゅうせき》で、潮風《しおかぜ》を受けながら鼻歌を唄《うた》っている。ベートーベンの第九交響曲《こうきょうきょく》だ。

「クリスマスだぞ。楽しみたまえ」

くるりとこちらを振《ふ》り向き、ハリスは楽しそうに言った。

「実のところ、チドリ・カナメよりも君の方が入手の難《むずか》しいVIPなのだ。普段《ふだん》は手の届《とど》かない深海に隠れているのだからな。だが、私はついている。実に――ついている。私の船の施設《しせつ》を使えば、君の精神《せいしん》をとことん調べ尽《つ》くすことができたのだが……まあ、それは諦《あきら》めるしかないがね」

テッサは無言で相手を睨《にら》みあげる。

「おお、怖《こわ》い怖い」

ハリスは肩《かた》をすくめる。

「だが残念だよ。おそらく、私は君を直接《ちょくせつ》調べる役割《やくわり》からは外されるだろうからね。君の精神を丸裸《まるはだか》にして、奥《おく》の奥まで侵入《しんにゅう》したかった。その気丈《きじょう》な美しい顔が歪《ゆが》み、恥辱《ちじょく》に泣き叫《さけ》ぶ姿《すがた》が見たかった。醜《みにく》い憎悪《ぞうお》や恐怖《きょうふ》、そして淫猥《いんわい》な欲望《よくぼう》をさらけ出し——恍惚《こうこつ》として瞳《ひとみ》を潤《うる》ませ、浅ましくよだれを垂《た》らした君の顔を、本当に見たかったよ」

下卑《げび》た視線《しせん》をまっすぐに受け止めて、テッサは口を開いた。

「……順安《スンアン》でカナメさんを調べた施設が、あの船にあるのね？」

「その通り。世界中を周遊する客船だからね。例の手法で選出した各国の『候補者《こうほしゃ》』を拉《ら》致《ち》して、国外に連れ出すのには都合がいい」

「非効率《ひこうりつ》だわ。私なら——」

「そんな手は使わない。そう思うだろう？　そこがミソなんだよ。だからこれまで、まったく疑《うたが》われなかった。大衆化《たいしゅうか》が進んでいるとはいっても、ああした客船は普《ふ》通《つう》、無害なエリート層《そう》の乗るものだ。現地《げんち》の税関《ぜいかん》、公安、諜報《ちょうほう》機関、すべてがその手を弛《ゆる》めてしまう。〝まさか〟と思ってしまうのだ。君たちがあの船の正体に気付いた理由も——もうわかっている。おおかた、ミスタ・Fe《アイアン》の嫌《いや》がらせのおかげだろう」

「…………」

ボートのエンジン音が静かになった。

「さあ着いたぞ。快適《かいてき》な空の便がわれわれを待っている」

キャビンの窓《まど》から、ECSを解除《かいじょ》した巨大な飛行艇《ひこうてい》の翼が見えた。彼女を乗せたボートはゆっくりと旋回《せんかい》し、その飛行艇《ひこうてい》の右舷《うげん》へと横付けしていった。

「立て」

ハリスがテッサを引っ立てる。

乗り移《うつ》った飛行艇は、ジャンボ機並《な》みの大きさだった。五〇トンの戦車を、何輌《なんりょう》も運べるサイズだ。〈ミスリル〉で使用している輸送機《ゆそうき》——C—17〈グローブマスターII〉よりもはるかに大きい。

(ソ連製《せい》だわ……)

最近、情報部《じょうほうぶ》のレポートで見たことがある。これは海面で離着水《りちゃくすい》できる機体としては、世界最大のものだろう。さらに貨物室の機材を見て、彼女はこの飛行艇が、小型の船舶《せんぱく》を輸送してきたことも見抜《みぬ》いた。

「キョロキョロするな！　歩け！」

武装《ぶそう》した飛行艇のクルーが、テッサの背中《せなか》を小突《こづ》いた。

移乗《いじょう》が終わるなり、飛行艇はすぐさま加速を始めた。船底に波が当たり、機体が小刻《こきざ》みに揺《ゆ》れる。

妨害《ぼうがい》する者はいなかった。

巨大《きょだい》な飛行艇は海面を離《はな》れ、夜の空へと舞《ま》い上がっていった。

〈パシフィック・クリサリス〉


「逃《に》げられた」

無線機を切ると、クルーゾーは沈鬱《ちんうつ》な声で言った。

「大佐殿《たいさどの》が……敵《てき》に……」

「おいおい、なんとかならねえのかよ!? まだすぐそばだろ? 対空ミサイルかなんかで——」

声を荒《あら》らげたクルツを、クルーゾーが遮《さえぎ》った。

「撃《う》つのか? 彼女もろとも」

「うっ……」

クルツが声を詰《つ》まらせる。

敵の飛行艇は、もはや空の上だ。〈デ・ダナン〉の装備《そうび》する対空ミサイルで撃墜《げきつい》することは容易《たやす》いが、それではテッサも死んでしまう。

そもそも、あの飛行艇が〈パシフィック・クリサリス〉の近海に着水していたことに、気付けなかったのが敗北なのだ。だが、それもやむを得ないことだった。〈デ・ダナン〉は敵潜水艦《せんすいかん》と戦闘中《せんとうちゅう》だったし、サントス中尉《ちゅうい》たちのヘリも、その支援《しえん》と〈アーバレスト〉の輸送に集中していたのだから。あのときにECS装備の飛行艇に気付くことなど、どんな有能《ゆうのう》な兵士にも不可能《ふかのう》だった。

ロボットや魚雷《ぎょらい》は宗介が始末した。マオも『あとすこしで金庫が開く』と言ってきた。マデューカスも『海中の脅威《きょうい》はすでにない』と告げてきた。サントスのヘリも、墜落《ついらく》することはなさそうだ。人質《ひとじち》グループも、ほとんど怪我《けが》をしていない。一番ひどいのは、テッサと一緒《いっしょ》にいたアメリカ人だったが——手当てに向かった衛生兵《えいせいへい》の話では、彼も一命は取りとめそうだ。

みんな、ベストを尽《つ》くした。もうすぐ無事に撤退《てったい》できる。

だというのに、テッサだけが——

「くそっ！」

兵士の一人が悪態《あくたい》を付いた。

「なんてことだ。きょうは彼女の誕生日《たんじょうび》だってのに……」

『それは初耳だぞ』

〈アラストル〉の残骸《ざんがい》が散らばるテニスコートの真ん中で、なす術《すべ》もなく立っていたクルーゾーたち。そのすぐそばに膝《ひざ》をついてた、〈アーバレスト〉の宗介が外部スピーカーを介《かい》してだしぬけに言った。

『誕生日か。まったく、今日はいろいろと忙《いそが》しい日だな。——本当に忙しい』

「ソースケ……？」

一同のそばで肩《かた》を落としていたかなめが、顔をあげる。

「なにしれーっとしてるの？　テッサがさらわれちゃったのよ!?　なんだってまた、そんな気楽に——」

『いや。深刻《しんこく》なのは理《り》解《かい》しているが。聞けば、クリスマスというのはなにが起きても不思議ではない日だそうだな』

「……はあ？」

一同が眉《まゆ》をひそめると、宗介の代わりに〈アーバレスト〉の人工知《ち》能《のう》が言った。

『その通りです、戦友の皆《みな》さん。今日はクリスマス。ここ数日、私が受信してきたラジオ放送の情報によれば、なにが起きても不思議ではない日なのです。何事も、やる気が肝心《かんじん》です。さあ唄《うた》いましょう、妙《たえ》なる調べを。さあ讃《たた》えましょう、神の恩寵《おんちょう》を』

『——黙《だま》っていろと、何十回言えばいいんだ、貴様《きさま》は!?』

『失礼しました。とにかくわれわれの提案《ていあん》を、彼らにご説明ください、軍曹殿《ぐんそうどの》』

げた。

アルの淡々《たんたん》とした言葉に、宗介が舌打《したう》ちする。彼はそれから咳払《せきばら》いして、一同にこう告げた。

『クルーゾー中尉。……まずは〈デ・ダナン〉に連絡《れんらく》してください。浮上《ふじよう》してFAV−8《ファイブ・エイト》を出撃《しゅつげき》させて欲《ほ》しい。時間を稼《かせ》ぐ必要がある。それから、次に言う装備《そうび》を用意させてください。整備クルーの手際《てぎわ》が命だ。まずは——』

宗介が挙げた各種装備を聞いて、クルーゾーたちは目を丸くした。

「正気か？」

『もちろんです。アルに計算をさせましたが、可能だと出ました。むしろ問題は準備《じゅんび》のスピードです』

「危険《きけん》だぞ」

『是非《ぜひ》もありません』

クルーゾーは顎《あご》に手をやって、むっつりと考え込《こ》んでいたが——やがて顔をあげ、〈アーバレスト〉を見上げた。

「わかった。試《ため》してみよう」

彼は無線機のスイッチを入れた。すぐ近海をこちらに向かっている、〈デ・ダナン〉への回線を開き、細かい段取《だんど》りを告げていく。

その横で、黙ってやり取りを聞いていたかなめが、不安げに宗介を見上げた。

「そ……そんなことして、大丈夫《だいじょうぶ》なの？」

『わからん』

「だったら……！」

『君に話したいことがある』

「え……」

『さっき、気付いたばかりのことだ。心配するな。たぶん、いい話だ。だが、彼女をあのままにして、言いたくない』

〈アーバレスト〉の二つ目が彼女を見下ろす。機体の右手が動き、親指を立てて見せた。

『帰ってきたら、聞いて欲しい』

一二月二五日　〇〇一三時（日本標準時）
太平洋上空

窓際《まどぎわ》の席から、夜空に浮《う》かぶ月が見える。飛行艇《ひこうてい》は南西の方角へ旋回《せんかい》しているようだ。

もっとも囚《とら》われの身のテッサには、それ以上のことは推測《すいそく》できなかった。

正確《せいかく》にはどの針路《しんろ》を取っているのか。高度はどの程度《ていど》なのか。そして目的地はどこなのか。なにも分からない。

自分の艦《かん》は、あの客船は無事だろうか。頑固《がんこ》だが善良《ぜんりょう》なあのセイラー氏は、しかるべき手当を受けたのか。マオたちが取り組んでいる金庫はどうなったのだろうか——

自身の運命よりも、そうしたあれこれが気になって仕方なかった。

飛行艇の離陸《りりく》後、彼女はかなめとの〝共振《きょうしん》〟をもう一度試みてみたが、無理だった。なぜか相手との距離《きょり》が遠いと〝共振〟は働かないのだ。仮《かり》に空中を伝わる〝精神波《せいしんは》〟というものがあるとすれば、原因《げんいん》はその強度や波長に関係するのだろう。

「なにか飲み物でもいるかね？　お嬢《じょう》さん」

パイロットとの相談を終えたらしく、ハリスがキャビンに戻《もど》ってきた。

「申し訳《わけ》ない。シャンパンの類《たぐい》は切らしているのだが……ジンジャーエールくらいならあるそうだ。どうか一緒《いっしょ》に、われわれの新しい門出《かどで》を祝ってもらえないだろうか」

「一人で飲んだくれていたらどうです？」

「つれないな。あの船と運命を共にしなかったのは、私のおかげだ。少しは感謝《かんしゃ》をして欲しいものだね」

そのとき、彼らを乗せた飛行艇が大きく揺《ゆ》れた。壁《かべ》を通して甲高《かんだか》いタービン音が響《ひび》き、キャビンの天井《てんじょう》が小刻《こきざ》みに震《ふる》えた。

「なんだ？」

座席《ざせき》にしがみつき、ハリスが叫《さけ》んだ。

『〈ミスリル〉のSTOVL機だ！』

機内放送で機長が告げる。窓の外を見ると、〈デ・ダナン〉搭載《とうさい》の戦闘攻撃機《せんとうこうげきき》〈スーパー・ハリアー《FAV-8》〉が一機、びっくりするほどの至近距離《しきんきょり》で飛行していた。

ハリスが顔を青くする。

「馬鹿《ばか》な。こちらにはこの娘《むすめ》が乗っているんだぞ。撃墜《げきつい》など――」

窓の外を、曳航弾《えいこうだん》の赤い光がよぎった。威嚇射撃《いかくしゃげき》だ。それもぎりぎり、機体の主翼《しゅよく》をかすめるか、かすめないかの距離だった。

身をすくめるハリスのかたわらで、テッサは冷笑を浮かべた。

「当然の措置《そち》だわ。わたしは〈ミスリル〉の機密情報《きみつじょうほう》をたくさん知っています。薬物で口を割《わ》る前に、この機もろとも吹《ふ》き飛ばすのが賢《かしこ》い選択《せんたく》でしょうね」

一二月二四日　〇二〇時（日本標準時）
〈トゥアハー・デ・ダナン〉飛行甲板

〈アーバレスト〉のコックピットの中で、宗介は酸素《さんそ》マスクの具合を確《たし》かめた。

艦の航空管制官《かんせいかん》が状況《じょうきょう》を伝えてくる。

テッサを乗せた大型飛行艇は、方位一九六を三五〇ノットで飛行中。味方のFAV―8《スーパー・ハリアー》の過激《かげき》な威嚇行為《いかくこうい》に翻弄《ほんろう》されて、高度と速度を落としている。

『まだレンジ内だ。だがサガラ軍曹《ぐんそう》、こいつはクレイジーだぞ。理屈《りくつ》では可能《かのう》だが――』

「問題ない。それよりサポートを頼《たの》む」

『わかった。誘導《ゆうどう》はこちらに任《まか》せろ』

「感謝《かんしゃ》する」

手短かに答え、スクリーンの表示《ひょうじ》に目を走らせる。射出モード。各部の動翼とロケットモーターをチェック。燃料《ねんりょう》よし、油圧《ゆあつ》よし、艦と機体のデータリンクも同調。

《最終点検《てんけん》を終了《しゅうりょう》。管制室の指示を待ちます》

いま〈アーバレスト〉は、〈デ・ダナン〉の飛行甲板《かんぱん》の蒸気《じょうき》カタパルトに固定されていた。機体の背中《せなか》には〝XL―2〟と呼《よ》ばれる緊急展開《きんきゅうてんかい》ブースター。順安での救出作戦のときに、マオたちのM9が使用した装備《そうび》だ。

本来は陸戦兵器であるASを、巨大《きょだい》な翼《つばさ》とロケットで強引《ごういん》に飛ばして、遠方の戦場に短時間で放り込むのが、緊急展開ブースターの目的だった。着地の前に切り離《はな》すので、片道《かたみち》だけしか使えない。帰りは徒歩か、輸送《ゆそう》ヘリだ。

ブースターの爆音《ばくおん》が高まっていく。

ノズルから、青白い炎《ほのお》が吐《は》き出された。高熱の排気《はいき》を、背後《はいご》にせり出した大型の板――ブラスト・ディフレクターが上方へと逃がす。

「飛行管制室へ。準備《じゅんび》はすべて完了」

『了解《りょうかい》。手順を最終段階《だんかい》へ。ウルズ7の発艦を許可《きょか》する。幸運を』

「ウルズ7了解」

《軍曹殿《どの》。発艦許可の最終信号を受信しました。秒読みを開始します。カウント5――》

ブースターのパワーにみしみしとうなるコックピットの中で、アルの声が響いた。

《4。3。2――》

ノズルがすぼまり、炎がまばゆい光を放ち、機体の全身が前のめりになる。

《GO》

ロックが外れる。一トンの車を一キロ先まで軽々と放《ほう》り投《な》げるパワーを持つカタパルトが、〈アーバレスト〉を一気に加速させた。

猛烈《もうれつ》なG。耳をつんざく轟音《ごうおん》。自分の体が背《せ》もたれにめりこむような感覚。飛行甲板の先端《せんたん》が迫《せま》る。機体は自動的に射出ブロックから切り離され、両脚《りょうあし》の力で跳躍《ちょうやく》する。

離陸成功。デジタル式の高度計の数値が、みるみる上昇《じょうしょう》していく。機体の後部センサに映《うつ》る〈デ・ダナン〉の姿《すがた》が、あっという間に遠ざかっていった。

高度五〇〇〇フィートまで上昇。

普段《ふだん》の射出シークェンスならば、ここで機体は上昇を終え、目的の陸地へとまっしぐらに飛翔《ひしょう》することになる。

だが、〈アーバレスト〉は上昇を止めなかった。機体はさらに昇《のぼ》っていく。

高度七〇〇〇。八〇〇〇。

機体の振動《しんどう》は変わらなかった。もともと低い高度で針路《しんろ》を調節するための翼なので、不安定な状態《じょうたい》は収《おさ》まらなかった。高度計は上昇を示《しめ》しているのに、墜落しているようにさえ感じる。ロケットの出力を最大のまま運転していなければ、たちまちきりもみ状態に陥《おちい》って墜落してしまうことだろう。

アラーム音。アルの警告《けいこく》。

《ブースターが異常過熱《いじょうかねつ》しています。長時間の最大出力が原因《げんいん》です》
「祈《いの》っていろ。これは賭《か》けだ」
《その命令はジョークと解釈します。しかしこの場合、ジョークはほとんど役に立ちません。あなたの用法は――》
「ナンセンスか？」
《肯定です》
「俺《おれ》も最近わかってきたことだが――」
激《はげ》しい振動で舌《した》を嚙《か》みそうになりながら、宗介はつぶやいた。
「冗談《じょうだん》というのは、それが役に立たない時に言うべきものだ」
《深淵《しんえん》な命題です》
「頭を使うのは後だ。制御《せいぎょ》に集中しろ」
《ラジャー》
寒かった。これから行う作戦のために、コックピットは余圧《よあつ》されていない。高々度からの空挺降下《くうていこうか》は何度もやっているので、低圧下での自分の身体条件《じょうけん》は心得ているが――
一八〇〇〇。一九〇〇〇。
――高度二〇〇〇〇フィート。

《規定《きてい》の高度に到達《とうたつ》しました。管制室の誘導に従《したが》い針路を修正《しゅうせい》します》
〈アーバレスト〉は上昇をやめ、まっすぐに所定の方角へと飛ぶ。ほんの数秒しないうちに、アルが報告《ほうこく》した。
《目標を捕捉《ほそく》！》
暗視《あんし》センサーのとらえた映像《えいぞう》の中に、三つの航空機の排気熱が見えた。二つは味方のスーパー・ハリアーで、残る一つが目標の飛行艇《ひこうてい》。ジャンボ機並《な》みのサイズだ。M9級のASならば、余裕《よゆう》をもって六機以上は搭載《とうさい》できるだろう。
あの中に、テッサがいる。
これから自分がやろうとしていることは、ひどく危険《きけん》な行為《こうい》だ。だが、宗介には不思議な確信《かくしん》があった。
問題ない。
きれいに片《かた》づけて、きっちり帰ってやる。
《燃料《ねんりょう》が残りわずかです》
「わかっている。相対速度を下げつつ接近《せっきん》しろ。一五〇フィート上空、真後ろからだ」
《ラジャー》
巨大《きょだい》な飛行艇が間近に迫った。目標が生み出す乱流《らんりゅう》で、機体がさらに激しく揺《ゆ》れた。間に合わせの緊急展開《きんきゅうてんかい》ブースターの翼《つばさ》では、これ以上の接近は限界《げんかい》だった。

しかし、この機体は戦闘機《せんとうき》ではない。人型兵器のアーム・スレイブだ。使い方はアイデア次第《しだい》。常識《じょうしき》にとらわれる必要はない。

「行くぞ……！」

《ラジャー》

飛行艇の後方ぎりぎり、およそ五〇メートルの上空まで達したところで、〈アーバレスト〉は両腕《りょううで》を突《つ》き出した。

「なにをやってる⁉　振《ふ》り切るんだ。航続距離《きょり》なら——」

ハリスがコックピットへと駆《か》け込《こ》んだ時に、その異変《いへん》が起きた。

機体の後方から、なにか金属《きんぞく》のひしゃげる音がした。がくりと機体が傾《かたむ》き、危《あや》うくハリスは転びそうになる。

減圧警報《げんあつけいほう》。コックピット内に、たちまちアラーム音が鳴りひびく。いくつものランプが赤く明滅《めいめつ》し、機長と副機長が怒鳴《どな》り合う。

「なにが起きた⁉」

「何発か被弾《ひだん》したようだ。機内の余圧が急激《きゅうげき》に落ち始めてる。高度を下げないと危険だ」

「ふざけるな！　構《かま》わずに振り切るんだ！」

肩《かた》をつかまれて、機長がその手をはねのけた。

「そんなことができるか！　それより奴《やつ》らの攻撃《こうげき》をやめさせてくれ」

「気にせず飛び続けろ。連中にこちらを墜《お》とす度胸《どきょう》などあるものか」

そうだ。すべてははったりだ。撃墜《げきつい》する気なら、もっと前にミサイルが飛んできている。連中の狙《ねら》いは、こちらを海上に着水させることに違《ちが》いない。逆《ぎゃく》にいえば、飛んでいる限《かぎ》りは手出しができないはずだ。

敵《てき》のSTOVL機は航続距離が短い。あともう少し逃《に》げ続ければ、連中も追跡《ついせき》を諦《あきら》めるだろう。

「ミスタ・ハリス。あの娘《むすめ》をここに連れてこい。無線で拷問《ごうもん》の悲鳴を聞かせてやろう。攻撃をやめるように警告するんだ」

「だがあの娘は——いや、そうだな、それがいい。指の一つでも落としてやる」

機長の提案《ていあん》を受け入れ、ハリスがテッサのいるキャビンに戻《もど》ろうとすると——

今度こそ、最大級の衝撃《しょうげき》が彼らを襲《おそ》った。

なにかに上から押《お》さえつけられたように、機体が何十メートルも高度を落とす。ハリスの体は宙《ちゅう》に浮《う》き、コックピットの天井《てんじょう》に——続いて床《ゆか》に叩《たた》きつけられた。

肩と背中《せなか》を襲った猛烈《もうれつ》な痛《いた》みにあえぎながら、身を起こす。

「っ……今度は何だ⁉」

だが機長たちは、ハリスの問いなどまったく聞こえていない様子だった。コックピットの一角の多機能《たきのう》ディスプレイに、その視線を釘付《くぎづ》けにしている。

蒼白《そうはく》になって機長がうめいた。

「なんてこった……くそったれ……なんて真似《まね》をしやがるんだ」

ディスプレイには、尾翼《びよく》部分に設置《せっち》されているカメラの映像《えいぞう》が映《うつ》っていた。尾翼のてっぺんから、この飛行艇の胴体《どうたい》と主翼、その大部分を見下ろす視点《してん》だ。

胴体の中央、ちょうど主翼のすこし後ろのあたりの屋根に、だれかが取り付いているのが見えた。

いや、これは人ではない。もっと大きな人型の機械。

ASだ。白いASだ。

「⁉」

敵の白いASが、飛行艇の背中に張《は》り付いていた。ワイヤーガンを打ち込んで肉薄《にくはく》し、機体の屋根に単分子カッターを突《つ》き立てたのだ。

「振り落とすんだ！」

「無理を言うな！　その前にこちらの主翼が折れる。……っ⁉」

敵の意図がわからず困惑《こんわく》していると、そのASはさらに信じられない真似をした。

コックピット・ハッチを開放したのだ。

中からヘルメットと酸素《さんそ》マスクを付けた操縦兵《オペレータ》が身を乗り出した。

その操縦兵は白いASの背中側から、飛行艇の屋根に飛び降《お》りる。すさまじい風圧に吹《ふ》き飛ばされないように、腰《こし》にワイヤーを着けているのが見えた。コックピットのどこかに結んでいるのだろう。

ASの陰《かげ》に隠《かく》れているとはいえ、いつ姿勢《しせい》を崩《くず》して、機上から放り出されてもおかしくない状態《じょうたい》だ。だがその男は、ちょうどビルの壁面《へきめん》を蹴《け》り降りるように、ワイヤーを使って器用に一〇メートルほど後退《こうたい》していき、なにかを取り出した。

「なんだ、あれは？　なにをする気だ？」

「あれは……指向性爆薬《しこうせいばくやく》だ」

ハリスは血相を変え、機の後部キャビンへと走った。

あの男は、爆薬で屋根に穴《あな》を開けて、一人で機内に踏《ふ》み込んでくる気なのだ……！

すさまじい風が殴りつける。

宗介は指向性爆薬から数メートル離《はな》れて、その起爆スイッチを押《お》した。

乾《かわ》いた破裂音《はれつおん》。破片《はへん》が飛び散り、あっという間にはるか後方へと吹き飛んでいく。ぽっかりと空いた一メートルの穴から、大量の霧《きり》が尾を曳《ひ》いた。

ワイヤーを握《にぎ》り直し、とん、と軽く屋根を蹴る。体が落ちる勢《いきお》いに任《まか》せて、宗介は穴へと躍《おど》り込んだ。もろい内壁を突き破《やぶ》り、真下のキャビンへ飛びおりる。

ワイヤーをリリース。肩《かた》にさげていたサブマシンガンを手に取る。機内は急な減圧《げんあつ》で、真っ白な霧が発生していた。その霧も、宗介が踏み込んできた穴から一気に吸《す》い上げられている。

機内を乱舞《らんぶ》する紙や布《ぬの》きれの向こうから、だれかが叫《さけ》んだ。銃《じゅう》を持った男が二人。殺気に銃口を向けた相手に、宗介はぴたりと照準《しょうじゅん》する。

「殺せ！　敵は一人だ！」

すかさず発砲《はっぽう》。さらに発砲。

一瞬《いっしゅん》にして、二人の敵が身を折りくずおれる。機内の揺《ゆ》れや突風《とっぷう》をものともせず、宗介は飛行艇《ひこうてい》の前部へと走る。いくつかの扉《とびら》と通路を駆《か》けぬけていくと、さらに何人かの敵に遭遇《そうぐう》した。

敵兵が弾丸《だんがん》をばらまく。耳をつんざく無数の銃声。宗介は身を低くして射線《しゃせん》をかわし、遮蔽物《しゃへいぶつ》に飛び込みながら、すかさず応射《おうしゃ》する。

跳弾《ちょうだん》と火花と怒号《どごう》。

次々に敵が倒《たお》れる。客船で相手にしたあの〈アラストル〉とやらに比《くら》べれば、楽な相手だった。あのロボットたちと違って、いまの敵は動揺《どうよう》し、焦《あせ》り、激怒《げきど》している。

いや――むしろ、それが問題だった。

彼らの野放図な発砲で、機体のあちこちに穴が空いた。いくつかの重要なケーブルや油《ゆ》圧《あつ》パイプ類、配電盤《ばん》まで吹き飛ばされた。敵《てき》はこの機体が飛行中だということを忘《わす》れているかのようだ。

（まずいな……）

はげしく機が揺れ、照明が明滅《めいめつ》し、あちこちで火災《かさい》が発生していた。エンジン音も異様《いよう》なトーンを奏《かな》でている。

高度はさらに落ちていた。

キャビンに残っていた最後の一人を倒すと、すかさず周囲を捜《さが》しまわる。

テッサの姿《すがた》が見えなかった。この先は操縦室《そうじゅうしつ》だ。下の貨物室に連れ去られたのだろうか？　それとも――

宗介の背中《せなか》に銃弾が命中した。

「……！」

防弾《ぼうだん》ベストが敵弾をストップしたことは分かっていた。よろめきながらも身をひるがえし、すばやく背後《はいご》へ銃口を向ける。

「おおっと!?　撃《う》ってみたまえ！」

キャビンの出入り口に、大型拳銃《けんじゅう》を持ったハリスがいた。後ろ手のまま引っ立てたテッサを、巧妙《こうみょう》に盾《たて》にしている。

「サガラさん!?」

安堵《あんど》というより、驚《おどろ》きの顔だった。あんなやり方で飛行中の機内に踏み込んでくるとは、テッサでさえ予想していなかったようだ。

「大佐殿《たいさどの》。お迎《むか》えに参りました」

まっすぐに銃を構《かま》え、宗介は告げた。

乱流《らんりゅう》でうずまく機内の火災。激《はげ》しい騒音《そうおん》と振動《しんどう》。窓《まど》の外でも炎《ほのお》が燃《も》えさかっている。故《こ》障《しょう》したエンジンが火を噴《ふ》いたのだ。

「あきらめて彼女を渡《わた》せ。この機は墜《お》ちる。まだ脱出《だっしゅつ》する時間はあるぞ」

「いやだね」

蒼白《そうはく》の顔面にびっしりと玉の汗《あせ》を浮《う》かべて、ハリスはあざ笑った。

「いずれにしても、私は破滅《はめつ》だ。このまま道連れになってもらう」

「損得勘定《そんとくかんじょう》もできなくなったか？」

「私は冷静だ！」

ヒステリックに男が叫《さけ》ぶ。

「一人で脱出したところで、組織《そしき》は私を許《ゆる》さないだろう。貴様《きさま》らの捕虜《ほりょ》になっても同じことだ。知っている情報《じょうほう》をすべて吐《は》かされて、放り出される。やはり組織は、私を殺す」

「…………」

「だが、貴様らの思う通りにはさせない。私は貴様らをまだ殺せる。こうして、時間が過ぎるのを待つだけでいい」

宗介のこめかみを、一筋《ひとすじ》の汗が伝い落ちる。

奴《やつ》は本気だ。すでに死ぬ気でいる。

震《ふる》える機体と吹き荒《あ》れる風の中、テッサを盾にしたハリスを、正確《せいかく》な一撃《いちげき》で仕留《しと》めるのは至難《しなん》だった。

「まったく、意外だったよ。船乗りの私が、空で死ぬとはな」

絶望《ぜつぼう》と憤怒《ふんぬ》の入り混《ま》じったその声には、悪魔のユーモアが漂《ただよ》っていた。

「貴様ら〈ミスリル〉は首尾よく反撃を開始したつもりなのだろう。だが、それもここらで終わりだよ。〈アマルガム〉の組織はあまりにとらえどころがなく、かつ強大だ。武力《ぶりょく》で潰《つぶ》すことはできないだろう。そしてその武力も、本格的《ほんかく》な拡充《かくじゅう》を終えようとしている」

「なんだと……？」

「プロだよ、サガラ・ソウスケ。これまで貴様らが相手にしてきたような、新装備《しんそうび》を持ったちんぴら集団《しゅうだん》ではない。〈アマルガム〉も傭兵《ようへい》を集めているのだ。ミスタ・Fe――ガウルンが癌《がん》を患《わずら》っていなければ、彼がその指揮官《しきかん》になっていただろうがな。第二候補《こうほ》だったミスタ・Kは、能力《のうりょく》的にずいぶんと見劣《みおと》りする男だったが――幸か不幸か、お前の手で殺された。あの香港《ホンコン》で」

ガウルンが、癌を？　その事実に驚《おどろ》きながらも、宗介は自分たちの時間がほとんどなくなっていることを意識していた。耳につけたレシーバーから、〈デ・ダナン〉の管制官《かんせいかん》の切迫《せっぱく》した声ががなり立てている。

――時間がない。限界《げんかい》だ。脱出しろ。

「彼らは冷酷《れいこく》で、狡猾《こうかつ》だぞ。貴様の仲間は根絶《ねだ》やしにされるだろう。一足先にあの世に行って、一緒《いっしょ》に見物を決め込《こ》もうじゃないか」

「戯《ざ》れ言を」

「撃てるのかね!?　彼女に当たるぞ!?」

銃の照準に意識を集中した宗介を、さらにハリスはあざ笑った。

「その可能性《かのうせい》を恐《おそ》れて撃てない。それが貴様らの本質《ほんしつ》なのだ。とんだ正義《せいぎ》の味方気取りだよ。むかつくような匂《にお》いがする。だが現実《げんじつ》は厳《きび》しい。世界は残酷《ざんこく》だ。いずれあの船にいる連中も、それを思い知ることだろう。運命に反逆《はんぎゃく》し、それを征服《せいふく》するには、その残酷さを己《おのれ》のものとしなければならない。それができるのは私の組織だけだ!! 〈アマルガム〉だけがすべてを終わらせるのだ！」

狂気《きょうき》に衝《つ》き動かされたように、ハリスが叫んだ。飛行艇《ひこうてい》の胴体《どうたい》が、みしみしと異様《いよう》な音を立てはじめていた。ハリスの右手が動く。拳銃《けんじゅう》がテッサの首筋《くびすじ》へと向けられた。

「やめろ――」

コンマ数秒が永遠に引き延《の》ばされた。それでも照準《しょうじゅん》は難《むずか》しかった。機体の振動《しんどう》で銃口がぶれる。

しかし、宗介は発砲《はっぽう》した。

きわめて冷静に。

弾丸《だんがん》は壁《かべ》に当たり、火花を散らして向こう側に貫通《かんつう》した。壁越《ご》しに胸《むね》を被弾《ひだん》したハリスが、よろめきながらも拳銃を撃《う》った。テッサが前のめりに倒《たお》れた。彼女が撃たれたのかどうか、宗介の位置からは見えなかった。

「テッサ⁉」

「だ……大丈夫《だいじょうぶ》です――」

思いのほか、テッサが元気な声で言った。被弾してはいなかったようだ。ハリスはうつぶせに倒れたまま、動かなかった。

時間がない。宗介は彼女に駆《か》け寄《よ》り、その腕《うで》を取ると、すぐそばのハッチへ急いだ。緊《きん》急用《きゅうよう》のレバーを回して、ハッチを開放する。突風が吹き込み、テッサの髪《かみ》とスカートをはためかせた。

「サガラさん、パラシュートは――」

「ない。すまない」

重たいパラシュートを着けて機内に踏《ふ》み込み、単独《たんどく》で銃撃戦をするのはさすがに無理だった。機内で敵《てき》のパラシュートを奪《うば》って脱出《だっしゅつ》するか、元来たルートを戻《もど》って〈アーバレスト〉にたどり着くか――状況《じょうきょう》に応《おう》じて選ぶつもりだった。

しかし、もうそんな時間は残されていなかった。

それに、海面に墜落《ついらく》するより前に、この機が崩壊《ほうかい》する方が早いだろう。

「じゃあ、もう助かる手だては……」

「最後の手がある。いいか、俺《おれ》にしっかりつかまって――」

そのとき、飛行艇の主翼《しゅよく》が真っ二つに折れた。

機体はでたらめに回転しながら、ひしゃげ、ばらばらになっていった。宗介とテッサは開いたハッチから、真っ暗な虚空《こくう》に放り出された。しっかりと腕を握《にぎ》っていたつもりだったが、暴力的《ぼうりょく》な突風と遠心力に抵抗《ていこう》できずに、その手が離《はな》れてしまった。

「テッサ!!」

その声さえ、爆音《ばくおん》と暴風がかき消してしまう。彼女の小さな体は乱流《らんりゅう》に翻弄《ほんろう》され、みるみる彼から遠ざかっていった。


ひしゃげた胴体。折れた主翼。そうした破片《はへん》のただ中を、テッサは落下していった。

燃《も》え上がる部品がそこかしこに見えるのに、風はどこまでも冷たい。かすかな月明かりに照らされて、夜闇《よやみ》の中に水平線が浮《う》かんでいた。海面に叩《たた》きつけられるまで、あとどれくらいの時間があるのだろうか？

重力に身を任《まか》せ、朦朧《もうろう》としていた彼女に、近付いてくる人影《ひとかげ》があった。手足で上手に風を操《あやつ》り、夜空をまっすぐに滑《すべ》ってくる。

空挺降下《くうていこうか》のテクニックだ。

相良《さがら》宗介の体が、すこし乱暴にテッサにぶつかった。二人は抱《だ》き合うような格好《かっこう》で、くるくると虚空で数回転した。どうせこのままでは墜落死なのに、彼はどこまでもあきらめが悪かった。

彼女の耳に口を近づけ、宗介がなにかを叫《さけ》んだ。耳たぶに彼の唇《くちびる》が触《ふ》れる。その感触《かんしょく》の、なんと甘《あま》いことか。

しかし、彼の言葉はそれほど甘くなかった。

「俺にしがみつけ！　離れるな!!」

「え……？」

「衝撃《しょうげき》に備《そな》えろ！」

その直後、右の視界一杯に、白いＡＳの姿《すがた》が迫《せま》った。

翼《つばさ》を切り離し、自由落下する〈アーバレスト〉が、みるみる接近《せっきん》してくる。彼女が宗介の胸にしがみついたところで、巨大《きょだい》な両手が二人にぶつかった。

ＡＳが二人に追いつき、横ざまにすくいあげたのだ。

「っう……!!」

肺《はい》から空気が絞《しぼ》り出される。目が回る。どちらが上か、どちらが下かもわからなくなる。

さらに宗介が怒《ど》鳴《な》った。

「開傘《かいさん》！」

最後の衝撃。テッサと宗介を握ったまま、〈アーバレスト〉の背面《はいめん》に装備《そうび》されたパラシュート・ザックが弾《はじ》けた。人間用の何倍もあろうかというパラシュートが天へと広がる。

舌《した》を嚙《か》まなかったのは、ほとんど奇跡《きせき》だった。

たちまち突風《とっぷう》が収《おさ》まり、周囲に静寂《せいじゃく》がやってくる。

燃え上がる飛行艇の残骸《ざんがい》が、彼らを追い越して、数百メートル眼下《がんか》の海へと落ちていった。二人を手に乗せた〈アーバレスト〉は、ゆっくりとした降下に移《うつ》っていた。

《ウルトラCの多い夜です》

ASの外部スピーカーから声がした。

《ざっと計算をしてみましたが、こんなナンセンスなミッションが立てつづけに成功する確率《かくりつ》は二五六分の一です。いくらクリスマスが確率論《ろん》を度外視《どがいし》できる現象《げんしょう》とはいえ――》

「黙《だま》れ」

《ラジャー》

それきりAIは黙り込んだ。

風でパラシュートがはためき、ばたばたと不規則《ふきそく》な音を奏《かな》でる。

「大佐《たいさ》。怪我《けが》は？」

ぽかんとしている彼女に、宗介が訊《き》いた。

「……え？　あ……ちょっと打身とかはあるかもしれないけど……たぶん、大丈夫《だいじょうぶ》です」

「良かった。君に万一のことがあったら、俺は部隊の連中に殺される」

「それはどうかしら」

安堵《あんど》するのもそこそこに、テッサはすこし拗《す》ねたように言った。

「みんな表面上で、心配顔してくれてるだけかもしれません。うすのろで役立たずのわたしなんか、本当はどうなっても構《かま》わないんじゃないですか？」

「大佐殿《どの》……」

「ええ、ええ。わかってます。本気で言ってるわけじゃありません。でも――」

テッサは言葉を飲み込んだ。

みじめな気分だった。

なぜこうやって、自分を助けにきたのが宗介だったのだろう？　ほかのだれか――クルーゾーやマオだったら、こんな気持ちにはならなかっただろうに。

わたしなんかのために、あんな危険《きけん》な真似《まね》をして本当に良かったの？

ここまでするほど、あなたにとって、わたしには価値《かち》があるの？

違《ちが》うでしょう？　だってあなたは、まずあの子を哀《かな》しませてはいけないのだから。

仲間意識《いしき》？　義務《ぎむ》感？　生還《せいかん》への自信？

たぶん、そうした諸々《もろもろ》の総和《そうわ》だろう。だがそれが、彼女をむしろ失望させるのだ。彼がここにいる動機は、彼女がいちばん望んでいた種類のものではない。一途《いちず》な愛では決してないのだ。

あのハリスが自分を人質《ひとじち》にとったとき、宗介は最終的に、ためらいなく発砲《はっぽう》した。たぶん、あれがかなめだったら、撃《う》てなかっただろう。その結果、彼女が死んでしまうことになっていたとしても。

ここに違いがある。決定的な違いが。

〝どうにもならん〟――セイラー艦長《かんちょう》の言葉を思い出す。

彼の言う通りだ。けっきょく、自分の横恋慕《よこれんぼ》にすぎなかった。

彼の心を本質的《ほんしつ》にとらえて放さないのは、もちろん自分などではなく、彼女だった。彼女の属《ぞく》する世界だった。それは分かる。彼が出会ったあの世界は、自分の目から見ても、あまりにまぶしく、魅力的《みりょく》で……。

これは本当に恋《こい》だったのだろうか？

ただの逃避《とうひ》先でなかったと、だれが証明《しょうめい》してくれるのだろうか？　目の前にいるこの男が、本当に好きだったと、だれが証明してくれるのだろうか？

黙《だま》っているのが辛《つら》くなって、彼女は訊いた。

「サガラさん」

「はい」

「カナメさんのことが好きなの？」

「……たぶん、そうです」

「わたしよりも？」

宗介の頬《ほお》が引き締《し》まる。だが逡巡《しゅんじゅん》の末、宗介は、はっきりと答えた。

「はい」


わかってはいたが、後頭部を殴《なぐ》られたような感覚がした。だが、こうなるのは当然だったのだ。相良宗介は、なにかがはっきりとしたときに、優柔不断《ゆうじゅうふだん》なまま、答えに窮《きゅう》するような男ではなかった。それが魅力なのだ。それが——残酷《ざんこく》な事実なのだ。

テッサは目を伏《ふ》せ、つぶやいた。

「あっさりと言うんですね……」

「すみません」

数日前までは、ひそかに馬鹿《ばか》げた空想をしていた。基地《きち》でみんなでパーティをやって、宴《うたげ》がお開きになった後に、ひょんなことから二人きりになって。彼が『誕生日《たんじょうび》おめでとう、テッサ』って言ってくれて、それで——

泣くまい、と努力した。でもやっぱり無理だった。ぽろぽろと涙《なみだ》がこぼれる。彼の前から逃《に》げ出したかったが、降下中のＡＳの手の上では、それも無理だった。

「ごめんなさい。わたし……平気ですから。ただちょっと……ちょっと、がっかりしちゃったかなあ、って」

彼女は無理に笑ってみせた。宗介の辛そうな様子が、彼女の胸《むね》をさらに締め付けた。

「あーあ。軽く済《す》むはずのミッションは滅茶苦茶《めちゃくちゃ》だったし。わたしはずっと役立たずのままで。なんか、散々な誕生日です」

宗介は何も言わない。言い訳《わけ》や、励《はげ》ましの言葉が喉《のど》まで出かかっているのを、必死にこらえている。

彼は誠実《せいじつ》なのだ。

本当に——誠実なのだ。

だから好きなのに。だから、一緒《いっしょ》にいて欲《ほ》しいのに。たったそれだけ、そんなささやかな願いさえ、この聖夜《せいや》、神は聞き届《とど》けてくださらないのか。

運命。

ハリスの最後の言葉が脳裏《のうり》をよぎる。自分の持つなにかの歯車が狂《くる》っていくのは、運命を許容《きょよう》できないことから始まるのではないか。自分たちが〝テロリスト〟という便利な言葉で呼《よ》び、駆逐《くちく》してきた人々の気持ちを、彼女は初めて理《り》解《かい》したように感じた。

二人を乗せた〈アーバレスト〉が海面に近付く。救助に駆《か》けつけた味方のヘリの、かすかなランプが彼方《かなた》に見えた。

〈パシフィック・クリサリス〉

『ウルズ1よりウルズ2へ。進行 状況《じょうきょう》はどうなっている。まだなのか？』

クルーゾーの〝まだか〟という言葉を、今夜は何十回聞いただろうか、とマオは思った。こっちも必死なのだ。金庫のロックを下手にいじれば、自爆装置《じばくそうち》が作動して取り返しの付かないことになる。慎重《しんちょう》に、迅速《じんそく》に。それがどれだけ難《むずか》しいのか、連中にはわからないのだ。

「まったく。入稿前《にゅうこうまえ》の作家の気持ちがよくわかるわね……」

額《ひたい》の汗《あせ》を拭《ぬぐ》ってつぶやき、キーボードをせかせかと叩《たた》く。

『何か言ったか？』

「なんにも。プロトコルの仮想《かそう》QRDを実行中。あとすこしよ」

『今夜は何十回、君の〝あとすこし〟を聞いたことか。日本の海上保安庁《コースト・ガード》と自衛隊《じえいたい》が異常《いじょう》に気付いたようだ。時間がないんだぞ。〝あとすこし〟ではなく正確《せいかく》に――』

「あとすこしって言ったら、あとすこしなのよ！　うまく言ったらあと一〇秒！　ダメだったら一〇〇分以上！　グダグダ言う前に時間を稼《かせ》いでよ、時間を！　ったく、管理職《かんりしょく》になったとたんに、つまんねー男になったわね、あんたは！」

『こんなデタラメな部隊に赴任《ふにん》したら、だれだってナーバスになる！　俺《おれ》はマデューカス中佐《ちゅうさ》やカリーニン少佐が気の毒で仕方ない。だいたいだな、君は――』

「待った！」

ディスプレイの表示《ひょうじ》に釘付《くぎづ》けになって、マオは言った。最終的な開錠《かいじょう》信号を発振《はっしん》するかどうかをたずねる、〝Yes/No/Cancel〟の表示。彼女はすこし逡巡《しゅんじゅん》してから、〝Yes〟を選択してエンターを押《お》した。

正面の金属扉《きんぞくとびら》の奥《おく》から、くぐもった音がひびく。固く閉《と》ざされていた金庫の扉が、まるで最初から鍵《かぎ》などかかっていなかったかのように、するすると開いていった。

『どうした？』

「開いたわ」

わずかな沈黙《ちんもく》のあと、クルーゾーは言った。

『わかった。これから一五分、なんとか時間を稼ぐ。とにかく調べて、記録しろ』

そこでマオは、本来この場にいるべきだった人物のことを思い出した。

「テッサは？　無事なの？」

「サガラがうまくやった。とにかく急げ」

「了解《ラジャー》。交信終了《アウト》。……OK、聞いたわね！　火事場泥棒《どろぼう》に行くわよ！　続け！」

その場に控《ひか》えていたPRTの兵士たちに告げると、マオは金庫の中へと駆け込《こ》んだ。ラックに並《なら》んでいた美術品《びじゅつひん》や宝石類《ほうせきるい》には目もくれず、金庫室の奥へと走る。本来は何の変哲《へんてつ》もないはずだった壁面《へきめん》に、ぽっかりと戸口が開いていた。この先が問題の部屋だ。外部からの操作《そうさ》で、ここのロックもマオはすでに解除《かいじょ》していた。

金庫室の奥の戸口に踏《ふ》み込む。

その部屋は学校の教室くらいの広さだった。

無数の電子機器と医療《いりょう》機器。大げさな棺桶《かんおけ》サイズの診療台《しんりょうだい》と、それを取り囲むたくさんのセンサ。電子機器には明るいマオだったが、それが何のための装置なのかは分からなかった。

これをどう調べろと？

もしテッサがここにいれば、てきぱきと必要な指示《しじ》を下してくれていたことだろうに。

「少尉《しょうい》。どこから手を付けます」

兵士の一人が言った。マオは答えに窮《きゅう》したが、頭を振《ふ》って、こう言った。

「どこでもいい。どこでもいい！　撮《と》れるだけ撮って、運び出せるものは全部運び出せ。手荒《てあら》な真似《まね》をしてもいい。手斧《ちょうな》で筐体《きょうたい》を壊《こわ》して、中からハードディスクをむしり取れ！」

それでも、大きな成果になるのは間違《まちが》いない。あとでゆっくり調べれば、敵《てき》がなにをしているのか——そして、かなめのような人間がなぜ狙《ねら》われるのか——それがすこしはわかるはずだ。

（そもそも——）

マオは思った。

テッサの誕生日《たんじょうび》はきょう、一二月二四日。

かなめの誕生日も同じく、一二月二四日。

民族、経歴《けいれき》、性格《せいかく》や肉体的特徴《とくちょう》——まるでタイプの異《こと》なるあの二人の共通点というのは、この誕生日だけだ。なにか人知を越《こ》えた力を備《そな》えているこの二人が、同じ日に生まれているというのは、果たして単なる偶然《ぐうぜん》なのだろうか？

一二月二五日　〇一三〇時（現地時間）
オーストラリア・シドニー市街

そのバーは、クリスマスで盛《も》り上がる人々でごった返していた。ランＤＭＣの〝クリスマス・イン・ホリス〟が流れ、酔《よ》っぱらった男女が、唄《うた》い、飲み、がなり立てる。

店の奥まった暗がり、ぼんやりと青い照明に照らされた席に、その若者《わかもの》は腰《こし》掛けていた。

アッシュブロンドの長髪《ちょうはつ》に、青みがかった灰色《はいいろ》の瞳《ひとみ》。端整《たんせい》な顔立ちだった。

彼は耳のレシーバーから、日本近海での作戦の顛末《てんまつ》を聞いていた。千鳥足の女が口説いてくるのをあしらってから、グラスを傾《かたむ》けていると、大柄《おおがら》なスーツ姿《すがた》の男がテーブルを挟《はさ》んだ彼の正面に座《すわ》った。

灰色の長髪を後ろに束ねた、静かな風貌《ふうぼう》。四〇代なかばの年齢《ねんれい》と聞いていたが、厳《きび》しい人生のせいか、初老にさえ見えた。

「待たせたかな」

男が言った。

「別に。どうでした？」

「ボーダ提督《ていとく》の秘書《ひしょ》ジャクソン——君たちが言うところの〝ミスタ・Zn《ズインク》〟は捕《と》らえた。私の戦隊の動きを伝えなかったので、簡単《かんたん》に尻尾《しっぽ》を見せたよ」

「見事なお手並《てな》みですね」

「どうかな。君がその気になれば、彼を逃《に》がすこともできたはずだ」

「もしそうしたら、あなたと僕《ぼく》は殺し合うことになっていたかもしれない」

若者は冗談《じょうだん》めかして言ってから、一口、グラスの中身をすすった。

「ともあれ、お目にかかれて光栄ですよ。アンドレイ・カリーニン少佐《しょうさ》」

「レナード・テスタロッサくん。君の噂《うわさ》は聞いている」

ウェイターがウォッカを運んできた。

儀礼《ぎれい》的に、二人はグラスを掲《かか》げた。

エピローグ

撤収《てっしゅう》作業は円滑《えんかつ》に進んだ。

マオたちのチームは金庫室の奥《おく》に隠《かく》された機材を手当たり次第《しだい》に運び出し、ヘリに積み込《こ》んで離脱《りだつ》した。クルーゾーたちのチームは、乗員乗客に丁重《ていちょう》な謝罪《しゃざい》を述《の》べてから、そそくさと客船を後にした。ハリスの息がかかっていた警備《けいび》要員たちを連行する案もあったが、あえてそれはやめておいた。彼らが〈アマルガム〉の組織《そしき》について、知っていることは少ない。

〈パシフィック・クリサリス〉号は二五日の未明に海上保安庁《コースト・ガード》の船に保護《ほご》され、早朝には横浜港に入港した。陣代《じんだい》高校の生徒たちはふてぶてしくも、駆《か》けつけたマスコミのカメラに向かってピースサインを突《つ》き出しまくって、一部の良識派《りょうしきは》のひんしゅくを買った。

唯一《ゆいいつ》の重傷者《じゅうしょうしゃ》、キリー・B・セイラー中佐は〝テロリストの迅速《じんそく》な手当て〟で一命を取りとめ、メディアの寵児《ちょうじ》となった。彼が〝テロリストではない。船長に撃《う》たれたんだ！〟と主張《しゅちょう》したことで、事情《じじょう》を聞いた関係者は当惑《とうわく》したが、〝銃器《じゅうき》の暴発《ぼうはつ》〟ということで片《かた》づけられてしまった。

セイラー中佐は納得《なっとく》がいかず、自分が出会った不思議な少女やその他の出来事を記者たちにぶちまけようとしたが、海軍の上層部《じょうそうぶ》がそれに待ったをかけた。

考えるな。〝最善《さいぜん》を尽《つ》くした〟とだけ言え。素直《すなお》にこのまま、英雄《えいゆう》になれ。

セイラーは拒否《きょひ》したかった。しかし、命よりも大事な艦長職《かんちょうしょく》から、国防総省《ペンタゴン》での机《つくえ》仕事への〝栄転〟をちらつかされては、口を閉じるよりほかなかった。

この一件《いっけん》は彼の心に強いしこりを残した。

ハリス船長の扱《あつか》いは、不名誉《ふめいよ》なものだった。〝銃器の暴発〟で動揺《どうよう》した彼は、ボートに乗り込んで一人で脱出。その後、遭難《そうなん》して行方《ゆくえ》不明とされた。

宗介《そうすけ》はテッサと一緒《いっしょ》に味方のヘリに拾われたあと、その足で〈トゥアハー・デ・ダナン〉に運ばれた。客船に戻《もど》ってかなめと言葉を交わす機会はなかった。

翌々日《よくよくじつ》、部隊はメリダ島で遅《おそ》めのクリスマス・パーティを開き、同時にテッサの誕生日《たんじょうび》を盛大《せいだい》に祝った。彼女がまったく予期していなかった、いわゆるサプライズ《びっくり》・パーティだ。

とんがり帽子《ぼうし》に鼻メガネをむっつりと着用したマデューカスが花束をプレゼントしたり、シドニーから遅《おく》れて到着《とうちゃく》してきたカリーニンが〝私の知人からです〟と言って、赤いブローチを贈《おく》ったりした。マオはディオールの口紅を彼女に渡《わた》して、〝あんたはいい女になるわよ。元気出しな〟と言ってくれた。

テッサは部下たちの計らいに、ことのほか喜んでいたが――やっぱり、どこか寂《さび》しげだった。

宗介が事後処理《しょり》や報告書《ほうこくしょ》の作成、パーティへの出席を終え、ようやく東京に帰ったのは、クリスマスから三日後のことだった。

臨時《りんじ》の登校日となった二八日の朝。教室の話題はやはりシージャック事件《じけん》だった。クラスの数割《すうわり》は臨時旅行に参加しなかった生徒なので、現場《げんば》にいた者は、あれこれと話す相手に事欠かなかった。

ほとんど死傷者《ししょうしゃ》が出なかったせいか、新聞の扱《あつか》いも控《ひか》えめなものだった。同じイブの晩《ばん》、アメリカの閣僚《かくりょう》が爆弾《ばくだん》テロで暗殺されたそうで――その記事の方がはるかに大きく扱われていた。陣高の生徒たちは、それがひどく不満だった。

担任《たんにん》の神楽坂恵里《かぐらざかえり》が、教室で一同に告げる。

「はい、えーと！　どういう星の巡《めぐ》り合わせか、またしても大変なことになってしまいましたが、みんな無事でなによりです！　でももし万一、三回目が起きたときは、くれぐれも報道陣《ほうどうじん》にピースをするのはやめてくださいね！　いいですか⁉」

『はーい』

生徒たちがとりあえず従順《じゅうじゅん》に答える。

「けっこうです。では、良いお年を！」

ほんの十数分のホームルームだった。〝これだけなのに、呼《よ》び出すなよ〟と不平をこぼす生徒たちが、がやがやと帰り支度《じたく》を始める。

かなめは雑事《ざつじ》に追われて、いったん教室を離《はな》れた。用事を済《す》ませて、一〇分後に戻る。すでに、クラスメートの姿《すがた》はいなくなっていた。

ただ一人、宗介を除《のぞ》いて。

彼は窓際《まどぎわ》の壁《かべ》に寄《よ》りかかっている。かなめが戻ってくるのを、待っていた様子だ。

「用事は済んだのか？」

どことなく強《こわ》ばった声で、宗介は言った。

「うん。あんたは？」

「俺はいまのところ自由だ。それより……あの船上で言ったことを覚えているか？」

「え……う、うん」

あの客船で別れてから、二人きりで会うのはこれが最初だった。〝終わったら、話すことがある〟と言われて、それきりだったのだ。

かなめも落ち着かない気分になった。

「そ……それで、話ってなに？」

「ああ。その……」

宗介は口ごもった。

「なんというのか。君に話したかったことと言うのは……その」

うつむいたまま、そわそわとあちこちを見渡す。額《ひたい》を拭《ぬぐ》うそぶりを見せて、大きなため息をつく。心なしか、頬《ほお》が赤らんでいるように見えた。

「参った。やはり一日以上も経《た》つと、決意とは薄《うす》れるものなのだな……」

彼は独《ひと》り言のようにつぶやいた。

「つまり、なんなのよ……？」

「いや、すまない。……とにかく、この前はあれこれと迷惑《めいわく》かけた。時宜《じぎ》を外してしまったが……その、これを君に」

無理に話題を切り替《か》えるように、宗介は詰《つ》め襟《えり》のポケットから、剝《む》きだしの宝石《ほうせき》を取りだした。

丸く、滑《なめ》らかな楕円形《だえんけい》。海を思い出す深いブルー。

潮《しお》の流れが封入《ふうにゅう》されているかのような、黒い渦巻《うずま》きが印象深かった。

「これは？」

「ラピスラズリだ」

宗介は言った。

「アフガンにいたころ、手に入れたものだ。もし良かったら、受け取って欲《ほ》しい」

彼女は途《と》切れ途切れに言った。

「あ、ありがと。でも……クリスマス・プレゼントはこないだ――」

「いや。誕生日《たんじょうび》プレゼントだ」

「え――」

「これが本番のつもりだった。前からずっと……なんというのか……君に似合《にあ》うような気がしてな」

たぶん、最大限《さいだいげん》の勇気だったのだろう。彼はおずおずと彼女の手をとり、その手のひらに宝石を載《の》せた。

「遅《おそ》くなったが誕生日おめでとう」

宝石の冷たさと、彼の手の温かさが、なんともいえない対照になっていた。

「それから……メリー・クリスマス、だ」

「うん」

無理して気張《きば》ってる彼の様子が、彼女はおかしくて仕方なかった。

「ありがと。ちょっと遅いけどね。思いっきり、聖夜おめでと《ベリー・メリー・クリスマス》！」

【了】

あとがき

すみませんでした。二年ぶりになってしまいましたが、フルメタ長編最新刊『踊るベリー・メリー・クリスマス』をお届けいたします。

かねてより『今度は軽い内容になる』と言っていたのですが……主要《しゆよう》キャラ全員がハッピーなクリスマスになる、という展開にはなりませんでした。これまた、申し訳ないことしきりです。まあ……普通のラブコメの主人公みたいに、複数《ふくすう》のヒロインの間をオタオタと行ったり来たりする宗介《そうすけ》というのは、だれも見たくないのではないかと。こう思うところもありまして、はい。

この話を書くにあたり、いわゆる豪華《ごうか》客船という奴を取材してみました。費用《ひよう》は自腹《じばら》だったので、いちばん格安《かくやす》な一泊二日のクルーズでしたが。夜はスーツ着用で、豪華な料理やら演奏会《えんそうかい》やらが目白押し。ラウンジで酒飲んだりしたかったのですが、そういうのはそっちのけにして、四季《しき》さんへの資料用にデジカメで写真撮《と》りまくってきました。

きらびやかな表側より、むしろ機関室《きかんしつ》や乗員用の区画とかが見たかったので、フロント

（正確には別の呼び方ですが）の人に「見学できないか」と頼《たの》んだところ、慇懃丁寧《いんぎんていねい》な微《び》笑《しょう》で却下《きゃっか》されました。「一週間のクルーズなどでは、そうした施設《しせつ》の見学ツアーも行っておりますので、そちらでお申し込みください」とのこと。要するに「出直せ」ってわけで。

しかし一泊だけでも四万円くらいするのに、七泊なんかできるわけありません。仕方がないので強行手段《しゅだん》です。夜遅《おそ》くに、無断《むだん》で乗員用の区画に侵入《しんにゅう》してみました。単独のスニーキング・ミッション。スーツ姿《すがた》で、小型カメラを手に。気分はほとんどジェームズ・ボンドです。

で、忍《しの》び足で写真を撮りながら機関室を目指していくと、角の向こうから乗員の足音が近付いてきたのです。あのときは本当に焦《あせ》りました。

まずい、見つかる。どうしよう？

逃げるべきか？　いや、奇襲《きしゅう》をかけて相手の首をへし折り、衣服とＩＤカードを奪《うば》おうか……一瞬《いっしゅん》、そんな考えが脳裏《のうり》をよぎりました。

まあ、けっきょく見つかって叱《しか》られて追い返されたんですが。

残念ながら、捕《つか》まって変な拷問装置《ごうもんそうち》に繋《つな》がれたり、人食いザメのいるプールに放り込まれたりはしませんでした。

それはさておき。

シリーズもそろそろ後半戦に突入《とつにゅう》いたします。いまのところ、長編はあと三、四巻くらいで終わるかなー、などと見積もっているのですが、どうなることやら。そろそろなんとか本格的なペースアップを計りたいなあ、計れたらいいなあ、などと思っております（まあ、いつも思っとるのですが……）。

一冊でひとつの事件が終わるような形式も、これが最後になるかと思います。短編の方で、いろいろとおいしそうな一月以降《いこう》の季節ネタ――バレンタインやスキーや花見などを書かないできたのは、長編の構想《こうそう》と無関係《むかんけい》ではなかったりします。

……などと、いろいろ先の話をしてしまうと、今回みたいに自分の首を絞《し》めてしまうことになるのですが。大丈夫《だいじょうぶ》かなあ。うーん。

さて、フルメタ関連のほかの話。

皆様のご支援《しえん》とご声援《せいえん》のおかげで、フルメタアニメは大成功（千明《ちぎら》さんほか関係者の皆様、ありがとうございます、はい）。なんやかんやで、次のアニメシリーズの製作も決定いたしました。今度は短編をベースに、テンポの良いコメディをお届けします。監督《かんとく》は新進気鋭《しんしんきえい》の武本康弘《たけもとやすひろ》さん。芸のなんたるかを知るナイスガイです。私も僭越《せんえつ》ながら脚本《きゃくほん》に参加させていただいております。わーい。

コミックの方では、この本の刊行と同じころに、永井朋裕《ながいともひろ》さんの「いきなり！　フルメタル・パニック！」の第五巻が出ますね。爆笑必至《ばくしょうひっし》の本シリーズ。案外、原作読者の方も読んだことがない場合もあるようですので、この機会《きかい》に強くプッシュします。

館尾冽《たておれつ》さんのコミック版「フルメタル・パニック！」の方は、単行本はもう少し先かな？　こちらももちろん楽しみですね。韓国版《かんこくばん》、台湾版《たいわんばん》も出ているくらいの人気作です。

ＯＲＧさんのＴＣＧ「フルメタル・パニック！　カードミッション」も、次々にブースター・パックが出るほどの好評です。ゲーム性もさることながら、皆さんが見たことのない四季童子さんのイラストが、もう。次から次へと。

……宣伝《せんでん》が多い？

ええ、まあ。例によって、あとがきって書くこと思いつかなくて。いやー、まいった。

さて、今回もたくさんの方々のご支援をいただきました。私のごとき非才《ひさい》の身に辛抱強《しんぼう》くお付き合いいただき、いつも感謝《かんしゃ》の念にたえません。本当にありがとうございます。

ではまた。次回も宗介と地獄《じごく》につきあってもらいます。

二〇〇三年二月　賀東招二

『踊るベリー・メリー・クリスマス』スペシャル企画

四季童子イラスト・コレクション

月刊ドラゴンマガジンに掲載された
イラストから、選りすぐりの3枚をご紹介。
四季童子のコメントで贈る、
『踊るベリー・メリー・クリスマス』
イラスト・コレクション！

第1話　トビラより
（2002年7月号）

「敬礼テッサ」

一度やって見たかったワンキャラぶち抜き表紙。全体的に線を減らして、シャープな感じにしてみました。

「艦長～見回りっすかー？」

「はい。いつもお疲れ様です♪」って感じ

『踊るベリー・メリー・クリスマス』スペシャル企画
四季童子イラスト・コレクション3

第4話　トビラより
（2002年10月号）

「セイラー＆かなめ」

今回のお気に入りキャラ、セイラーさんです。ポパイのコスプレです。

マッチョな大男と美少女のコンビは好きな組み合わせなのです。

第9話　トビラより
（2003年3月号）

「戦う宗介＆ヒロインたち」カッコイイ宗介。非常に珍しいです。なぜだろう。「ベリメリクリ」は番外編的コメディになるはずだったのに。正統派アクションの最終回。なぜだろう（笑）時間がなくて背景がないのと、宗介の体型が子供っぽくなってしまったのが難点。

初出

月刊ドラゴンマガジン　２００２年７月号〜２００３年３月号

富士見ファンタジア文庫

フルメタル・パニック！6

踊《おど》るベリー・メリー・クリスマス

平成15年3月25日　初版発行
令和5年12月30日　30版発行

著者——賀東招二《がとうしょうじ》

発行者——山下直久
発　行——株式会社KADOKAWA
〒102-8177
東京都千代田区富士見2-13-3
0570-002-301（ナビダイヤル）
印刷所——株式会社KADOKAWA
製本所——株式会社KADOKAWA

ISBN978-4-04-071110-2 C0193 ◆◇◇

切り拓け!キミだけの王道
ファンタジア大賞
原稿募集中!
賞金
《大賞》300万円
《金賞》50万円
《銀賞》30万円
選考委員
細音啓「キミと僕の最後の戦場、あるいは世界が始まる聖戦」
橘公司「デート・ア・ライブ」
羊太郎「ロクでなし魔術講師と禁忌教典《アカシックレコード》」
ファンタジア文庫編集長
前期締切 8月末日
後期締切 2月末日